나는 내가 장하다
그래도 희망이다

나는 내가 장하다
그래도 희망이다

초판 1쇄 인쇄 · 2017년 7월 15일
초판 1쇄 발행 · 2017년 7월 20일

지은이 · 임옥란
발행인 · 유광선
발행처 · 한국평생교육원
편 집 · 장운갑
디자인 · 이종헌

주 소 · (대전) 대전광역시 서구 계룡로 624 6층
          (서울) 서울시 서초구 서초중앙로 41 대성빌딩 4층
전 화 · (대전) 042-533-9333 / (서울) 02-597-2228
팩 스 · (대전) 0505-403-3331 / (서울) 02-597-2229

등록번호 · 제2015-30호
이메일 · klec2228@gmail.com

ISBN 979-11-88393-00-8 (03810)
책값은 책표지 뒤에 있습니다.
잘못되거나 파본된 책은 구입하신 서점에서 교환해 드립니다.

이 도서의 국립중앙도서관 출판예정도서목록(CIP)은 서지정보유통지원시스템 홈페이지
(http://seoji.nl.go.kr)와 국가자료공동목록시스템(http://www.nl.go.kr/kolisnet)에서 이
용하실 수 있습니다.(CIP제어번호: CIP2017015921)

아픔을 극복하고 희망을 전하는 멋진 스토리텔러!

나는 내가 장하다
그래도 희망이다

임옥란 자전에세이

한국평생교육원

| 추천사 |

파란만장한 삶, 그래도 희망이다

정택수(한국 자살예방센터장/우석대 초빙교수)

같은 50대의 삶을 살아오고 있지만 이렇게 파란만장한 삶을 사시는 분도 계시다는 것을 보며 깊은 감명을 받았습니다.

자신의 삶을 어찌 이렇게 사실적으로 잘 표현하셨을까요? 정말 그림이 그려지듯이 상황장면들이 연출되어졌습니다.

사랑과 정을 받지 못하고 아버지로부터 심한 폭력을 당하면서 잘 버텨온 임옥란 작가님, 그런 삶이 너무 힘들고 지쳐 이를 벗어나고자 선택한 결혼!

그러나 오히려 말로 헤아릴 수 없도록 고통스러운 결혼생활이었음을 엿볼 수 있었습니다.

시어머니의 잘못된 양육방식에서 성장한 남편은 심리적으로 "어른 아이"라고 표현할 수밖에 없는 사람이었네요. 경제적 능력도 없거니와 실업자 상태로 무위도식하는 남편, 아내에 대한 사랑과 정이 전혀 없는 남편과의 결혼생활은 얼마나 버거웠을까요?

힘들고 지친 가운데 생활을 꾸려가야 했던 삶에서 자신의 몸을 돌보지 못해 결국 신부전증으로 25년간 투석을 하고 계신 임옥란 작가님! 모질지 못한 성격 탓에 몇 차례 잘못된 선택을 하게 되어 빚을 갚아야 하는 힘든 삶이 현재까지도 지속되고 있어 안타까운 마음뿐입니다.

　그래도 좋은 스승을 만나 어린 시절부터의 꿈인 작가로 입문하여 귀한 책이 탄생되었음을 진심으로 축하드립니다. 글쓰기가 유일한 즐거움이었던 임옥란 작가님의 꿈을 응원합니다.

　파란만장한 고난의 삶을 영위하고 계시지만 포기하지 않고 희망을 향해 전진하고 계신 작가님의 책이 절망 가운데 놓인 사람들에게 희망의 불쏘시개가 되기를 바랍니다.

　다시 한 번 임옥란 작가님의 책 출간을 진심으로 축하드립니다.

제3장 발병

제4장 이혼

제1장

벼랑 끝에 서서

다시 세상 속으로

"엄마!"

"왜 밥 먹을래, 차려줄까?

어머니는 방문을 열고 이제 막 몸을 일으키려는 나를 바라보며 의아한 표정을 지으셨다. 그도 그럴 것이 산송장처럼 침대에 몸을 묻고 방안에 칩거한 것이 어느덧 일 년이 다 되어 갔던 것이다.

"어디 갈려고?"

"응. 이제는 좀 일어나 보려고. 근데 밖은 아직도 더운가 봐?"

이제 갓 서른을 넘긴 한창 꽃피울 싱그럽고도 발랄해야 할 큰딸이건만 마치 바람 앞의 촛불처럼 위태롭게 흔들리며 제 몸 하나 간수하지 못하고 얕은 숨을 몰아쉬는 모습이 차마 애처로워 노심초사했던 어머니 모습 또한 초췌하기 이를 데 없었다.

"말도 마라. 아침부터 얼마나 푹푹 쪄대는지 저놈의 매미들은 왜 저리도 극성스럽게 울어대는지 더 더운 것 같아. 아주 죽겠구먼, 근데 이 더운데 어디 가게?"

"응, 이제는 몸도 어지간한 거 같고 어디 할 만한 일이 있나 찾아보려고."

"얘가 지금 정신이 있니. 거울에 얼굴이나 한번 비춰보고 일을 하든 말든 해! 니 아버지 알면 퍽도 칭찬하겠네. 몸도 성치 않은 딸내미가 돈 벌어온다고 얼씨구나 하겠어. 누구 볶여서 죽는 꼴 보려고 이러느냐고."

　친정집이 있는 구미로 내려와 보낸 1년은 내 지친 몸과 마음을 추스른 시간이었고 사랑하는 두 아들을 그리워하며 눈물로 보낸 아픔의 시간이기도 했다. 그리고 이제는 몸을 추스르고 일어나 두 아들을 위해 최선을 다하는 삶을 살아야겠다고 몇 번이고 다짐을 했다.

　아이들이 추억하는 엄마는 비록 제 몸 하나 추스르지 못하는 처지이지만 자신들을 위해 부단한 노력을 멈추지 않는 자랑스러운 엄마, 세상 누구와 견주어도 결코 뒤지거나 부끄럽지 않는 그런 엄마였으면 좋겠다는 생각이었다.

　오직 아이들만이 나를 지탱시켜 주는 원동력이고 세상에 살아남아야 할 유일한 이유였다. 그렇게 생각나니 육신의 고통이나 마음의 근심조차 아무런 문제가 되지 않았다.

　더위나 좀 식거든 일을 찾아보라는 어머니에게 시내 매장들이 여름철이라 아르바이트 직원 구하기가 어렵다고 하던데 이때라야 나 같은 사람이라도 써주지 않겠느냐며 길을 나섰다.

　뜨거운 뙤약볕에 눈앞이 캄캄해지며 어지러워 토할 것 같았지만 등 뒤로 느껴지는 어머니의 시선 때문에 애써 아무렇지 않은 척, 집 모퉁이를 돌아서고야 멈추어 그새 흐르는 땀을 닦고 '아직은 무리인가, 어머니 말을 들을걸.' 하고 후회를 했지만 떠오르는 아이들의 환영이 어른거렸다.

　"그래, 지금 움직이지 않으면 내 소중한 아이들의 미래가 참담하게 무너질 수도 있다. 자! 힘을 내자, 임옥란! 사랑하는 두 아이들을 훌륭하게 키워내서 자신들이 가장 잘할 수 있고 행복하게 할 수 있는 일을 하도록 부모로서의 책임과 의무를 다해야지."

나 스스로를 격려하며 이제 은둔자의 자리를 박차고 나와 두렵고 떨리지만 세상과 한판 맞장이라도 뜰 각오로 내가 스스로 걸어 나왔던 사람들 속으로 그렇게 걸어 들어가고 있었다.

준비된 만남

예쁜 유리 진열장 안에는 앙증맞은 금빛, 은빛 보석들과 시계, 반지, 목걸이, 팔찌, 귀걸이 등이 각자의 개성과 아름다움을 뽐내며 지나가는 청춘 남녀들의 눈과 마음을 유혹하고 있었다.

유리문 한쪽에 "알바 구함"이라고 군더더기 없이 깔끔하게 쓴 프린터용 16절지가 테이프로 붙여져 있는 그곳은 7~8평쯤 되어 보였고 두 개의 공간으로 나누어진 보석 판매점이었다.

나는 모자를 눌러쓴 머리를 숙이며 유리문을 열고 안으로 들어섰다. 염치 불구하고 땀으로 범벅이 된 몸을 에어컨 앞으로 내밀며 "알바 구하신다구요? 와, 진짜 살인적인 더위네요." 하고 말문을 열었다.

"그죠? 너무 더우니까 사람들이 다니지를 않네요! 하기는 아스팔트 열기가 좀 대단해야지요, 시원한 주스 한잔 드릴까요?"

"네 감사합니다!"

아담하고 자그마하지만 단단하고 똑 부러지게 생긴 사장님이 마실 주스를 가지러 간 사이, 재빠르게 매장을 훑어보니 깔끔하게 먼지 한 점 없는 것이 주인의 성격을 나타내는 것 같았다. 각가지 보석들이 영롱한 빛을 발하며 진열장을 채우고 사람들에게 사고 싶은 충동을 느끼도록 현란한 몸짓을 해대는 것 같았다. 그때 문득 카운터 위에 여사장님이 읽고 있는 성경책이 들어왔다.

"교회 다니시나 봐요?"

"옴머 ! 교회 다녀요?"

여사장님은 교회 다닌다는 말 한마디에 얼굴에 미소를 띠었다. 주스를 마시며 이런저런 얘기를 하던 중, 종업원이 여름휴가를 가서 온다간다 말도 없이 사라져 아무것도 못 하고 심지어 예배를 드리러 가려 해도 가지 못해 답답해 죽는 줄 알았다며 새벽기도를 하면서 하나님 믿는 사람을 보내달라고 간구하고 있었다고 했다. 그런데 아줌마인지 아가씨인지 불쑥 들어와 놀랐지만 너무 더워 보여 땀이나 식히고 주스나 한잔 마시게 해서 보내려고 했었다고 한다. 하지만 교회에 다닌다니 기도에 응답받은 듯해서 너무 좋다고 하는 것이었다. 이후 우리는 이런저런 얘기로 시간 가는 줄 몰랐고 나는 그렇게 보석 매장에 알바가 아닌 정식 종업원이 되었다.

처음에는 밥 굶길까 봐 그러냐며 역정을 내시던 아버지도 내가 일하는 곳이 크게 힘쓰는 곳도 아니고 사람을 상대로 보석을 판매하는 일을 하거니와 여사장이 교회의 집사 직분을 맡아 열심히 믿음 생활을 하시며 나를 배려해주신다는 사실에 안심이 되시는지 내가 일하는 데 있어서 더 이상의 간섭은 하지 않으셨다.

사장님은 야무지게 모든 일을 똑 부러지게 처리하며 공과 사를 철저히 구분하는 분이셨고, 내게는 깜깜한 밤에 멀리서 반짝이는 등불과도 같은 은인이셨다. 나와 사랑하는 두 아들이 의지하고 또 신뢰하는 인생의 키가 된 기분이었다.

"옥란 씨, 오늘은 장사가 잘됐으니까 가게 문 1시간만 일찍 닫고 우리 금오산에 가서 맛있는 것도 먹고 산책도 하고 그러자."

그렇게도 맹렬히 타오르던 폭염이 거짓말처럼 물러나고 어느새 가을이 깊어져 도로 위에 떨어진 낙엽들이 이리저리 바람에 쓸려 을씨년스런 풍경을 연출하고, 소녀처럼 가을을 타는 사장님은 낮에 결혼 예물 3세트를 예약받아 한껏 고무된 기분으로 밥을 사주시었다.

저녁 어스름이 조금씩 밀려오고 가을바람이 저수지의 물기를 머금어 몸이 으슬으슬 추워오자 자기 속에 있는 하나님을 전하느라 볼이 빨개진 사장님이 내 건강이 염려된다며 억새와 가을 열매로 단장된, 2층 커피숍의 창가로 나를 데리고 가 앉히더니 장난꾸러기처럼 눈을 반짝이며 내 눈을 마주보았다.

"이제는 옥란 씨 얘기 좀 해봐⋯⋯. 그동안 궁금해서 죽는 줄 알았어! 물론 예사롭지 않은 스토리가 있을 거라 짐작은 하고 있었지만 시간이 지나면 마음을 열고 모든 걸 말해주겠거니 생각했는데 여름이 가고 가을이 다 지나 겨울로 치달고 있는데도 영 곁을 안 주니 내가 답답해 죽겠어! 오늘 새벽기도 때 목사님께서 옥란 씨를 위하여 기도드리고 싶은데 따로 기도 제목 같은 것이 있다면 좀 더 구체적으로 간구해드리겠다고 하셨어. 그래서 나에게 얘기를 들어봐 주고 상처가 있다면 함께 기도해서 치유해보자고 하시더라. 그리고 상처를 조금씩 나누어 짐져주면 훨씬 가벼워지고 끝내는 그 상처를 극복할 수 있게 되지 않겠느냐고 말씀하시더라."

언젠가 부끄럽고 아픈 내 얘기를 친언니처럼 어루만져 감싸주시는 사장님께 털어 놔야 하리라 각오는 하고 있었지만 한편으로는 피하고도 싶었던 그날이 오늘일 줄이야…….

삶의 수렁

우리 아버지는 찢어지게 가난한 집안의 3남 1녀 중 누나 밑의 장남으로 태어났다. 그런데 아이에게 먹일 젖이 나오지 않아 할머니가 동냥젖으로 키우셨다고 했다. 따라서 아버지와 삼촌들은 늘 허기지고 영양이 부족해 얼굴은 온통 마른 버짐으로 덮여 꼴이 말이 아니었다. 평생 남의 땅 소작농으로 살던 할아버지는 아무리 발버둥을 처도 가난에서 헤어나지 못해 툭하면 술주정을 하기 일쑤였고, 안 그래도 못 먹어 피골이 상접한 자식들을 그야말로 죽지 않을 만큼 때려놓고 자기 힘에 겨워 씩씩 숨을 몰아쉬며 할머니 머리끄덩이를 질질 끌며 온갖 욕설과 매를 퍼부었다고 한다.

할머니는 그때를 생각하면 아직도 치가 떨린다며, 비록 오래전에 돌아가신 남편이지만 생각도 하기 싫다고 도리질을 하시며 이야기 해주셨다.

그런 할아버지 밑에서, 아버지는 어려서부터 큰 지게를 지고 나무를 해서 팔고 이웃의 짐을 져주기도 했다. 할아버지가 계셨지만 실질적인 가장의 일은 늘 아버지의 몫이었고 뼈가 휘도록 짐을 지고 날품을 팔았지만 돌아오는 것은 늘 허기진 배였고 잔인하도록 가해지는 할아버지의 매타작에 차라리 죽고라도 싶은 고통의 나날이었다고 회상하셨다.

깜장 보자기에 책을 둘둘 말아, 김칫국물 빨갛게 배어 얼룩진 도시락을 허리에 두르고 몽당연필 달그락거리며 학교를 가고는 했단다. 행여 길에서 아는 동무를 만날까 봐 일부러 먼 길을 돌아가다가 맏이가 벌어오는, 나무를 판 돈으로 노름방에 가려고 목을 길게 빼고 기다리던 할아버지한테 걸리면 눈도 마주치기도 전 어느새 지게 작대기가 신들린 무당처럼 우리 아버지의 온몸을 때리고는 했단다.

그토록 독하고 잔인했던 할아버지는 술독에 빠져 인생을 탕진하고, 우리 아버지 열다섯 살 되던 해에 시름시름 앓다가 세상을 등지셨고 할머니를 비롯한 고모와 아버지, 두 삼촌은 새로운 세상을 만난 듯 뛸 듯이 기뻐했다고 한다.

독재자이고 폭군인 아버지가 없어졌으니 이제부터 한세상 폼 나게 살아가리라 기대하며 가슴이 뛰었지만 찢어지는 가난은 여전했고, 매에 길들여지고 할아버지의 명령에 복종하며 수동적으로 살았던 아버지 남매들에게 세상은 여의치 않았다. 오히려 폭군이었던 아버지였지만 자신 외에 그 누구도 가족을 욕하거나 멸시하거나 천대하는 것을 절대 용납하지 않았던 할아버지였기에 그들에게는 방패가 되어주었던 아버지이기도 했던 것이다.

예컨대 할아버지가 못 듣는 줄 알고 "임 씨네 맏딸 얼굴은 예쁜데 읍내 누구랑 눈이 맞았다더라……." 하고 고모 험담을 했던 어떤 아저씨는 그날 할아버지에게 너무 맞아 실신했고 마누라가 끌고 온 마차에 실려서 돌아갔고 오래도록 바깥출입을 하지 못했다고 했다.

그토록 무섭고도 두려웠던 울타리가 없어진 가족은 동네 사람들의 쑥덕거림과 비웃음의 대상이 되었고, 할머니는 할머니대로 온종일 술에 취해 비틀대다 넘어지는 장소가 곧 안방이었다고 한다.

그리하여 아버지보다 3살이 위인 고모가 살림을 꾸려 나갔고 자식들은 번갈아 술 취해서 아무 데서나 쓰러져 자는 할머니를 엎고 돌아오기 일쑤였다. 폭군 아버지만 없으면 잘살 수 있을 거란 그들의 기대는 힘없이 무너져 내렸고, 식구들은 제각자의 생각대로 살길을 모색해야만 했다.

가난한 살림에 보태려고 산부인과에서 산모들 수발을 들고, 의사를 도와 아기 받는 일을 했던 고모는 어릴 적 내 기억으로 키가 아담하고 얼굴이 갸름하며 눈, 코, 입이 오밀조밀한 것이 세상에서 제일로 예뻤던 것 같았다.

그 예쁜 고모가 한 번씩 우리 집에 오실 때는 네모반듯하고 한 입에 먹기 좋은, 낱개로 빠작빠작 소리가 나는 비닐에 쌓인 엿을 한 보따리씩 가져오셨고, 주사기를 몇 갠지 챙겨 와서는 나와 동생들의 엉덩이를 까고 무슨 예방주사라며 한 대씩 찌르고 가셨다. 아팠지만 우리는 입안을 가득 메우고 이에 쩍쩍 붙는 엿의 달콤함에 취해 마냥 행복했었다.

그러나 얼마 가지 않아 우리들의 우상이었고 자랑이었던 고모가 발길을 뚝 끊었고 아버지가 ××년 동네 창피해 못 살겠다고 욕을 하고 다시는 우리 집에 발도 못 들어 놓게 하라며 엄마에게 화를 내며 소리 지르던 이유가 무엇인지는 내가 철이 들어가던 중학생이 되어서야 알 수 있었다.

우리의 어여뻤던 고모가 읍내 면서기(유부남이고 다른 도시에 부인과 아들이 있는)와 눈이 맞아 살림을 차린 것이었다.

그 이후로도 오랫동안(아버지 돌아가실 때까지), 지독하게 눈이 나쁜지 시커먼 뿔테안경을 낀 그 아저씨와 고모와의 사이에 아들을 둘씩이나 낳았음에도 우리 아버지는 그 아저씨를 매형으로 인정하지 않았고, 그 아저씨의 원래 부인과 이혼이 되어있지 않은 관계로 고모는 호적에 이름을 올릴 수도 없었을 뿐 아니라 당신이 배 아파 낳은 두 아들마저도 아저씨의 원래 부인의 아들로 호적을 정리할 수밖에 없었다.

오랜 시간이 흘러 아저씨의 원래 부인이 세상을 뜨고서야 고모는 아저씨의 정식 부인으로 호적에 올랐고 두 아들 또한 되찾아올 수 있었지만 겨우 고모부란 이름으로 불리던 5년쯤 후에 고모와 4명의 배다른 형제들의 절을 받으며 유명을 달리 하셨다.

가장 노릇을 잘해보려고 하면 할수록, 삶은 수렁처럼 아버지의 발목을 잡았고 할머니와 고모, 두 삼촌과 아버지는 사막에 버려진 다섯 개의 돌멩이처럼, 사람들에게서 잊혀 갔고, 식구들은 뿔뿔이 흩어져 각자 고픈 배를 채우느라 바빴다. 서로를 할퀴고 찢고 상처 내느라 정말 싸워야 할 대상이 누군지도 모르고 지옥 같은 삶을 겨우 연명하며 그렇게 봄이 가고 여름이 가고, 또다시 가을, 겨울이 흘러만 갔다.

열아홉의 아버지는 들끓는 청춘의 시절을 방황하였고 툭하면 다른 동네 청년들과 패싸움을 하고 같은 또래의 청년들과 어울려 다니며 술이 취해 비틀대다 동네 사람들과 부딪히면 싸우고 부수고 그렇게 답 없는 인생을 살고 있었다.

그러던 어느 날, 아버지는 열여섯 꽃처럼 피어나던 어여쁜 처자에게 첫눈에 반하고 말았다!

그녀는 산 두 개를 넘어야 갈 수 있는 동네에서 자신의 큰어머니를 조르고 졸라 그리운 동무와 수다를 떨고 온밤 내 같이 있고 싶어서 놀러왔던 것이다. 그러나 그때만 해도 아버지라는 사람 때문에 자신의 인생이 그토록 처참하고 비참하게 나락으로 떨어질 거라는 사실은 꿈에도 모르고 그냥 시골 촌 동네의 비슷한 또래 청년이 보여주는 호의가 싫지만은 않았고, 아버지는 그녀를 마음속으로 점찍어 친구들과 그녀를 잡아놓기로 계획을 세우고 있었다.

분홍 가방의 눈물

엄마는 제법 잘사는 집안의 무남독녀로 외할아버지와 외할머니의 사랑을 한 몸에 받으며 없는 집 아이들은 엄두도 못 내는 초등학교를 분홍 가방에 분홍 구두를 신고서 외할머니의 등에 업혀서 다녔다.

그 무렵 엄마의 아버지 즉 외할아버지가 이름 모를 병으로 시름시름 앓아누웠고, 젊고 어여뻤던 외할머니, 게다가 남편을 잘 만나 고생을 모르고 살아 우아한 기품까지 지녔던 외할머니는 수많은 남자들의 유혹을 잘도 견뎌내는 듯싶더니 결국은 외할아버지 병석에 누운 지 2년 만에 어떤 남자와 눈이 맞아 집에 있던 은이며 금, 패물은 물론 전 재산을 가지고 이제 겨우 초등학교 4학년인 어린 딸과 간신히 돈으로 목숨을 연명하고 있던 불쌍한 남편을 버려두고 도망을 가고 말았다.

청천벽력 같은 소식을 전해들은 외할아버지는 젊고 어여쁜 아내의 배신보다 혼자 세상에 남겨질 어린 딸을 생각하고, "불쌍한 것!, 불쌍한 것!" 하면서 하루를 눈물로 지새우더니 가까운 동네에 사는 형님을 불러 자신의 죽음을 예감한 듯 유언처럼 딸을 부탁하고 외할머니가 바삐 가느라 미처 챙기지 못한 남은 재산과 집문서를 다 넘겨주며 형님의 손을 잡고 어린 딸이 계속해서 학교를 다닐 수 있도록 해달라고, 그리하여 똑똑한 놈 만나 시집 갈 때까지 잘 키워달라고 눈물로 호소하시던 그 밤을 지나고 새벽녘에 딸의 미래를 걱정하며 미처 눈조차 감지 못하고 세상을 버리고 마셨다.

엄마는 그렇게 세상이라는 거친 바다에 덩그러니 혼자 내팽겨졌고 이제껏 겪어보지도 들어보지도 못했던 고생이 엄마를 삼키려고 크고 어두운 입을 벌리고 있었다.

처음에는 사람들의 이목이 두려워 큰아버지 내외는 엄마를 학교에도 보내고 자기들의 자식과 동등하게 먹이고 입히고 재우며 잘 돌봐주는 듯했지만 얼마 지나지 않아 곧 본성을 드러내고 말았다.

"지지바가 학교는 가서 머 하겠노! 그냥 밥이나 하고 빨래나 하고 살림이나 배와가 적당한 놈 만나 시집이나 가면 되는 기라!"

큰어머니는 어린 조카의 분홍 가방과 분홍 구두를 갖고 싶다고 조르는 막내딸에게 주고, 조카의 물건이나 옷 중에 괜찮아 보이는 것은 모두 자신의 딸들에게 나누어주었다. 그러고는 딸들이 입던 헌옷가지는 조카에게 입히고 무쇠 솥이 덩그러니 박혀 있는 부엌으로 몰아넣으며 불 때서 밥하는 법, 우물물 긷기, 반찬 만들기, 나무 해오기, 빨래하기 등 머리를 쥐어박아가며 가르치고 조카가 얼마쯤 그

일에 익숙해지자 자신은 완전히 집안일에서 손을 뗐고 엄마의 서러운 식모살이는 시작되었다.

그래도 성격이 밝았고 낙천적인 엄마는 눈치 빠르게 큰집에서 자기의 위치를 정확하게 파악했고 식구 중 누구와도 다툼 없이 자기 몫의 일을 잘해냈고 그런 엄마에게 큰집 식구들은 따로 나무라거나 미워할 이유가 없었다.

그런 가운데 엄마는 또래의 동무도 생기고 싹싹하고 예쁘다는 평판을 받아 며느리로 삼고 싶으니 달라느니 데리고 가서 공부시켜 신여성을 만들어 주겠다느니 하는 말을 들을 만큼 제법 처녀티가 나는 열여섯의 숙녀가 되었다.

그런 엄마가 큰어머니에게 애원하다시피 해서 얻은 첫 나들이에서 만난 남자가 아버지였고, 가엾은 엄마는 가슴속에 몰래 키워오던 탤런트의 꿈을 꺾고 조금씩 돈을 모아 서울로 도망가고 말겠다는 희망도 접은 채 아버지에 의해 날개가 부러져 다시는 날아오르지 못했다 .

엄마는 아버지와 친구들에 의해 며칠 동안을 오도 가도 못하고 동무 집에 거의 갇혀 있다시피 했다. 아버지와 친구들은 번갈아 가며 불침번을 섰고 엄마가 동무 집을 나설라치면 노골적으로 길을 막고 죽어 버리겠다는 협박질도 서슴지 않았다.

엄마 동무의 연락을 어찌어찌 전해들은 큰엄마와 큰아버지가 엄마를 데려가려고 왔지만 막무가내로 무식하게 죽자고 덤비는 아버지를 어쩌지 못했다.

그렇게 엄마는 가슴 두근대는, 제대로 된 연애 한번 못해보고 16년하고도 10여 개월의 어린 인생의 여정을 접어 아버지의 여자가 되었고, 찢어지게 가난한 집 술주정뱅이 시어머니의 며느리, 하나뿐인 시누이의 올케, 철없이 싸워대는 두 시동생의 형수가 되었다.

동시에 엄마는 큰집식구들의 무게 대신 아버지의 가족의 무게를 어깨에 메고 힘에 겨운 삶의 길을 걸어가야만 했다 .

그래도 어여쁜 색시를 아내로 맞은 아버지는 어떻게든 살아보겠다고 막일이든 짐 지는 일이든 돈이 된다면 가리지 않고 일을 했고 곧 구불구불한 산길을 오래도록 올라 바람조차 가릴 데 없는 산꼭대기에 따로 방 하나, 연탄아궁이 하나에 부엌문 대신 가마니 한 장을 펼쳐 겨우 사람들의 관심을 가린 그런 집을 얻게 되었다.

술만 마시면 아무 데서나 잠이 드는 늙은 어머니와 누나, 두 남동생으로부터 독립하고 싶고 어여쁜 아내와 알콩달콩 살아보고 싶었던 아버지는 가족들의 원망을 애써 모른 체 외면하며 분가를 했으므로 할머니를 위시한 가족들은 엄마를 곱지 않은 시선으로 쳐다봤고, 할머니와 고모는 죽이 잘 맞아 대놓고 어린 엄마를 구박했다.

그런 가운데 엄마는 나를 임신했고 엄마 인생에 있어 그때가 가장 행복했었다고 언젠가 내게 엄마가 꿈처럼 아스라한 눈빛으로 말해주었다.

음력 11월 19일이 생일인 나는 사람들이 여자로서는 팔자가 사납다고 이구동성으로 말하는 호랑이해에 아버지 나이 스물, 엄마 나이 열일곱에 고추 하나 달지 못하고 나와 내 어린 엄마를 천덕꾸러기이자 구박 덩어리로 만들고 만 불효를 저지르며 태어났고, 온갖 수모와 폭행을 겪고 당하면서도 시댁 식구로부터, 무서운 아버지로부터 도망칠 수도 없는 족쇄가 되어 엄마의 인생을 끝없는 낭떠러지로 떨어뜨리고 말았다.

첫딸을 낳은 죄(?)로 엄마는 걸핏하면 몰려와 행패를 부리는 시어머니와 끝까지 자기편일 줄 알았던 아버지의 날이 갈수록 심해지는 술주정과 폭행을 참고 견뎌내며 몰래 도망도 가보려 했지만 까만 눈으로 올려다보는 나를 어쩌지 못해 마음을 바꾸어 주저앉은 것이 몇 번인지 셀 수조차 없다고 했다.

그래도 처음에는 딸이라고 쳐다봐 주지도 않고 엄마와 같이 싸잡아 미움을 받던 내가 통통하게 젖살이 오른 빨간 얼굴로 방글거리고 웃으며 눈을 맞추고, 이윽고 걸음마를 하고 뒤뚱이며 발짝을 떼는 동안 할머니와 아버지, 그리고 고모들은 핏줄이 당기는지 '아이구, 내 새끼.' 하면서 애정을 쏟아 주었지만 아들을 못 낳은 엄마는 여전히 천덕꾸러기였고 이방인이었다.

아버지는 물려받은 가난을 떨쳐보려고 온갖 노력을 해보았지만 그것을 벗어나기엔 역부족이었고 삶은 조금도 나아지지 않았다,

매타작

그 퀴퀴한 단칸방에서 내가 세 살이 되고 할머니나 아버지가 오매불망 기다리던 고추 달린 동생이 우렁차게 응애~ 소리를 지르고 울며 태어났다.

식구들은 다들 좋아서 어쩔 줄 몰라 했고 나를 낳았던 때와는 다르게 할머니는 손수 끓인 미역국을 하루에 세 번, '산모가 잘 먹어야 젖도 잘 나온다.'며 상을 차려 엄마에게 먹이시고 손수 똥 기저귀까지 빨아 주셨다.

꼬물거리는 작고 여린 생명체를 신기한 듯 바라보다 만져보고 싶어 가까이 다가가면 할머니는 손사래를 치며 소리를 지르셨다.

"쓸 데 없는 가스나가 콱!" 하시며 아파 눈물이 쑥 빠질 만큼 머리를 쥐어박았다.

그래도 나는 이웃 어르신들에게 엄청 귀여움을 받았단다.

작고 앙증맞은 발에 고무신을 신기면 발등이 소복하도록 살이 올라오고 통통한 엉덩이를 씰룩대며 뒤뚱거리는 내가 너무 귀여워 "난아~ 이리 와야지~, 이리 와야지~." 하고 서로 불러 단 과자와 사탕 같은 것이 내 손에서 떨어질 날이 없었단다.

그 무렵 아버지는 집 짓는 미장일을 배우기 위해 기술자들을 따라다녔고 기술자들이 옮겨 다닐 때마다 우리도 짐을 싸서 사는 곳을 옮겨 다녀야 했다.

영주, 상주, 약목, 지금 우리가 사는 구미에 정착할 때까지 수없이 많은 도시들을 떠돌았고 그럴 때마다 나와 남동생은 겨우 정들만한 동무들과 이별을 해야 했으므로 아버지를 따라 다녀야만 하는 이사가 죽도록 싫었다.

엄마 또한 늘 짐을 싸다 보니 변변한 살림살이 하나도 제대로 장만하지 못하고 그냥 되는 대로 아쉬운 대로 살 수밖에 없었다.

구미라는 낯설고 휑한 도시로 올 때쯤 내게는 눈이 왕방울만 하게 큰 여동생이 한 명 더 생겼고 그동안 같이 짐 싸서 이사 다니던 할머니와 두 삼촌이 이사하기에 지쳤는지 살던 영주에서 그냥 살겠다며 남아(그 사이 고모는 뿔테안경 면서기 아저씨와 영주에서 살림을 차렸고 나와 동갑나기인 아들과 내 밑의 남동생과 동갑인 아들을 낳았다.) 우리는 단출하게 다섯 식구가 되었다.

그리고 머지않아 미장 기술을 익혀 기술자가 다 된 아버지가 제법 벌어다주는 돈으로 하천부지로 묶인 땅을 헐값에 사고, 거기다 큰 벽돌로 벽을 쌓고 슬레이트로 지붕을 덮은 두 개의 연탄아궁이를 들여놓은, 부엌 하나에 큼지막한 방 하나를 아버지 손으로 손수 지어 내 생에 처음으로 우리 집이라는 걸 갖게 되었다.

잦은 이사로 국민학교에 입학할 시기를 놓친 나는 구미에 정착하고서야 비로소 아홉 살 늦깎이 1학년이 되었고 같은 또래의 아이들보다 한 살이 많은 나는 애늙은이 소리를 들을 만큼 조숙해서 눈치가 빨라 선생님이 어떻게 해야 관심을 가져 주는지, 무엇을 해야 좋아하는지 싫어하는지를 알아채는 데 선수였기에 지금 생각하면 그때 이미 나의 자아가 완성되지 않았나 싶다.

나보다 세 살 아래 남동생과 그보다 두 살이 어린 여동생은 언제나 내 차지였고 학교가 파하면 잽싸게 집으로 뛰어와 동생들 밥을 챙겨 먹였다.

집 짓는 노동을 해서 식구들을 먹여 살리느라 등이 휘도록 일하던 아버지는 늘 고기 타령을 하시더니 급기야 일이 없는 날을 잡아 공사 현장에서 각목이나 널빤지 조각들을 가지고 오셔서 얼기설기 엮어 오리나 닭을 기를 수 있는 울타리를 만드셨고 거기다 몇 마린지 토끼와 꽥꽥대며 엉덩이를 뒤뚱 뒤뚱 흔들며 몰려다니는 작고 귀여운 여러 마리의 오리를 사 오셔서 기르기 시작하셨다.

그때부터 토끼와 오리들에게 먹이를 주고 돌보는 일은 우리 삼 남매의 몫이 되었고, 학교를 파한 동무들은 길가에서 고무줄놀이, 술래잡기, 공기놀이, 오자미 던지기를 하며 해가 지도록 햇빛 아래 얼굴이 빨갛게 상기되어 놀았지만, 나는 동생들 손을 양손에 잡고 망태기 가득 꼴을 따다 토끼를 먹였고, 오리에게 먹이기 위해 집에서 한참 떨어진 개울가 늪지대에서 동생들에게 꼼짝 말고 앉아 있으라고 엄포를 놓고는 망태기에 그득하게 꼴(잡풀)을 뜯어 와 그것을 자른 다음 쌀겨와 섞어서 모이를 만들었다.

처음에는 토끼도 작은 아가여서 하루에 한 번만 망태기를 채워도 되어 그리 힘들지 않았고 두 동생들도 내 말을 잘 들어주어 그런 대로 먹이 주는 일을 재미삼아 했다. 오리들 역시 마찬가지로 어린 꽥

꽥이들이 먹이를 던져주면 작고 앙증맞은 엉덩이를 흔들며 뛰어와서 납작하고 귀여운 주둥이로 맛있게 먹는 모양이 너무 예뻐 두 동생들과 나는 그 모습을 지켜보는 재미로 힘든 줄을 몰랐다.

거기다 가끔씩 아버지가 왕사탕이나 엿 같은 군것 거리를 사주시며 칭찬이라도 하시면 우리는 서로가 대견했고 무언가 아빠 엄마에게 도움이 되는 일을 했다는 뿌듯함에 해가 저물도록 놀다가 밥 먹자고 큰소리로 부르는 엄마 소리를 듣고서야 어둑어둑한 골목골목으로 사라지는 아이들이 하나도 부럽지 않았다 .

그러나 시간이 지나갈수록 하얀 털이 복슬복슬한 토끼는 자꾸 몸집이 커갔고 무섭도록 늘어난 식성을 보이며 먹고 돌아서면 또 먹고 그 식성을 채워주기 위해 나와 동생들은 점점 멀리까지 먹이를 따오기 위해 나가야 했다. 그리고 망태기 하나로 모자라 큰 보따리까지 머리에 이고 다리 아프다고 업어 달라 조르는 네 살짜리 여동생의 손에 반만 먹고 남긴 껌이나 사탕 같은 것을 쥐어주었다.

그렇게 나와 남동생은 애어른이 다 되어가고 있었다.

먹는 양이 느는 만큼 싸는 양도 늘어난 토끼 똥을 치우는 것도 일이었다.

먹이와 섞인 똥들이 뭉쳐져서 토끼장 바닥에 눌어붙어 긁어내는 일은 늘 내 힘에 부쳤고 깨끗이 청소 못 한다고 늘 아버지께 욕 섞인 꾸지람을 들었다. 밥 처먹고 그런 일 하나 제대로 못 하는 나는 식충이에 대가리 나쁜 제 어미 닮아 싹이 노란 계집아이였다. 어느 날은 제법 덩치가 커진 오리 한 마리가 우리를 넘어 나와 온 마당을 꽥꽥

거리며 돌아다니다 여기저기 똥을 싸놨고 그것을 미처 치우기도 전에 술이 거나해진 아버지가 비틀거리며 들어오다 그 오리 똥을 밟고 말았다.

아버지의 분노는 하늘을 찔렀고 일곱 살 먹은 남동생과 나는 너무나 아파서 차라리 죽었으면 싶을 만큼 매를 맞았다.

아버지는 손에 닥치는 대로 그것이 막대기든 몽둥이든 채찍이든 가리지 않았다.

온몸에 뻘겋고 시퍼런 자욱이 뱀처럼 감겨 어디 한 곳 성한 데가 없었다. 마침 날품을 팔고 방금 돌아와 부엌에서 불을 때 밥을 짓고 있던 엄마가 놀라서 달려 나오고, 이웃 집 아주머니 아저씨들도 놀라 달려와 말렸지만 그럴수록 아버지는 더욱더 미친 듯이 날뛰었다. 동네 사람들에 의해 끌려 나간 아버지의 고래고래 악을 써대며 지르는 욕 소리가 멀어져가고 사람들의 끌끌 혀 차는 소리가 들려왔다.

간신히 퉁퉁 부은 눈으로 주위를 살피다 같은 반 친구와 눈이 마주치자, 나는 때리는 아버지의 매보다 어디 개구멍으로라도 숨고 싶었다. 차라리 내 몸이 투명해져 아무도 보지 못했으면 하는 생각과 자존심이 너무 상해 아파 몸으로 그 친구를 노려보며 '학교 가서 소문냈다가는 죽여 버리겠다.'고 마음속으로 다짐을 했다.

그렇게도 자식을 개 패듯이 패놓고도 정작 아버지는 그 사실을 까맣게 잊어먹었는지 다음 날 아침부터 토끼나 실한 오리를 잡아 뜨거운 물을 끓여 털을 뽑고 탕을 하든지 삶든지 해서 엄마와 세 자식을 둥근 상 앞으로 불러 앉히고 손수 뼈를 발라주며 "먹어라, 어서!" 하고 윽박지르며 이웃 집 중에 누가 우리 집처럼 이렇게 고기를 자주 먹느냐며 너희들은 그나마 아버지를 잘 만났기 때문에 고기를 자주 먹는 호사를 누리는 거라고 힘을 주어 자랑스레 말씀을 하시곤 하셨다.

우리는 푸르딩딩하게 부풀어 오른 눈자위를 문지르며 눈물을 흘리면 또다시 무지막지한 매타작을 해댈 아버지가 너무나도 두렵고 무서워 그릇에 고개를 처박을 듯 숙이고 아구아구 입속으로 고기들을 처넣었다.

가끔씩 엄마가 아버지 기분을 살피며 "애들아, 맛있지? 아버지께 고맙습니다 해야지." 하고는 말씀하셨다.

"그래, 마이 무라. 호랭이가 지 새끼 잡아 묵는 거 봤나! 이 아버지가 너거들을 얼매나 사랑하는지 아나. 부지런하지 않으면 아무도 못 살아난다. 알겠나? 아부지가 잔소리 안 하든 노다지 게으름이나 피고 아버지 어머니는 너그들 멕이고 입히고 우리가 못 배운 게 한이 되가 우짜든지 공부를 시키가 무식을 면하고 자~알 살아보라고 삐빠지게 아침부터 저녁까지 죽어라고 일만 하는데 너거들은 죙일 먹고 놀민서 그까짓 거 토깽이 및 마리 오리 새끼 열댓 마리도 못 믹이 살린다, 이 말이가? 똥을 싸면 그때그때 치우고 아부지가 힘들게 돈 벌고 오시는데 똥이나 밟고 그라마 기분이 어떻겠노! 하기사 이 모든 기 에미 애비 없이 벌가리로 자라가 지 새끼들 교육 하나 지대로 몬 시키는 너거 어머이 때문이지 너거들이 머를 알겠노. 에이 재수 없는 년."

아버지는 이제나저제나 어떤 불호령이 떨어질까 눈치 보기에 여념이 없는 엄마의 등을 노동으로 거칠어진 두툼한 손으로 사정없이 후려치셨다.

이렇게 엄마와 우리는 사흘 거지로 가해지는 아버지의 무지막지한 폭행을 견뎌야 했다.

그 무렵의 아버지는 텃세를 부리며 싸움을 걸어오는 그 지역의 청년들과 끊임없이 부딪쳐서 싸웠고 어떤 날은 기분 좋은 얼굴로 풀빵 같은 간식을 사서 누런 봉투에 담아 오늘은 무사히 안 맞고 잘 수 있을까 불안해하며 떨고 있는 우리에게 던져주기도 하고 어떤 날은 대문을 발로 우당탕 차면서 고래고래 "이것들은 아부지가 집에 들어오지도 않았는데 벌써 다 자빠져 자고 있단 말이지. 내 이것들을 요절을 내야지." 하며 두리번두리번, 눈에 띄는 대로 무기를 찾아들고 안 그래도 떨고 있는 아내와 자식들에게 무자비한 폭행을 가했다.

그 와중에도 엄마는 어린 딸들을 보호하려고 품에 품어 몸 전체를 둥글게 말아 팔로 감싸 안아 지켰고 그 모진 매타작을 온몸으로 고스란히 받아내야만 했다.

그 와중에 나와 남동생은 매에 이골이 났고 체념하듯이 견뎌내야만 했다. 제풀에 지친 아버지가 코를 골며 나가떨어질 때까지……

치유되어져야 할 상처

그 지옥 같은 삶 속에서도 시간이 흘러가고 우리도 나이가 들어가며 아버지의 폭행을 어린 시절처럼 고스란히 맞고 있지는 않았다.

요령이 생긴 것이다.

누군가로부터 아버지가 어디서 누구와 무얼 하는지 미리 정보를 얻어 시기적절하게 대처를 할 수 있게 되었다.

아버지가 기분이 좋지 않든가 술에 취했을 때는 엄마와 우리는 각자 아는 이웃집이나 친구 집으로 미리 몸을 피했고 고래고래 고함을 지르고 욕을 하며 살림살이를 와장창 부수며 난동을 부리던 소리가 잦아들고 잠잠해지면 그제서 피난 갔던 집에서 우리는 발걸음 소리를 죽이며 살금살금 집으로 돌아왔고 어지러이 널려 있는 세간들을 치우고 몸을 움츠리고 누워 오늘 하루가 무사히 넘어갔음을 안도하며 잠이 들었다.

아버지는 세상에서 부딪히고 멍이 들면 가족들에게 그 섭섭함을 풀었고 당신의 아버지가 그러했듯이 이를 갈며 증오했던 그 아버지의 전철을 그대로 닮아가고 있었다.

열두 살 되던 4학년, 바로 밑의 남동생이 일 학년에 입학을 했고 그 밑으로 여섯 살, 네 살, 세 살, 줄줄이 아버지와 엄마는 서로를 미워하면서도 계속 아이들을 낳았다. 그것도 여동생들을…….

나는 학교에서 공부를 마치면 동생들에게 얽매여 사느라 변변한 친구 하나 없었으므로 무거운 발걸음을 옮겨 집으로 돌아오기 바빴고 일 학년 남동생은 내가 공부를 마칠 때까지 학교 앞 운동장에서 그네를 타거나 시소, 회전하는 놀이기구를 타면서 기다리다 내 공부가 끝나면 같이 놀아 달라고 생떼를 써댔고, 그런 동생의 손을 잡아 끌고 엄마가 그랬던 것처럼 집에 있는 동생들이 혹 다치거나 배고파 울지 모른다고 달래보았지만 동생은 막무가내로 아예 땅바닥에 퍼질러 앉아 두 다리를 버둥대며 소리 내어 울기까지 했다.

　이때 손쉽게 동생을 달래고 집으로 빨리 갈 수 있는 비법은 왕사탕 하나를 까서 동생에게 보여주면 그 달콤한 유혹에 1초의 망설임도 없이 벌떡 일어나 내 손에서 왕사탕을 낚아채고는 볼이 불룩해져서 저만치 앞장을 서서 나보다 먼저 걸어가곤 했다.

　아버지는 유독 남동생과 나를 심하게 때렸고 그 상처로 인해 남동생은 훗날 가정을 이루고 어른으로서의 삶을 살아가는 동안 늘 의식적으로 아버지와의 대면을 피했고 원망했으며 무정하다시피 했다. 아버지와 일정한 거리를 유지하며 자신만의 울타리를 만들어 그 울타리 안의 자기 가족(아내, 아들, 딸)에게 아버지가 어떤 식의 영향도 끼치지 못하도록 선을 그었다. 동생은 언제나 아버지와 떨어져 살기를 원했고 눈조차 마주치려 하지 않았다.

　참으로 마음 아프고 슬픈 일이었지만 나는 동생의 그 심정을 이해할 수 있었고 노년이 외로운 아버지를 바라보며 그렇게 모질었던 세월의 죗값을 받고 있으신 듯 느껴졌지만 나 또한 치유되어져야 할 상처였기에 아버지가 이 세상을 버리시던 날까지 단 한 번도 그분을 진정으로 사랑한 적이 없었다.

나는 날마다 죽도록 일을 해도 살림이 조금도 나아지지 않는다고 하면서도 어쩌자고 자꾸만 아기를 낳아 식구를 불리는지 아버지와 엄마를 이해할 수 없었고 그 덕분에 동생들을 돌보느라 변변히 놀아줄 동무 하나 사귀지 못하는 내 처지가 한심하기까지 했다. 따라서 엄마, 아버지가 너무 미웠고, 보채고 싸우고 울고불고 난리를 쳐대는 동생들 또한 밉고 야속하기만 했다.

그러던 어느 날 엄마가 살이 쪄서 배가 나왔다고 생각했는데 또 임신을 했고 점점 배가 불러지더니 신기하게도 쪼그마하고 번데기처럼 생긴 작은 고추를 달고 두 주먹 꼭 쥐고 막내 동생이 태어났다.

딸을 내리 셋이나 낳은 후에 낳은 그 작은 남자아기는 엄마가 서럽고도 아픈 오랜 시절을 보내고 낳았던 만큼 엄마의 위로가 되었고 아버지 또한 막내아들은 아버지의 삶 자체를 변하게 만드는 기적이 되었다.

할머니는 할머니대로 싱글벙글하시며 그 귀한 쇠고기를 끊어와 미역국을 끓여 하루에 몇 번씩 흰밥을 수북하게 쌓아 상을 차려내셨고 바람 들면 큰일 난다며 엄마의 외부 출입을 막으시더니 거의 두 주가량 산바라지를 해주셨다.

쓸모없는 딸년들만 내지른 때와는 대접이 달랐고(할머니 말을 빌자면) 아버지 역시 중대한 결심을 하시고 그것을 실천하셨다 .

그때는 한창 가난을 떨치기 위해 몇 년간의 계약으로 중동의 뜨거운 사막으로 돈을 벌기 위해 떠나는 것이 유행처럼 번져나갔고 아버지 또한 막내아들에 대한 책임과 의무를 해야겠다며 쿠웨이트행을 결정하여 몇몇의 친구들과 함께 떠나가셨다.

그 이후 엄마를 위시한 우리 식구들은 그동안 아버지에게 억눌리고 수없이 매를 맞았던, 배고프고 서러웠던 시절을 잊고 상처 난 살갗에서 새살이 차오르듯 그렇게 옛 상처를 지우려고 각자 새로운 삶을 꿈꾸었다.

그런데도 처음에는 오히려 아버지의 오랜 부재가 믿어지지 않아 애를 먹었다. 분노로 일그러진 아버지의 붉은 얼굴이 크게 오버랩되어 소스라치게 놀라 잠에서 깨던 몇 번의 밤이 지나고 나서야 비로소 우리 가족들에게는 평화가 찾아왔다.

그런 와중에 아무리 생활이 어려웠어도 엄마는 우리들에게 아버지 몰래 할부라도 끊어서 늘 새 책들을 사주셨다.

아버지가 알면 엄마와 우리는 매를 맞아 죽었어야 할 일이었지만 엄마는 아버지의 무슨 책이냐는 물음에 마을 누구네서 아이들이 다 크도록 읽은 책들을 가지고 와서 읽는 거다, 건넛마을 누구네서 버린다고 하는 책을 마침 그곳을 지나오다 받아온 거라며 거짓말을 하면서까지 많은 분량의 책을 사서 자식들에게 읽게 하셨다.

알프스 소녀 하이디, 비밀의 화원, 사운드오버 뮤직, 백설 공주와 일곱 난쟁이, 신데렐라, 라푼젤, 잠자는 숲속의 공주, 빨간 머리 앤 등 우리는 다락방에 숨어 앉아 가리지 않고 많은 책들을 읽어냈고 나름대로 상상 속 세상에서는 꿈꾸는 그 어느 인물이라도 다 될 수 있었다.

그러고 보면 우리의 어린 날들이 죽도록 비참하지만도 않았다는 생각이 드는 건 순전히 자신과 같은 비참한 삶을 자식들에게 대물림해주고 싶지 않았던 엄마의 애끓는 소망이 담겼던 것은 아닌가 하고 반추해본다.

오죽하면 몇 명 안 되는 친구들이 우리 집에 놀러오면 엄마가 손마디가 곱도록 힘들게 일해서 번 돈으로 사준 책들의 방대한 양에 놀라 부러움으로 기가 죽어 돌아가고는 했다.

아버지가 사막으로 떠나가신 다음 달부터 부쳐주신 월급으로 엄마를 비롯한 우리 가족은 아주 풍족하지는 않았지만 남들에게 빌리거나 동정을 구하지 않아도 될 만큼의 여유를 누리며 살았다.

동네 아이들이 군것질거리를 들고 '먹고 싶지?' 하면서 놀리면, 어린 동생들은 한 입만 하면서 그 뒤를 졸졸 따라다녀 자존심을 상하게 했었는데 이제는 오히려 과자를 사서 주머니에 넣고 다니며 내 책가방을 들어주면 막대 사탕 하나, 나를 놀이에 끼워주면 사탕 두 개, 이렇게 소심한 복수를 은근히 즐겼다. 동생들은 이제 더 이상 동네의 천덕꾸러기가 아니었다.

그 비참하고 모진 세상을 참아냈던 엄마는 어쩌다 학교에 한 번씩 나타나 나와 동생들의 기를 살려주었고 우리는 예쁜 엄마로 인하여 어깨가 으쓱해져 많은 아이들의 부러움의 대상이 되기도 했다.

그때는 동네 아주머니들이 평상 같은 곳에 삼삼오오 모여앉아 비단 천의 촘촘하게 그려진 흰 동그라미 문양에, 고리처럼 생긴 쇠막대기로 꿰어 그 부분을 비단실로 여러 번 홀쳐매는 일명 홀치기라는 부업이 유행하고 있던 때여서 너도나도 비교적 힘들이지 않고도 꽤나 벌이가 되었다. 그리하여 아주머니들은 모여앉아 누구네가 어떻고 누구네 집에 개가 새끼를 몇 마리 낳았다는 둥 수다를 떨면서도 일할 수가 있었다. 더구나 그 일감들은 전량 일본으로 수출했었기에 일은 무궁무진했고 어떤 집에서는 비교적 쉬운 단순작업이라 딸들에게도 홀치기를 가르쳐 집에서 밤새워 남들보다 두서너 배나 많은 양의 부업을 해내 동네 사람들의 부러움을 사기도 했다. 어떤 집에서는 별로 하는 일 없이 노는 남편에게 홀치기 기술을 가르쳐 온종일 집에 틀어박혀 부업을 하여 남들보다 훨씬 많은 돈을 벌어가기도 했다.

물론 나도 돈 욕심으로 엄마 옆에 홀치기 틀을 놓고 앉아 시도는 해보았지만 제대로 할 수 없어 애꿎은 천에다 구멍만 뚫어서 넓힌다고 엄마와 아주머니들의 따가운 눈초리에 그만 눈치가 보여 이내 그만두고 말았다.

남이 하는 걸 보면 엄청 쉬워보였지만 아무나 하는 것이 아니었고 나는 차라리 산에 올라가 땔감으로 마른 삭정이를 꺾고 밑동이 썩어버린 참나무, 하다못해 청솔이라도 한 자루 가득 발로 꾹꾹 밟아 채워 산이 주는 위로와 안식을 즐기는 것이 오히려 취향에 맞았다.

아버지가 안 계신 집안에서의 나는 봄이면 학교가 파하는 대로 집으로 달려와 책보를 집어 던지고 들로 뛰어나가 바구니 한가득 쑥이며 달래며 냉이를 캐고 여름이면 내 뒤를 졸졸 따라다니며 귀찮게 구는 동생들을 따돌리고 해가 질 때까지 들판으로 산으로 또래 아이들과 어울려 다녔다.

짬짬이 다섯 아이를 챙겨가며 홀치기 부업을 하던 엄마는, 내가 동생들을 돌보아주지 않자 욕심을 내어 받아온 일감을 다른 사람에게 내줄 수밖에 없었다. 게다가 다른 사람들에 비해 턱없이 적게 일을 했으므로 수출 물량이 딸린다고 동동거리며 밤낮으로 쫓아다니던 중간상인들의 눈에 그런 엄마가 곱게 보일리가 없었거니와 그나마 주던 물량조차도 점점 줄이더니 급기야 우리 엄마에게는 아예 일거리를 주지 않기에 이르렀다.

엄마는 처음에는 학교를 마치고 엄마 눈에 띄지 않게 살금살금 들어와 책보만 벗어놓고 삼십육계 도망을 치는 내 뒷모습을 쳐다보고는 하셨다.

어린 것이 동생들을 돌보느라 제대로 놀아 보지도 못하고 거기다 호랑이 같은 아버지에게 늘 맞아 멍이 가실 새가 없었던 딸이 아버지로부터 놓여나서 또래 동무들과 산으로 들로 뛰어다니는 모습이 보기에 좋았던 것이다. 그러나 힘이 들고 부업의 양은 줄었지만 큰딸의 밝은 모습을 보는 것으로 위안을 삼았거늘 나는 해가 져서 어둑어둑해질 때까지 집에 들어올 생각을 안 하고 엄마의 걱정이 머리 꼭대기까지 차오를 때쯤에야 흙이며 검불 같은 것을 잔뜩 묻혀 반은 거지꼴을 하고 나타나자 엄마는 화가 폭발을 해서 마당 한쪽에 세워 둔 싸리비를 거꾸로 들고 고래고래 소리를 지르며 어깨 머리 할 것 없이 닥치는 대로 나를 두들겨 팼다.

그때 마침 막내 손자를 보려고 와 계신 할머니가 그래도 첫정이 든 손녀딸을 역성들었다.

"아이구, 이 미친년이 아 잡겠네! 지 새끼 팰 때 보마 아주 신들린 무당년 같고마!"

할머니는 엄마의 손에서 나를 낚아채듯 뺏어오며 샘가로 데리고 가 씻겨 주셨고 할머니가 두둔하시면 더욱더 맞은 매가 아프고 서러 워 다 큰 나는 동생들이 지켜보는 것을 알면서도 할머니 손에다 팽~ 하고 코를 풀며 어리광을 부렸다.

반찬거리며 아이들 간식거리를 보태려고 했던 엄마의 부업은 나의 비협조로 인하여 더 이상의 일감을 받지 못해 끝이 났고, 한 달에 두어 번 한국으로 돌아오거나 혹 그곳 중동에서의 혹독한 노동으로 아버지와 호형호제하며 동병상련의 우정을 나누시던 분들 중에 고국으로 돌아오시는 분 편으로 아버지는 맞춤법도 맞지 않는 편지와 그곳 숙소에서 찍은 흑백 사진을 몇 장씩 보내 주셨고, 편지마다 막내아들은 아픈 데 없이 잘 크고 있는지 막내 동생의 안부만을 물어 우리를 주눅 들게 했다.

그때는 어린 마음에 돈만 벌어 보내고 아버지처럼 무섭고 못된 사람은 다시는 우리 아버지로 돌아오지 않았으면, 아니 차라리 죽고 없었으면 하고 속으로 얼마나 빌었는지 모른다.

아버지는 편지에 얼른 한국으로 돌아가고 싶고 '내가 보낸 돈 많이 모아 뒀겠지?' 하면서 그 돈으로 작은 분식가게나 문방구를 차리면 여덟 식구 밥은 안 굶고 살지 않겠느냐고 적었다. 아울러 삼사 년 땀 흘리며 하루에 열다섯 시간 정도 일을 하고 나니 체력이 바닥이 나서 더 이상은 못 버틸 것 같다며 머지않아 집으로 돌아올 것 같은 불길한 예감이었다.

엄마와 우리는 벌써 마음이 불안해져 전전긍긍하고 아버지의 부재가 불러온 몇 년간의 평화가 서서히 무너져 가고 있음을 온몸의 전율로 깨우칠 수 있었고 특히 엄마는 심각하게 우울증을 앓았다.

아버지는 보내준 돈이 고스란히 저축되어 있을 거라 생각하고 있었기에 엄마로서는 얼마나 어처구니없고 복장이 터지는 일이 아닐 수 없었다.

한둘도 아니고 무려 여섯이나 되는 아이들을 학교에 보내고, 다른 집 아이들처럼 고기반찬 한번 실컷 먹이지 못하고 푸성귀로만 차린 꽁보리밥을 먹여 우리들은 영양 결핍으로 인해 생긴 허연 마른버짐을 얼굴 가득 달고 살았다. 그렇게도 예쁘고 귀여운 막내 동생까지도! 거기다 엄마는 허리띠 졸라매고 최대한 돈을 아끼느라 이웃에서 안 입는 옷들을 받아와서 기우고 고치고 빨아서 우리에게 입혔고 철없는 동생들과 나는 엄마가 먼 이웃에라도 가서 옷 보따리 무겁게 이고 오는 날이면 서로 예쁜 옷을 차지하겠다고 난리 법석을 떨기 일쑤였다.

엄마가 나를 등에 업고 장사를 다녔을 때에 알던 아주머니들이 아이들이 커버려서 못 입히게 된 옷이 생기면 버리지 않고 모아 뒀다가 어떻게 연통을 놓아 엄마에게 와서 가져가라 전해주면 엄마는 동생들을 내게 맡기고 십여 리의 거리도 마다 않고 흔쾌히 길을 나섰다.

우리가 특히 동네에서 얻어온 옷보다도 멀리서 얻어 온 옷을 더 좋아한 이유는 가까이서 얻어온 옷을 고쳐서 깨끗이 빨아 입고 학교에 갔는데 뒤에서 "어, 저거 내가 입던 옷인데." 하는 친구의 소리가 들리고 반 아이들 모두의 시선이 내 뒤통수에 아프게 꽂혀 오면 나는 진퇴양난, 귀까지 빨개져서 기어들어가는 목소리로 겨우 한다는 소리가 "아니야, 우리 고모가 서울서 사온 옷인데 에이 재수 없다! 내가 다시는 너하고 똑같은 옷 입나 봐라. 안 입는다, 안 입어!" 하고 큰소리치기는 했지만 자존심이 상할 대로 상한 나는 이를 악물고 눈물을 참으며 분한 마음을 삼켜야 했다.

반면에 멀리서 얻어온 옷들은 학교 친구들 중 누구의 옷도 아니었기에 들켜서 망신당할 일도 없었고 고모가 사다준 옷이라고 말하면 그만이었던 것이다.

최대한 아껴 사노라 살았건만 아버지의 성향을 너무나 잘 알고 있던 엄마가 며칠을 잠을 못 자고 뒤척이더니 어느 날 나에게 말했다.

"난아~ 아무래도 너거 아부지가 곧 집으로 돌아오지 싶으다. 그전에 엄마가 뭐라도 해가지고 더 이상 아부지가 보내주는 돈을 축내지 말고 살아야 될 것 같아. 너도 느그 아부지 성질 잘 알지? 엄마가 옆

집 아주머니 다니는 보험 회사에 다니기로 했다. 아주머니가 고맙구
로 내일 같이 가보자고 하시네. 그러니까 네가 전에처럼 동생들을
좀 돌봐줘야 되겠다. 아주머니 말로는 잘만 하면 돈을 엄청나게 벌
수도 있다더라. 네 아부지 오기 전에 얼른 돈 벌어서 우리 예쁜 새끼
들 고기도 사 먹이고 예쁜 옷도 사줄 거야, 알았지? 그러니까 밖으러
그만 싸돌아다니고 동생들 좀 잘 부탁한다.”

　다음 날부터 엄마는 옆집 아주머니와 함께 보험회사에 출근을 하
게 되고, 할머니께서 왔다 갔다 하시면서 우리의 끼니를 챙기셨다.

　중학생인 나와 국민학생인(5학년, 3학년, 1학년) 동생들이 학교에서
돌아올 동안 여섯 살 된 동생과 네 살 된 동생을 돌봐 주셨는데 중학
교 2학년인 나는 국민학교와는 다른 수업 방식과, 과목마다 선생님
이 다르고 오후 늦게까지 이어지는 수업시간을 핑계로 가능하면 학
교에 남아 동생들을 돌보는 일을 피하려고 안간힘을 썼다.

　지금 생각해 보면 우리 식구 중 누구 하나 가엾지 않은 사람이 없
었다. 어떻게 해볼 수 없는 가난을 할아버지로부터 물려받은 아버지
가 그 가난이 싫어 죽을 만큼 일도 해보고 애를 써 봐도 가난은 헤어
나려고 몸부림치면 칠수록 빠져드는 수렁처럼 아버지의 바짓가랑
이를 붙잡고 늘어져 절망 속으로 밀어 넣었다. 그리고 그 절망은 세
상에 대한 분노로 바뀌어 가족들에게 폭력이라는 끔찍한 형태로 표
출되었고 우리 가족들에게는 씻지 못할 상처가 되었다.

　그나마 늦게라도 다시 한 번 식구들을 위한다는 명목으로 듣도 보
도 못한, 평균 기온이 50도를 웃도는 열사의 나라까지 가서 참기 어

려운 열기와 끝없이 흘러내리는 땀으로 인해 소금을 섭취하며 잠자는 시간도 아껴 거의 4년을 버티신 아버지였다.

　요즘 내가 사는 "주택공사에서 지은 임대 아파트"에서도 알 만한 이웃 중의 어떤 집에서는 잊을 만하면 한 번씩 꼭 어린 시절 내가 겪었던 그 상처들이 들고 일어나 가슴이 마구 뛰어 잠을 설치게 만드는, 귀에 익숙한 싸움 소리를 들을 수 있다.

　고래고래 지르는 술 취한 아저씨의 고함소리와 지지 않고 날 죽여라 덤벼드는 아주머니, '아빠! 제발 그만하세요.' 하며 울먹이는 삼 남매의 애절하게 말리는 소리, 그리고 와장창 무언가가 깨어지는 소리……

　그런 새벽이면 내 어릴 때 겪어내야 했던 그 아픔들이 들고 일어나 온통 잠을 설치고 밝은 날 바로 아래층에 사는 그 아이들이라도 마주치는 날에는 내가 오히려 미안해 얼굴을 피한다.

　얼마나 창피할까, 그 마음이 헤아려져서, 때로는 "가정폭력"으로 신고해버릴까 생각해본 적도 있지만 가끔 마주쳐 가볍게 목례 정도는 하고 사는 이웃이라 차마 전화기를 들 수는 없었다.

　늘 허기가 져 기운이 없었던 우리는 아버지가 집을 지어 방 몇 개에다 부엌을 나누어 벽돌을 쌓아 경계를 지어놓으면 움푹 들어간 그 빈 공간을 아버지의 지시대로 돌이나 흙으로 평평해지도록 메워야 했는데 내 키와 비슷한 삽으로 돌이나 흙을 세숫대야나 비슷한 크기의 양동이에 퍼 담아 쉬지 않고 메우는 그 작업은 결코 만만하지도 않았고, 어찌나 방이 크든지 방과 후의 모든 시간을 아버지께 혼날까봐 허리도 한번 제대로 펴지 못하고 일을 해도 한 칸의 방을 다 채우기 어려웠다. 그나마 돌아오는 건 아버지의 'XX년, XX놈!' 등 서러운 욕뿐이었다.

아버지의 표현을 빌려 '대가리에 똥만 든' 우리 형제자매들은 밥만 축내는 짐승이었고 보면 볼수록 화가 나서 손이 저절로 날아가는 그런 부모 등골 빼먹는 머리 나쁜 자식이라 하기에도 창피한, 어쩌지도 못하는 애물 단지였던 것이다.

그런 아버지로 인해 나와 남동생은 학교만 파하면 옆도 뒤도 돌아보지 않고 뛰어와 바로 삽을 들고 방 메우는 작업을 계속 해야 했다.

아버지가 그날그날 지적해주는 할당량을 다 채우지 못하면 저녁밥조차도 굶어야 하기에 우리 남매는 손바닥에 마디마다 물집이 잡히고 잡힌 물집이 터져서 피가 나도록 삽질을 해야 했다.

더러는 할당량을 채우지 못한 벌로 우리가 밥을 굶고 있으면 아버지 몰래 엄마가 주먹밥을 소금 넣고 뭉쳐 와서 한 개씩 주고 그것을 들킬세라 바깥 어두운 데서 마주보고 먹으며, 내준 숙제를 못 해서 선생님께 맞을 손바닥이 미리 아파 오는 듯해 동생과 나는 학교 가는 것조차도 짐스러웠다.

그렇게 해서 집이 완성되면 아버지는 그 집을 파셨고 다시 그 옆에다 집을 짓기 위한 터를 고르고 기초를 놓으셨다.

4년을 다 채우지 못하고 중동에서 돌아오신 아버지는 훌쩍 커버린 자식들과 보험회사를 다니면서 얼굴에 화장을 하고 옷이라도 깔끔하게 입고 매와 생활에 찌든 때를 벗고 상냥한 얼굴로 웃으며 맞아주는 엄마가 낯설어 얼마 동안 적응을 못 하고 무언가 꼬투리를 잡을 태세로 엄마와 우리를 지켜보는 듯했고 우리 집에는 폭풍전야와도 같은 긴장감이 감돌았다.

집안은 모든 것이 물밑으로 가라앉은 것처럼 고요했고 엄마와 우리는 서로 눈치만 살피며 어떡해서든 아버지의 눈에 띄지 않는 것만이 살길인 양 전전긍긍했다.

막내 동생만이 처음엔 낯선 아버지를 무서워하며 엄마 다리를 잡고 빙빙 돌며 아버지가 내미는 손을 피하더니 이내 붙임성 있게 다가갔다.

아버지는 커가는 과정조차 보지 못하고 어쩌다 한 번씩 엄마가 인편에 보내준 흑백사진을 통해서만 볼 수 있었던 막내아들이 처음에는 자신을 알아보지 못했더라도 4살이나 되도록 자랐다는 사실이 감격에 겨운지 눈물마저 그렁그렁하셨다.

얼마 되지 않아 아버지는 이웃 사람들에게 자랑할 요령으로 네모난 장에 옆으로 문을 열고 짜~안 흑백 화면이 나타나는 텔레비전을 들여 놓으셨다.

그 당시 한 마을에서 텔레비전을 가지고 있는 집이 거의 한 집이나 두 집 정도밖에 없었으므로 아버지가 텔레비전을 샀다는 그 사실 하나만으로 우리 집은 온 동네에 아니 이웃 동네까지 난이 아부지 외국 가서 돈 엄청 벌어와 텔레비전까지 샀다며 화제의 중심이 되었다.

없는 집에 새끼들은 여섯씩이나 낳아 노다지 굶기고, 옷 얻어다 입히고 그러더니 이제 고생 끝에 낙이 온다더니만 잘됐다며 사람들은 시기 반 부러움 반으로 우리를 곁눈 짓으로 지켜보았다.

우리 동네만 해도 인구가 제법 늘어나 오십여 가구가 됐었는데 우리가 텔레비전을 들여놓기 전까지는 유일하게 이장님 댁에만 텔레비전이 있어 사람들은 이장님 댁 마당에 멍석을 깔고 앉아 마당이 비좁도록 촘촘히 붙어 앉아 어서 연속극을 할 시간이 오기를 기다렸다. 높은 대청마루에 두 대문 닫고 의젓하게 네 개의 다리로 버티고 서 있는 텔레비전을 뚫어져라 올려다보며 숨소리도 죽이고 침 넘어가는 소리만이 정적을 깼다.

이장님 댁에 나와 나이가 같지만 내가 잦은 이사로 한 살 늦게 학교에 갔기 때문에 한 학년 위가 된 미숙이는 내가 동생들 손을 잡고 어른들 사이를 비집고 들어가면 어느새 내 앞으로 와 손바닥을 내밀고 그 쪼끄만 얼굴을 오만하게 쳐들고 턱을 세우며 나를 노려보았다.

그것이 무얼 말하는지 아는 나는 바지 주머니 안에서 사탕이나 아껴두었던 껌을 꺼내어 그 얄미운 가시내의 손바닥에 팽개치듯 던져주고는 그 애의 어깨를 젖히며 동생들의 손을 끌고, 맨 앞자리를 차지하곤 했었다. 그런데 어떤 날은 주머니가 텅 비어 들어갈 수도 없었다. 얄미운 미숙이가 두 발로 떠억 버티고 서서 양팔을 벌리고 당체 들여보내주지를 않으니 분해도 어쩔 수 없는 노릇이었다.

동네 사람들도 서로 모르게 과일이나 더러는 생선 아니면 고기나 이장님 사모님에게 갖다 주면서까지 잘 보이려고 애를 썼다.

그런 와중에 중동에 가서 많은 돈을 벌어 와 텔레비전까지 들여놓은 아버지는 이제 폭군에서 영웅으로 금세 신분상승을 해버렸다.

그뿐 아니라 너도 나도 돈을 벌기 위해 중동으로 갔고 몇몇 비교적 젊은 사람들은 쿠웨이트로, 사우디아라비아로 기름 돈을 벌기위해 몇 년을 계획하고 청춘을 던져 버렸다.

불안했던 우리의 평화는 아버지가 사람들을 만나고 다시 술을 입에 대고 집을 지어 파는 일을 해보겠다며 온 가족이 합심해서 아버지를 도와야 한다고 선포하는 순간 서서히 깨어져 가고 있었다.

아버지는 할아버지로부터 가난도 물려받았지만 불같은 성격과 툭하면 손에 들려지는 것 중 아무거라도 잡히면 반은 죽도록 패는 그 잔인하고도 무정한 성품까지를 그대로 물려받아 때로는 아버지 자신도 어떻게 수습이 안 되는 모양이었다.

제2장

도피

탈출

나는 고등학생이 되어 교복을 입고 귀밑 1센티 단발머리를 하고 서도 다른 친구들처럼 자유롭지 못했다.

그때는 "음악다방"이 유행처럼 번지고 뮤직 박스 안의 잘생기고 멋있는 저음의 DJ 오빠에게 마음을 빼앗긴 여고생들이 빨갛게 상기된 볼을 해가지고 뮤직 박스 안으로 신청 음악과 함께 작게 접은 연서 따위를 전해주었다. 또 서로 DJ 오빠의 관심을 끌려고 다투고, 그러다 친한 친구 사이까지도 멀어지던 그런 나름의 순수함이 살아 있던 때라 친구들 또한 선생님 눈을 피해 몰래 몰래 음악다방을 드나들었고 멋진 DJ 오빠들 얘기로 시간 가는 줄을 몰랐다.

나도 물론 그렇게 어울려 놀고 싶었지만 그것은 꿈이자 희망사항일 뿐이었다.

아버지는 집 지어 파는 일에 별 재미가 없으셨던지 그즈음엔 집 밑의 빈 공터와 자갈밭, 늪지대를 개간하는 일에 하루 대부분의 시간을 할애하셨고 우리에게 학교가 파하면 총알처럼 집으로 튀어올 것을 명령하셨다.

여전히 아버지는 우리에게 공포였고 두려움이었지만 그래도 옛날 같지는 않았다. 자식들이 하루가 다르게 자라기도 했고 20여 년의 폭음으로 인해 몸이 망가질 대로 망가져 예전처럼 악을 쓰고, 힘을 쓰지 못했다. 그래도 힘이 약해졌을 뿐 막노동을 하며 익히셨을 듯한 욕설을 자식들이나 엄마에게 엄청나게 쏟아 부으셨다.

지금도 남동생은 가끔 '아버지의 욕 중에 병신 같은 새끼'라는 욕설을 들을 때마다 정말 어디로든 가서 콱 죽어버리고 싶었었다고 말하곤 한다.

다른 더 지독한 욕도 많고 많았는데 왜 유독 그 욕이 동생에게는 깊고 깊은 상처가 되었는지 알 수는 없지만 동생은 언제나 아버지 눈 밖으로 나더니 급기야는 취미 없는 공부 대신 운동(농구)을 선택하고 고등학교 또한 체육 특기생으로 기숙사가 달린 시골학교를 선택해 아버지를 일찌감치 떠나 버렸다.

그즈음 엄마마저도 오랜 세월 아버지에게 당했던 폭행의 후유증으로 아파 눕는 일이 잦았으므로 이래저래 나는 또래 친구들이 누리고 사는 것들 중 어느 하나라도 제대로 누릴 수가 없었다.

여름방학이면 한여름 뙤약볕 아래서 할머니와 아버지 그리고 나는 아침 일찍부터 일어나 개간 중인 돌밭으로 나가 양푼에 돌을 골라 담아 밭의 경계를 나누는 곳에 가져다 붓는 일을 시작으로 심어놓은 작물을 돌보고 풀을 뽑고 늪(한쪽에서 맑은 물이 솟아나는)에서 물을 길어 가뭄에 시들어가는 채소들에게 주는 일까지 저녁 해가 져서 어둑어둑해질 때까지 해야만 했다. 아버지가 집에 가자고 하실 때까지는……

어쩌다 한 번씩 친구들이 밭으로 나를 찾아와 놀러가자고 조르면 나는 눈빛으로 친구들에게 아버지께 졸라 허락을 받으라고 사인을 하고 친구들이 아버지께 달려가 매달리며 "아버지 한 번만 보내주세요, 예?" 하고 있는 대로 애교를 떨어 마지못해 아버지는 내게 몇 시까지는 집에 와야 한다고 다짐을 받고서야 나를 보내 주셨다.

우리 나이 또래의 여학생들이라면 너나 할 것 없이 멋을 부리느라 얼굴에 엄마 화장품을 몰래 바르고 입술에 반짝거리는 립글로스 정도는 바르고 다녔지만 아버지에게 혹여나 들키기라도 하면 겪게 될 고통을 도저히 감당할 수 없었던 나는 세련되고 예쁜 백조의 무리에 섞인 한 마리 외로운 흑조였다.

그래도 다행인 건 나와 세 살 터울 진 남동생과 나만이 매를 맞고 자란 끔찍한 기억을 잊지 못해 부모님에 대한 감정들이 엉킨 실타래처럼 복잡할 뿐, 그 밑의 여동생은 오히려 아버지가 예쁘다며 머리를 빗겨 주시고 땋기까지 해주신 일이며 자전거 뒤에 태우고 다니며 동네를 돌던 일, 자전거 뒷바퀴에 발뒤꿈치가 끼여 피가 났던 일, 사색이 된 아버지가 "아이고 영애야! 내 새끼 잡겠네." 하면서 안타까워하던 일들을 기억할 뿐 매를 맞았던 기억은 나지 않는다고 했다.

부모님은 유난히 막내 동생을 사랑하셨다. 물론 우리 남매 모두 그 아이를 사랑했지만 막내가 아버지의 무릎에 앉아 있을 동안은 안전했고 평안했다.

부모님은 어떻게 해서든 막내가 해달라는 건 다해주고 우리 또한 막내를 너무나도 예뻐했기 때문에, 그 아이는 가족 모두의 사랑을 먹고 잘 자라 주었다.

나는 고등학교 졸업을 한 학기 남겨둔 겨울방학에 시내에 있는 서점에 취직을 했다. 줄줄이 달린 동생들 때문에 대학은 꿈도 못 꿀 일이라 일찌감치 포기하기도 했었지만 그 당시에는 대부분의 친구들이 공장행을 택했다.

돈을 벌어 가정경제에 보탬이 되어야 했었고 그때까지 여자가 대학은 가서 뭐 하냐는 것이 대세였다. 따라서 얼마 동안은 누구네 아들딸들이 대학을 가고 안 가고가 온 동네의 이야깃거리였고 술상의 안주거리였다.

지금 생각하면 핑계일 수 있겠지만 환경이 나빴고 공부에 흥미를 잃었던 나는 내 눈을 똑바로 쳐다보시며, "옥란아! 가능하면 전문대라도 가야 돼. 시간이 흐르고 너희들이 사회인이 되어서 돌아보면 대학 간 놈과 안 간 놈이 어떻게 다른 세상을 살고 있는지 알게 되고 그때는 후회해도 소용없어. 뭐든 때라는 게 있거든. 더군다나 옥란이 너는 글 쓰는 제주가 있으니까 공부를 계속하면 분명히 큰 인물이 될 거야!"라고 하시던 담임선생님의 조언을 들은 체 만 체하고 서점을 택한 것이다.

그즈음 아버지는 여자 중고등학교 앞 분식집 및 그와 붙어 있는 문구점을 인수하셨다.

분식집은 엄마의 좋은 솜씨가 소문이 나서 항상 만원이었다. 아버지의 꽈배기도 도넛도 없어서 못 팔 지경이었다. 특히 아버지가 오래도록 푹 삶은 무와 야채에 돼지비계를 다져넣고 만드는 만두는 내가 세상에 태어나 먹어본 만두 중에서도 최고로 맛이 있었다. 정말 그 만두와 맛을 견줄 만한 만두는 세상 어디에도 없을 것이다.

지금 와서 생각해보면 아버지가 그렇게도 만두에 온힘을 쏟으신 건 아마도 어릴 때부터 너무나도 많은 고생을 하고 배를 굶긴 자식들이 맛있어 하며 먹어주는 것이 대견스럽고 미안해서 옛 상처들에 대한 보상심리 같은 것이 작용하지 않았나 싶다.

나는 직장에 나간다는 이유로 집안이 어떻게 돌아가는지 장사가 어떤지 관심이 없었기에 한 번씩 쉬는 날 학생들 등하교 시간에 잠깐씩 가게를 봐주거나 분식가게에서 마구 먹어대는 아이들의 돈 받는 일을 했었는데 미어터지는 가게에 미처 주인의 눈길이 닿지 않음을 경험으로 아는 여학생들은 어묵꼬치를 빼먹고는 빈 꼬챙이를 담그는 방식의 속임수를 써서 실제로 먹은 만큼 계산을 하지 않았다.

감시한다고는 해도 밀려드는 학생들을 턱없이 부족한 우리 가족들이 도저히 감당할 수 없었고 그들이 빠져나간 어묵 솥에는 빈 꼬챙이가 수두룩했고 더러는 떡볶이값이나 만두값, 혹은 스케치북이나 음료수값을 내지 않고 가는 건 예사였다.

그러니까 얼마나 많이 파느냐가 아니라 어떻게 돈을 내지 않고 도망가는 얌체들을 놓치지 않느냐가 그날 장사의 관건이었다.

내 남동생은 일찌감치 아버지를 떠나 기숙사 생활을 했고, 나는 일 년 남짓 다니던 서점을 그만두고 금성반도체(지금의 LG그룹)에 원서를 넣어 정식 사원이 되어(현장 사원) 직장생활을 시작했다.

물론 서점 일이 직성에도 맞았고 보고 싶은 책 돈 안 들이고도 마음껏 보고 신간이 나오면 제일 먼저 그 책을 읽어 혹여 그 책을 사러 오는 손님에게 어떤 내용인지를 대충 이야기해서 흥미를 유발시켜 꼭 사가도록 권해주고, 자주 와서 친해진 손님과는 뜨거운 커피를 함께 마시며 독서 토론도 하는 일이 좋기는 하였지만 일이 가벼운 만큼 월급 또한 봉투가 가벼워서 엄마에게 거의 다 주고 용돈 몇 푼 받아쓰려니 영 내 삶의 질이 나아지지를 않았다.

회사는 꽤나 많은 기본급에다 일하는 만큼 더 연장수당을 줄 뿐 아니라 이런저런 명목으로 기본급에다 살을 부쳐주어서 그때부터 조금 여유가 생긴 나는 얼굴에 조금씩 화장도 하고 동료들과 일을 마치고 맛난 것도 먹으러 다녔으며, 꼭 마음에 드는 옷이라도 발견하면 몇 날 며칠을 고민하고 생각하다 도저히 갖고 싶어 안 되겠다 싶으면 사서 입기도 했다.

아버지는 그런 나를 끊임없이 간섭하고 감시의 눈을 게을리하지 않으셨다. 어쩌다 직장회식으로 늦는 날은 미리 얘기를 하고 갔음에도 아버지는 엄마를 들들 볶아대며 딸년을 마구 내돌리는 무식한 년 어쩌고 하면서 못살게 굴었다.

언제부턴지 아버지는 자식들 중의 누구라도 자신의 눈 밖에 나는 행동을 하거나 마음에 안 들거나 행동이 느리거나 하면 애꿎은 엄마에게 그 모든 일의 책임을 전가 시켰고 입에 담지 못할 욕설로 모욕감과 수치스러움을 안겼다.

자식들이 키가 자라듯 자아가 자라고 이제는 아버지를 바라보는 시선에서 두려움보다 더 커진 표현할 수 없이 미묘한 감정들을 느껴

서인지 엄마에게 자식들 몫의 분노까지를 쏟아 붓고 있었다. 따라서 속절없이 매일 당하고 사는 엄마의 눈물 어린 호소로 내 두 동생은 문구점 일을 거의 떠안다시피 했다.

야무진 두 동생 중 두 살 적은 동생이 모든 장부를 맡았고, 바로 위에 동생은 가계에 빠진 물품을 일일이 노트에 적어가며 챙기고 학용품마다에 견출지로 가격을 적어 붙였다. 또한 맥주나 소주 같은 술이 떨어지면 그 짧은 다리로 아버지의 짐자전거를 타고 십 리도 더 되는 길을 오가며 일을 해야만 했다.

두 동생들은 아버지에 의해 공부시간표가 체크되고 있어서 학교를 파하고 십 분 이상 늦으면 바로 불호령이 떨어지는 걸 알므로 친한 친구와 추억을 쌓지도 못했고 학창시절에 다른 동무들이 누리는 학생다운 것들 중 어느 것 하나도 제대로 누리지 못한 채 다시는 돌아오지 않는 황금의 시기를 그렇게 흘러보내야 했다.

그런 가운데서도 두 여동생들은 유독 공부까지 잘해서 선생님들이나 이웃 분들에게 항상 칭찬을 받았고 그나마 그로 인해 조금씩은 마음에 위로를 받는 듯했다.

고등학교를 졸업하면서 영애는 공무원이 되었고 밑의 동생 영미는 동양화재에 시험을 보고 공채로 들어가 정식사원이 되었다.

나는 그때 동생들의 희생으로 얼마쯤은 아버지의 시선 밖으로 도피할 수 있었지만 하루하루가 불안한 가시방석이었다.

스무 살이면 직장 동료들과 어울려 저녁밥 먹고 들어갈 수도 있고 재미난 영화가 개봉되면 극장에도 갈 수 있었지만 그 모든 것이 나와는 거리가 먼 얘기였다. 회사 통근차에서 내리면 종종걸음으로 집으로 달려가 서둘러 옷을 갈아입고 주간과 야간이 맞교대되는, 그 전쟁과도 같은 시간을 치르고 나서야 파김치가 된 몸을 쉴 수 있었다.

아버지의 만두나 도넛이 유명해져 장사는 잘되는 것 같았는데도 결산을 해보면 수익은 늘 제자리였고 온 식구들이 매달려 일하는 데에 비해 턱없이 수익이 낮았다.

그리하여 부모님이나 동생들도 점점 지쳐만 갔고 특히 아버지는 더욱 예민해지고 지쳐갔으며 어떤 날은 아예 만두나 도넛을 만들지를 않았고 그 횟수가 자꾸만 늘어갔다. 비라도 내리거나 하면 아예 동네 아저씨들과 종일 술판을 벌였고 학용품 또한 한두 가지씩 비어가고 몇 번씩 사라왔다 그냥 가는 학생들이 생겼고 그런 일이 비일비재해지자 손님들도 하나둘씩 단골을 옮겨갔다.

어느 날 낯선 아주머니와 아저씨들이 가게에 몇 번이나 드나드는 듯 하더니 아버지는 우리를 모아놓고 선포를 하셨다.

장사를 그만두고 전에 살던 동네로 다시 돌아간다고⋯⋯. 어차피 엄마나 우리에게 무얼 하든 상의 같은 건 모르는 아버지였기에 별로 이상할 것도 없는 일이었다. 그렇게 우리는 가게를 넘기고 전에 살던 동네로 다시 오게 되었다.

이제 엄마나 동생들도 아버지의 통제에서 얼마쯤 벗어날 수 있었고 나 역시 조금은 숨 쉴 수 있는 구멍이 생긴 셈이었지만 그때부터 나는 어떻게든 아버지의 손아귀에서 벗어날 방법이 없을까 하는 궁리를 하게 되었다.

아버지는 이사 온 지 얼마 되지 않아 우리가 앞으로 오래도록 살 집을 지어야겠다고 하시더니 이리저리 뛰어다니시며 일꾼들을 섭외하고 건축 자재들을 들여놓더니 우리 집 옆 빈 공터에 집을 짓기 위해 기초를 파고 의뢰했던 설계서가 나오자 초석을 놓기 시작하셨다.

아버지는 엄마를 잠시도 가만히 내버려두지 않았고 긴 세월을 학대받고 매 맞으며 무시당하고 살았던 엄마 또한 옛날의 착하고 당하기만 하던 그 엄마가 아니었다.

아버지의 욕설이 시작된다 싶으면 머리에 이고 간 밥 보따리를 던지듯이 내려놓고 말 한마디 없이 돌아서 집으로 돌아왔고 성질 급한 아버지는 목에 핏대를 올리며 있는 대로 온갖 욕이란 욕은 다해가며 엄마를 불렀지만, 엄마는 절대로 뒤를 돌아보지 않았고 아버지의 성격을 아는 인부들이 벽돌을 집어서 엄마에게 던지려는 아버지를 말렸다. 그리하여 날마다 그곳은 전쟁터였고 생각하고 싶지도 않은 악몽이었다.

술이 거나하게 취한 아버지가 낮의 일로 엄마를 죽여 버리겠다고 집에 오면 깜깜하게 불이 꺼진 그곳엔 엄마도 우리도, 아버지가 그토록 사랑하고 애지중지하는 막내마저도 없었다. 엄마가 미리 직장에서 돌아오는 나와 학교에서 돌아오는 두 동생을 기다렸다가 우리 집에서 몇 집 떨어진 이웃에 함께 도망해 숨어버린 것이었다.

그렇게 시간이 흐르고 아버지의 의견이 많이 반영된 우리 집이 완성되었다. 넓은 마당에는 대추나무, 단감나무 등 여러 가지 유실수를 심었고 담 바깥에는 텃밭을 가꿔 상추며 쑥갓이며 먹을거리와 야채를 심어 푸성귀를 사먹기 위해 돈을 쓰는 일은 없었다.

할머니 또한 두 삼촌을 장가보내고 큰아들인 아버지 집으로 들어오셔서 야채를 가꾸고 밭을 매고, 심고, 거두고 하면서 무료한 시간들을 보내고 계셨다.

이제 아버지도 옛날 같지는 않았다. 우선 체력이 떨어지니 엄마나 우리들에게 매를 대지는 않았고 물론 욕은 여전하셨지만 좋아하고 즐기던 술조차 거의 마시지 않게 되었고 어느 날부터는 자연스레 담배도 피우지 않으셨다.

나와 아버지 사이에는 무언가 이해되어지지 않는 것들이 존재했다. 남동생이 그런 것들을 견디지 못해 아버지를 멀리 떠나 집으로 돌아오고 싶어 하지 않는 것과 같은 그런 이유로 나는 끊임없이 아버지를 떠나고 싶었다.

그래도 동생들은 아버지와 사이가 그리 나쁘지는 않았다. 아버지도 가끔씩은 동생들의 이야기에 귀를 기울이고 듣고, 말하고, 웃기까지 하셨다. 엄마와도 어떤 사람이나 일을 주제로 얘기하다 웃는 일도 있었고 그럴 때는 우리 집도 제법 행복해 보이기까지 하였다.

그러나 누구에게도 들키고 싶지 않은 나의 상처는 아버지를 떠날 수만 있다면 무슨 일이든 할 수 있겠다 싶을 만큼 안으로 안으로 곪아만 갔고 그즈음 나는 어떤 충청도 남자를 알게 되었다.

내 나이 스물셋, 남들이 말하는 꽃처럼 피어나는 즈음에 그 남자는 충주가 고향이고 스물여덟이며 고향에는 팔순 노모가 계신다고 했다. 위로 결혼하여 잘살고 계신 누님이 두 분 계시고 노모가 오십 가까이에 외아들을 낳아 두 분 누님과는 나이 차가 엄청 많이 난다고 했다.

180이 넘는 키에 몸무게도 70~80kg 정도 나가고 좀 얼굴이 검기는 해도 못생긴 편은 아니었고 그만하면 성격도 수더분했다. 게다가 술도 담배도 안 했으므로 나는 그 남자를 회사 내에서 우연히 만났을 때부터 어쩌면 아버지로부터 도피처가 되어줄 남자일 수도 있겠다고 점을 찍었다. 그러다 보니 회사 일을 마치고 그 남자를 만나 저녁도 함께 먹고 볼링을 치러도 몇 번 가게 되었거니와 내 귀가 시간도 자연적으로 늦어질 수밖에 없었다.

나는 전형적인 경상도 여자인데다 아버지에게서 벗어나기 위해 누구를 만나더라도 환상적인 연애는 꿈꾸지도, 그렇다고 특별한 이벤트를 원하지도 않았다.

천지가 개벽한들

그 남자를 만나고 봄의 끝자락을 보낸 뒤 한 개의 더운 여름이 지나갈 무렵 아무래도 퇴근시간이 늦어지는 딸이 수상했던지 아버지께서 출근을 서두르는 내게 대뜸 말을 걸었다.

"너 연애질하나?"

오랜 세월 아버지에 의해 모든 것이 결정되어지고 습관화되어져 버린 나의 못난 자아가 살짝 비뚤어지고 어눌하게 "예." 하고 대답했다. 그런데 의외로 아버지가 선선하게 "데리고 와봐봐, 어떤 놈인지는 봐야지." 한다.

"예, 오늘 데리고 올까요?"

그러자 주방에서 설거지를 하던 엄마가 살짝 눈을 흘긴다.

"갑작스럽게 오늘은 무슨 오늘."

"뭐 어때. 오늘 안 될 거는 뭐 있어. 밥은 회사에서 먹고 올 거고 간단하게 과일이나 조금 깎아내먼 될 건데."

"그러면 그렇게 하든지, 그런데 뭐 하는 사람이야? 나이는?"

"그런 거를 뭘 물어봐? 출근하는 아 붙잡고 저녁에 오면 다 알 수 있을 텐데. 어이구, 저 등신~."

"머라카노, 지금 등신이라 캤어요? 아침부터……. 등신하고 살아서 참 좋겠네. 누구는……."

"머라꼬? 니 지금 나한테 하는 소리가, 어?"

"정말 지겨워! 그만 좀 하세요, 제발……. 어떻게 입만 열면 싸워요 우리 집은? 회사 마치고, 7시쯤 같이 올게요."

그렇게 그 남자를 집에 처음 소개시키겠다고 마음먹은 나는 다시 한 번 이 지옥 같은 데서 나를 구할 수 있는 건 결혼을 해서 이 집을 떠나는 것, 오직 그것만이 방법이라고 마음속으로 다짐하고 또 다짐했다.

그렇게 얼떨결에 그 남자가 인사를 왔다.

"나는 다른 거는 모르겠고 연애 따로 결혼 따로 이런 거는 용납 몬한다. 알겠나? 그래, 결혼식은 언제쯤 할 생각이고?"

지금 돌이켜 생각해도 웃기는 일이었다. 몇 번 만난 여자 집에 처음 인사를 가서 결혼을 언제 할 거냐는 소리를 들었던 그 남자는 또얼마나 어이없었을까?

아버지의 기세에 눌린 그 남자는 혹시 대답이라도 잘못하면 맞아죽는 거 아닌가 하는 주눅 든 표정으로 '시골 계신 어머니하고 두 누나하고 의논해 보겠다.'며 서둘러 도망치듯 가버렸다.

그 후 그 남자와 몇 번을 더 만나는 과정에서 그리 큰 기대나 바람은 없었지만 나름대로 어떻게 큰 부자로 살았던 아버지의 명예를 회복해 드리고 싶다, 어쩐다 하면서 그 남자는 큰소리를 쳐댔다.

어영부영 서둘러 결혼 날짜가 잡히고 나는 다니던 회사에 사표를냈고, 그 남자는 시골에 내려가 어머니를 모시면서 가까운데 있는회사를 다니기로 하고, 사표는 결혼식이 끝나고 신혼여행을 다녀와서 내기로 하였다.

날을 잡아 충주시내에서 비포장 길을 덜컹대며 한 시간을 더 달려가 팔순이 내일모레인 그 남자의 어머니를 만났다.

어머니의 첫인상은 안동 하회탈을 연상케 했다.

노동으로 굽은 등, 햇빛에 그을려 시커먼 얼굴과 깊게 패인 굵은주름살, 처음 만났음에도 나는 그 노인네가 너무나도 가엾었고 연민으로 마음이 쓰려왔다.

내 손을 잡고 시집와줘서 너무 고맙다며 주름 깊은 뺨 위로 눈물을 흘리시는 그분 때문에 순간 '그래, 잘됐어. 이 가엾은 분이 사시면 얼마나 사실까. 살아 계신 동안 행복하게 잘해드리자. 나는 아버지를 떠나고 싶어 그야말로 되는 대로 결혼을 하지만 이 주름지고 지친 노인네의 눈에서 눈물을 닦아주자.' 하고 결심하는 순간 절대로 이 결혼을 후회하지 않고 받아들일 것을 자신과 약속을 하며 최종적인 결론을 내렸다.

지금 생각하면 참으로 무모했고 말도 안 되는 사실이었지만 그때는 아버지를 떠날 수 있다는 그 생각 하나만이 나를 지배했으므로 다른 소리나 주위의 염려 등 그 어느 것 한 가지도 내 무모한 결정에 영향을 주지 못했다.

시골집은 참으로 열악한 환경이었다.

시어머님이 기거하는 오래된 흙벽돌집은 방 하나에 창고 방이 두 개, 옛날 당신의 남편이 어렸을 때 가게를 하던 장소여서 흙 외벽을 나무로 쭈욱 연결해 문을 달아 놓은 것이 겨울에 왕바람이 불면 그 바람을 막아내지 못하고 삐걱대는 소리만이 요란했다.

부엌은 그야말로 벌어진 입을 다물지 못할 만큼 압권이었다.

시어머니의 방문 앞에 놓인 맷돌만큼의 통로 한끝에 산 속 깊은 곳에 물탱크를 설치하고 집집마다 수도관을 연결시켜 식수로 쓰고 있는 수도가 있고, 큰 고무 통에는 쫄쫄쫄 흐르는 물이 가득 차 있었는데 부엌은 깊이 파여 움푹한데 평지보다 한참이나 낮아 시멘트로 계단을 두 개 만들어 놓았다.

예전에는 흙으로 만들었을 터인데 세월이 흐르고 자꾸만 망가지니 결국엔 시멘트로 튼튼하게 새로 만든 듯했다.

시어머니의 움푹 꺼지고 천정이 높은 부엌에는 큰 무쇠 솥 두개가 덩그러니 대부분의 부뚜막을 차지하고 있었다. 그 옆쪽으로 기억자로 만들어진 부뚜막 한편에 심지에 불을 붙여 사용하는 석유곤로가 놓여 있었다.

결혼 날짜가 잡히자 품을 팔아 이제까지 모은 돈으로 방 하나, 부엌 하나를 뒤채에다 새로 지었는데 넉넉지 않은 살림이라 큰 벽돌로 외벽을 쌓아 시멘트로 바른 것이 다였기에 여름에는 지독히 더워 온종일 햇빛을 받은 집은 마치 찜통 속 같고, 겨울에는 연탄 한 장에 의지한 채 이불을 머리끝까지 뒤집어쓰고 있어도 딱딱 이가 맞부딪쳐왔다.

빨아놓은 걸레가 방망이로 때려야만 부드러워지는 동태처럼 얼어붙고 습도를 조절하려고 떠놓은 물이 그릇을 차고 넘치도록 얼어붙는 그런 집이었다.

그 당시에는 상상조차 할 수 없었던, 나나 아이들에조차 생각조차 하기 싫은 악몽이 되어버린, 그 집을 처음 보던 날만 해도 나는 예고된 불행을 알 수 없었고 이제 드디어 아버지로부터 독립할 수 있다는 큰 기쁨에 다른 건 아무래도 좋았고 내가 헤쳐 나가지 못하는 고난은 세상 어디에도 없는 듯했다.

오직 아버지만이 유일하게 나의 인생에 있어 넘어야 할 산이었고 건너가야 할 강이었으며, 눈앞에 놓인 장애물이었었기에 그것들이 한꺼번에 해결되어지는 결혼은 내게는 독립만세였고 축제였을 뿐이었다.

언제 적 일인지 기억의 조각들이 단편으로 떠오르고 그 기억 속의 아버지는 참으로 다양한 얼굴을 가지고 있었다.

어떤 날의 아버지는 남해인지 동해인지 바다로 가서 큰 트럭 가득히 김 가루를 실어 오셔서 이 방, 저 방, 주방, 거실 할 것 없이 온통 김을 산더미처럼 쌓아놓고 저울로 무게를 달아 크기가 다른 비닐봉지에다 크고 작게 포장해서 담고, 그것을 시장에 나가 팔기도 하셨고, 또 다른 기억 속의 아버지는 고기란 고기는 가리지 않고 다 드셨는데 어느 날 문득 보신탕집을 차린다며 가게를 보러 다니시더니 가마솥이니 뚝배기니 집기를 들여놓으시고 엄마의 좋은 솜씨를 이용한 보신탕집을 기꺼이 빚을 내어 차리고 마셨다.

아마 그리 오래지 않아 문을 닫았고 은행 빚만 늘어난 것으로 기억하고 있다. (물론 어른들의 대화를 듣고 알게 된 사실이었다.)

뼈가 휘어지고 육체가 골병이 들 만큼 가족을 위해 희생하기를 마다하지 않으셨던 아버지가 자식들로부터 소외되고 외로운 삶을 사시게 된 까닭은 가난한 집안의 맏이로 태어나 그것을 해쳐나가도 나가도 돌아오는 건 무자비한 폭행과 두 어깨 무겁게 걸머진 견디기 힘든 멍에였기 때문이다. 또한 너무 이른 결혼으로 다른 또 한 개의 가정을 짐 져야 했던 나이 어린 아버지의 비애였다.

포기했었고 지워버리고 싶은 현실이 아버지를 광폭한 폭군이 되게 했던 것이다.

그래도 살고 싶었던 아버지는 엄마와 자식들에게 세상 사람들에 대한 분노와 화를 풀었지만 그 결과로 외톨이가 되었고, 자식들은 그런 아버지를 떠나려고 호시탐탐 기회를 엿봤던 것이다.

시골 학교에서 운동을 하던 남동생은 기대에 못 미치는 성적으로 운동 특기생으로는 대학도 못 가고 그렇다고 실업팀에 갈 성적도 턱없이 부족했기에 고등학교를 졸업하고 집으로 돌아와서 얼마를 지내는 듯하더니 군대(특수부대)에 자원하여 서둘러 아버지를 떠나고 말았다.

아버지도 때로는 죽지 않을 만큼 때려 키운 자식에게 미안해하시는 듯 보여도 평생 사과 같은 건 없으셨고 애써 그 사실들을 머리에서 지우고 싶어 하셨다.

매에는 장사가 없다는 말이 있다. 정말 아버지의 폭력은 내게 너무도 깊은 상처가 되어 때리지 않아도 맞고 있는 것처럼 나의 자아를 무너뜨렸다.

그렇게 10월 마지막 즈음 28일에 나는 아버지의 손을 잡고 아버지와의 단절을 꿈꾸며 레드 카펫을 걸어가 한 남자의 아내가 되었다.

그런데 공교롭게도 나와 가장 마음이 잘 맞고 생각이 통하는 친구 또한 길일이라고 잡은 그날에 나는 오전에, 그 친구는 오후에 같은 날 같은 예식장에서 결혼식을 치른 것이었다.

남편이 된 그 남자의 직장 문제가 마무리되지 않은 상태여서 결혼식 후 바로 충주로 내려갈 수는 없었기에 아버지는 이웃에 월세로 방을 하나 얻어주었고 그 작은 방에서 잠만 잤고 밥은 엄마 집으로 와서 먹었다.

나는 제주도로 신혼여행을 가고 싶었지만 그 남자는 돈이 적게 드는 곳으로 가자며 울진, 삼척 등 해안을 도는 코스를 선택했고 나는 순순히 따라나섰다.

한 달쯤 시간이 흘러가고 남편은 회사를 정리했다. 그러고는 충주 시골집에서 걸어서 십 분 거리의 아파트형 조명기구 공장을 짓고 있는데 거의 완성 단계에 있고 그곳 유지인 작은 매형의 소개로 회사가 오픈을 하면 바로 취직이 된다고 말했다.

더 이상 망설이거나 시간을 끌 필요가 없었다.

나는 부모님께 시골로 간다고 하고 이삿짐을 꾸리고 다음 날로 용달차를 불러 짐을 싣고 미련 없이 아버지를 떠났다.

온종일 비는 내리고 '이사하는 날에 비가 오면 잘산다.'라는 말에 서글픈 마음을 위로받으며 낯설고 멀게만 느껴지는 시집으로, 주름진 얼굴에 하회탈 얼굴을 한 시어머님이 기다리시는 그곳으로 차가 덜컹대는 대로 흔들리며 가고 있었다.

돌이켜 생각해보면 그 비는 부자 되게 하는 비가 아니라 내 슬프고도 아픈 운명을 예감하는 그런 비가 아니었나 싶다.

아버지의 구속에서 풀려났지만 남은 엄마와 동생들은 예전처럼은 아니더라도 집을 떠나기 전까지는 어떤 형태로든 괴로울 터였지만 그것은 아버지가 살아계시는 한은 결코 바뀔 수 있는 문제가 아니었다.

설령 천지가 개벽을 한다 해도…….

그때의 나는 오직 아버지로부터 도망칠 방법으로 결혼이라는 걸 선택했을 뿐 결혼에 대한 환상이나 꿈이 없었으므로 아무래도 좋았다. 후일담이긴 하지만 그때 내 말을 들어주고 내게 바른 소리를 해줄 수 있는 사람이 한 사람이라도 있어 말려주고 충고해 줬더라면 내가 과연 그래도 그 결혼을 했었을까 자문해본다.

아니 결혼이라는 것이 나 하나에 국한된 문제가 아니라 앞으로 살아온 날보다 더 많은 날들을 살아내야 하는, 그리고 나뿐 아니라 상대방의 인생과 그 가족의 삶까지도 연관되어지며 나아가서는 그때의 나로서는 도저히 상상해볼 여력조차 없었던 내 아이들에게까지 지대하게 영향을 미치게 되는 것이라는 걸 나는 알 수가 없었다.

그 이후의 수많은 낮과 밤을 가슴을 쥐어뜯으며 잠든 아이들을 내려다보며 '미안해, 미안해, 엄마가 미안해.' 하며 몸부림치게 될 줄은 꿈에도 알 수 없었다.

치밀어 오르는 분노

시아버님은 자식에 대한 사랑이 지극하셔서 큰소리 한번 내는 법이 없었고 그저 자식이라면 끔뻑 죽는 시늉까지 하셨다고 시어머님이나 두 분 시누이가 틈만 나면 추억하셨다.

시아버님의 수완이 얼마나 좋으셨던지 일제 때도 시댁은 아니 그 동네는 큰 사건이나 문제없이 광산이 돌아가고 돈이 돌고 그냥 살던 대로 살았었다고 말씀하셨다.

시아버님은 광산에서 인부를 부리는 위치에 있어서 동네사람들과 일본 사람들의 사이를 그 좋은 수단과 말솜씨로 중계를 잘했으므로 누구 하나 다치거나 피해를 본 사람이 없었다고 한다. 일본 사람들의 입장에서 볼 때도 시아버님의 도움이 절대적으로 필요했으므로 그들 또한 함부로 하지 못했을 것이다.

사람들이 시아버님을 신뢰하고 의지하며 크고 작은 일들을 의뢰해오며 어느새 시아버님은 동네의 유지가 되어 있었다.

일제 강점기를 지나고 그 강골이던 시아버님에게도 머리에 하얗게 서리가 내려앉고 곱던 시어머님의 얼굴이나 손에도 주름이 잡히고 몇십 년의 세월을 사는 동안 많은 일과 사건들이 있었지만 그중에 가장 크고 아팠고, 두 분 시부모님께서 겪어 내기에는 너무나도 가슴 아팠던 사건은 바로 그토록 애지중지 사랑을 쏟았던 큰아들의 죽음이었다.

큰아들은 누가 봐도 생김새와 하는 일의 모양이 탁월했으며 동네 사람 누구 하나 예뻐하지 않는 사람이 없었다. 거기다 두 딸들 또한 어여쁘고 사랑스러웠으므로 두 분은 남부러울 것도 없었고, 수완이 좋은 건지 운이 좋은 건지 돈이라면 평생을 쓰고도 다 못 쓸 만큼 있었다고 한다. 동네 사람들 중 돈이 필요한 사람들에게는 거의 이자 없이 빌려주거나 보증이 필요한 사람은 누구에게나 시아버님이 보증을 서주셨다.

시아버지 자체가 보증수표였다고나 할까.

그즈음 광산이 문을 닫았고, 광산이 돌아갈 때 돈 아쉬운 줄 모르고 살았던 사람들은 패닉 상태가 되었다. 갑자기 하던 일을 잃고 실업자가 되고 보니 이미 몸은 늙고 영원할 것 같던 젊음은 사라졌으며, 무엇을 하고 어떻게 살아가야 할지 도무지 알 수도 없었고 그들의 인생은 망망대해를 떠다니는 조각배처럼 가야 할 길을 잃고 방황하고 있었다.

그들은 술독에 빠졌으며 노름에 빠졌고 그리하여 더더욱 시아버님께 의지하고 기대려 들었다.

처음에는 그냥 대수롭지 않게 아이가 또 고뿔이 들었구나 생각하고 시어머님은 배에다 꿀을 넣어 다려도 줘보고 잘 낫지 않자 곶감에다 대추를 넣어 끓여서 먹여도 봤는데 전에는 그것만으로도 감기가 나아 웃으며 뛰어놀던 아들이 이번에는 전혀 좋아질 기미도 보이지 않고 자꾸만 파리해져 갔고 먹는 것마다 꽥꽥 힘들게 토해내어 시아버지를 비롯한 시어머님과 두 누나의 마음을 있는 대로 흔들어

놓았다.

시아버님은 나름대로 아픈 아들을 위해 사방팔방으로 연통을 넣어 용하다는 의원을 데려오고, 좋다는 약을 구하러 수십 리의 길도 마다하지 않았다.

하지만 세상을 다 가진 듯한 행복과 기쁨을 주던 두 분 시부모님의 아들은 제대로 날개를 펴고 한 번 날아보지도 못한 채 이 땅을 버리고 멀리 하늘로 자신이 보냄 받았던 그곳으로 돌아가고 말았다.

아파 누운 지 이십여 일 만에…….

그때 아마도 두 분 시부모님의 넋도 반쯤 아들과 함께 빠져 나가지 않았을까 싶다.

아시다시피 부모가 죽으면 산에 묻지만 자식이 죽으면 가슴에 묻는다는 말도 있지 않은가!

아무튼 큰아들의 갑작스런 죽음은 시댁에 엄청난 파장을 일으켰고 시아버님은 거의 절망에 빠진 듯 미래 따위는 없는 것처럼 하루하루를 술에 젖고 눈물에 젖어 살았다.

그도 그럴 것이 시아버님은 육십이 다 되어가고 시어머님도 오십이 거의 다 되어가는 나이라 다시 아들을 낳는다는 건 꿈에라도 불가능한 일이었기에 부모형제 살고 있는, 가깝지만 갈 수 없는 고향의 향수와 돈 벌면 모시러 간다고 했지만 그 약속도 지키지 못하고, 행여 부모님 살아 계실까 노심초사하시던 시아버님은 병을 얻고야 말았다. 그러나 워낙 강골이시라 내 남편 되는 사람을 기적처럼 낳고도 칠 년을 더 사시다가 아들 재롱도 보시고 두 딸들도 짝을 지워

시집보내셨다고 한다.

그 많던 재산도 꿔주고 보증서 주고 화폐개혁 때 바꿔오라고 주고(동네 사람 몇몇이 화폐개혁으로 한 사람에게 일정한 액수 이상은 바꿔주지 않았고, 시아버님께서 바꿔 오라고 준 돈을 들고 야반도주를 했다고 한다.) 그렇게 탕진하고서야 먼저 간 사랑하는 아들을 만나러 가버리셨단다.

시어머님은 그런 시아버님을 생각하면 할수록 밉고 원망스러워서 죽을 지경이라고 하셨다.

그 많던 재산으로 남 좋은 일 다 시키고 두 딸들이야 돈이 쓰고도 넘칠 때 바리바리 싸서 좋은 사람에게로 시집보냈지만 막상 일곱 살 어린 외아들에게는 제대로 된, 무엇 하나 남겨주지도 못하고 죽어버렸으니 가히 어머님의 원성을 살 만도 하셨다.

돈 있을 때 땅이라도 사두자는 시어머님의 말을 귓등으로 들으시며 시아버님은 '그깟 땅 사면 뭐 하느냐, 농사지을 것도 아니고 돈만 많으면 됐지 무슨 소리냐.'라고 하셨다면서 그때 당신 말 듣고 땅을 사뒀으면 외아들 인생이 피었을 텐데, 에이 썩을 영감…… 하면서 원망을 하셨다.

그럼에도 결혼 후 계속 시어머님이 몰래 사둔, 두 마지기에서 농사지은 쌀을 먹고 살았다. 처음에는 결혼 생활이 평탄한 듯, 어차피 가진 것 없고 별 기대 없이 한 결혼이어서 그냥 그렇게 하루하루를 살았다.

다만 비교적 기온이 따뜻한 경상도 지역에서 이십사 년을 그쪽 날

씨에 적응된 몸으로 살던 나는 충청도의 혹한을 견뎌내기가 너무 힘이 들었다. 앞에서 살짝 언급했던 신혼 방은 세상에 추워도 추워도 그렇게 추울 수 없었다.

연탄을 피우는 아궁이 쪽 방바닥은 뜨거워 발을 못 댈 정도였지만 장롱이 놓여 있는 위쪽으로 갈수록 방은 냉골이어서 걸레도 얼어서 비틀어지고, 방바닥은 뜨겁고, 방 안의 공기는 숨을 쉴 때마다 하얀 입김이 술술 나올 만큼 추웠기에 항상 코가 맹맹하고 막혔다. 오죽하면 가습기 용도로 그릇에 물을 떠다놓으면 그 밤이 다 가기 전에 그릇째 얼어붙어 버렸다.

시어머니는 새벽에 일어나자마자 군불을 지펴서 방을 데우고 씻을 물을 데웠고, 당신의 아들이 가마솥에 고슬고슬 지은 밥과 노릇한 누룽지를 좋아한다며 밥 짓는 일을 도맡아 하셨다.

처음에는 새댁이라 일이 설고 서글플 테니 당분간만이라도 당신이 하시겠다고, 하도 강하게 나를 부엌에서 밀어내서 못이기는 척 게으름을 피웠지만 사실은 너무나도 추워서 이불 밖으로 나갈 수가 없었다.

옷을 몇 겹씩 겹쳐 입고서도 솜이불을 머리끝까지 뒤집어쓰지 않고서는 도저히 있을 수가 없었고 심지어는 딱딱 소리를 내며 이빨이 부딪쳤다.

알다시피 겨울의 긴긴 밤은 길기도 길어 몸을 옹송그리고 자고 일어나면 밖은 아직도 칠흑 같은 어둠이 엎드려 있고 온몸은 두들겨 맞은 것처럼 아팠다.

밖에서는 새벽 다섯 시 반만 되면 교회로 새벽기도를 나가시는 시어머니의 기척이 들리고 나는 그 소리를 들으며, 마음은 돌아오시기 전에 군불을 때서 어머니 방을 데워 놔야겠다고 간절하게 원하는데, 몸은 천근만근 너무 추워서 오그라든 손과 발은 펴지지 않고 이불을 머리끝까지 잡아당겨 시린 코를 감추고 죽은 척 누워 있는 남편을 흔들어 깨워 '어머니 방 다 식어서 추우실 텐데 교회에서 오시기 전에 군불 좀 때서 데워 드리라.'고 말하며 나도 모르게 슬쩍 잠이 들었다.

그런 남편은 신혼 초만 해도 깨우면 깨우는 대로 일어나 방을 데울 뿐 아니라 가마솥에 쌀까지 씻어 안치고 밥을 맛나게 지어 주는 날도 있었다.

그럴 때면 정말 아버지를 떠나온 것이 내가 한 일 중 가장 잘한 일이 아닌가 싶기도 했다.

물론 금방 돌아간다는 회사는 문을 열 생각조차 안 하고 남편 역시 '곧 불러 주겠지.' 하면서 태평이고 나 또한 아버지 몰래 엄마가 찔러 넣어준 얼마간의 돈과 내가 다니던 회사를 그만두면서 받은 퇴직금이 고스란히 통장에 들어 있었으므로 별로 신경 쓰지 않았다.

무엇보다 너무나도 자주 많은 눈이 왔고 그 눈이 얼어붙은 거리 골목에는 차가운 바람이 뼈에 사무치도록 매섭게 불어댔다.

그러던 어느 날, 시어머님은 동네 사람들이 하나같이 '그 집 며느리는 통 얼굴을 못 보겠네, 어디 아픈가? 아니면 벌써 애가 섰나?'라고 수군댄다고 하시며 "너도 살살 아범 따라 동네구경도 할 겸 나가

봐." 하고 말씀하셨다.

결혼 첫해의 겨울을 그렇게 어영부영 넘긴 남편은 봄이 남아 있던 추위를 몰아내고 사람들이 각자의 일상으로 돌아가 겨우내 움츠렸던 몸을 풀고 하는 동안 그것들이 자신하고는 상관이 없다는 듯 일을 하고 돈을 벌어올 생각을 하지 않았다.

항상 새벽같이 일어나서서 할 일을 찾아 열심히 일하시던 아버지를 보면서 자라온 나는 그런 남편을 도저히 이해할 수가 없었다. 그 큰 덩치에 아랫목에 배를 깔아 붙이고 리모컨을 이리저리 돌리고 있는 남편이 어이가 없었던 것이다.

"아 왜 이러고 있는데? 회사는 내일 간다 모레 간다 하더니 어떻게 된 일이야? 일 하러 안 가?"

그러면 대답도 하기 싫다는 얼굴로 짜증을 내기 마련이었다.

"에이 씨, 왜 이렇게 성가시게 굴어! 갈 때가 되면 어련히 갈까 봐!"

그것이 대답의 전부였고 무의미하게 하루하루의 시간들이 지나갔다. 그 와중에도 도저히 이해할 수 없었던 건 시어머님의 태도였다.

봄이 되어 농번기가 되자 일손이 부족해 여기서기서 일할 사람을 찾자 어머님은 일복인 몸빼를 입고 수건 한 장 달랑 목에 걸고 호미 한 자루를 손에 쥐며 같은 연배의 아주머니들과 밭주인이 몰고 온 경운기를 타고 밭으로 들로 나가 쉬지 않고 일을 하셨다. 그때 내 기억으로는 종일 밭을 매거나 과일을 따거나 하는 품삯이 삼만 원이었던 것 같다.

그런 시어머니는 일하러 나가라고 아들의 등을 미는 내게 '놔둬라! 갈 때가 되면 어련히 갈까 봐 그렇게 성화를 대냐.'며 오히려 내게 볼멘소리로 역정을 내셨다.

정말 어이가 없고 기가 막혀 아마도 그때부터 어머님이 자식의 버릇을 잘못 길들여 놓으셨다는 생각이 들면서 어머님을 조금씩 원망하는 마음이 생긴 것 같다.

"얘, 애비야!"

어머님은 해가 뉘엿뉘엿 기울고 땅거미가 지기 시작하면 일에서 놓여 제일 먼저 하시는 일이 그날 번 품삯 삼만 원을 고스란히 아들을 불러내 손에다 쥐어주는 일이었다. 그러면서도 얼굴 가득 하회탈을 연상시키는 미소를 지으셨다.

참으로 기가 막히는 일이었지만 어머님은 그렇게까지 아들을 사랑하셨고 그 못난 아들은 어머님이 피와 땀을 흘려 벌어온 그 가슴무너지는 돈으로 술도 마시고 거의 매일 조간신문 한 부를 방에 들어앉아 다 읽어내는 유식함으로 동네 회관에서 정치 얘기, 군대 얘기들로 청년들이나 친구들과 날밤을 샜다.

나 역시 갖고 있던 돈이 점점 바닥을 보이고 무료하던 차에 새마을 지도자이며 어머님을 따라 예배를 드리러 나가는 교회의 여자 권사님으로부터 동네 구판장을 좀 봐주겠냐는 제의를 받았고 히는 일에 비해 보수도 괜찮았으므로 그 일을 하기로 결정했다.

구판장이란 그 동네 부녀회 산하의 구멍가게라 생각하면 될 것이다. 간단한 식료품과 과자류, 아이스크림, 편지지나 봉투 등 작은 생필품이나 간단한 학용품에 술 종류, 쥐포나 오징어, 겨울에는 난로에 큰 양은솥을 올려놓고 어묵을 꽂아 놓거나 뜨끈뜨끈한 호빵기계를 돌렸고 어르신들이 간단하게 막걸리라도 드실 수 있도록 두어 개의 탁자를 들여 놓았다.

젊은 새색시가 매점을 보자 바쁠 만큼 장사가 잘됐고 나는 무엇보다 아랫목을 차지하고 누워 있는 남편이란 사람을 눈으로 보지 않아서 좋았다. 또한 구판장에는 제법 큼직한 방이 하나 있어 혼자 눕기도 하고 책도 보고 손님이 없는 시간에는 살짝살짝 오수도 즐길 수 있었다.

남편이 어릴 때 이미 결혼을 해버린 두 누님 중 큰 누님은 공교롭게도 내 친정집이 있는 구미에 사셨고 그것이 끈이 되어 남편이 구미에 내려와 회사 생활을 하던 중 나를 만난 것이었다.

그중 작은 누나는 우리가 살고 있는 마을에서 버스로 네 정거장 정도의 면소재지에서 제법 규모가 큰 식품가게를 하면서 살고 계셨다.

아주버님(시누이의 남편)께서 트럭을 몰고 나가 새벽 장에서 그날 학교나 관공서 등에서 주문받은 식료품을 구입하여 마을마다 들러 내려줘야 할 것들과 시누이가 가게에서 종일 장사할 물품을 가득 싣고 들어오셨는데, 우리 마을에도 들어오셔서 어머님 방 앞쯤 되는 곳에 차를 세우셨다. 그러고는 각종 야채와 싱싱한 자반이며 김 등을 손사래 치시며 싫다고 하시는 어머님 앞에 내려놓으시며 자반이 싱싱하니 아침에 군불 때고 난 숯에 구워 드시라고 웃으시며 다음 마을에서 기다리는 아주머니들 때문에 가보겠노라 하시며 떠나시고는 했다. 시어머님은 그런 사위에 대한 미안함으로 산모퉁이를 돌아, 보이지 않을 때까지 지켜보시고는 하셨다.

거의 대부분의 먹을거리를 그런 식으로 제공하셨고 우리는 두 마지기 땅에다 지은 벼농사로 쌀은 자급자족하였으니 먹는 데는 돈이 들지 않았다.

그러나 나는 작은 시누이 내외를 보기가 너무 창피했고 자존심이 상해서 미칠 것만 같았다.

어쩌다 아주버니께서 여러 날 못 들르시거나, 손님 대접 좋아하시는 시어머님께서 교우들을 집에 초대해 음식을 대접하거나, 시아버님 기일, 시어머님 생신, 남편 생일, 추석, 설 명절 등 이런 때는 버스를 타고 직접 시누이가 장사하시는 면소재지 가게로 나가서 찬거리를 얻어 와야 했는데 그럴 때는 정말 남편이란 작자가 밉고 원망스러워 죽을 것만 같았다.

버스에서 내려 시누이가 운영하는 식품가게로 가는 길은 마치 도살장이라도 끄려가는 것처럼 비참했고 차마 발걸음이 무거워 발목에 쇳덩어리라도 달린 것처럼 힘이 들었다.

그나마 가게에 시누이 혼자만 있으면 마음이 좀 놓였는데 어쩌다 한 번씩은 시누이의 시어머님께서 가게 안쪽의 방에 앉아 계시거나 아주버님께서 시누이와 함께 가게를 보고 계실 때는 정말 난감했다.

벼룩도 낯짝이 있지 어떻게 부식거리를 챙겨 가겠는가. 그냥 면사무소에 볼일이 있어 왔다가 형님 얼굴이나 보러 왔노라고 대충 둘러

대고 빈손으로 다시 버스를 타고 돌아올 때도 있었고, 어떤 날은 사람 좋으시고 눈치 빠르신 아주버님께서 깜박 약속을 잊어버렸다며 일부러 자리를 피해주셔서 내 난처함을 덜어주실 때도 있었다.

그러나 시누이의 시어머니가 계신 날은 시누이가 깎아주는 과일을 함께 먹으며 그냥 이런저런 얘기로 두어 시간 앉아 있다 어머님 갖다드리라며 챙겨 주시는 과일만 받아서 돌아오고는 했다. 지금도 그때만 생각하면 부끄러움에 얼굴이 확 달아오른다.

나중에는 내 사랑하는 두 아들도 부식 심부름을 했다고 한다. 창피하고 고모, 고모부 눈치 보여 진짜 굶어 죽어도 그것만은 하고 싶지 않다고 머리를 흔드는 아이들을 보노라면 남편을 향한 분노가 치밀어 견딜 수 없었다.

잘못된 선택

작은 시누이는 집에서 노는 동생이 안쓰럽다며 당사자는 오죽하겠냐고 내게 아주버님 몰래 한 푼 한 푼 모은 돈을 쥐어주고 살림에 필요한 데 쓰라며 극구 사양하는 나의 등을 떠미셨다.

내게뿐 아니라 모르긴 해도 당신 남동생에게도 한 달에 얼마씩의 용돈을 주고 있었을 것이다.

누님들이 하나밖에 없는 남동생에게 극진할 수밖에 없었던 것을 이해 못 하는 것은 아니다. 나 또한 막내 남동생과 열 살 이상 나이 차이가 나기에 꼭 내 새끼 같다고 느낄 때가 많았는데 시누이들은 나이가 25년~30년 차이가 나니 정말 아들과도 같았을 것이다.

남편은 고집도 셌지만 잘 삐치고 툭하면 화를 냈기에 시어머님과 시누이들은 그 어떤 말이나 충고도 할 수 없었다.

처음에는 사지가 멀쩡한 아들에게 싫은 소리도 못 하고 오히려 전전긍긍하며 노동으로 번 돈을 갖다 바치고 비위를 맞추고 하는 시어머님과 누님들을 이해할 수 없었고 오히려 남편보다 그들이 더 미웠었다.

그렇게 시간이 흘러 1년, 2년이 지나고 나는 구판장을 그만두게 되었고 속으로 다짐하게 되었다.

'그래, 네가 계속 그렇게 먹고 똥이나 싸는 그저 그렇고 그런 인생을 살아가겠다고? 알았어, 이제부터는 니 팔 니 흔들고 내 팔 내 흔들고 살아 보지, 뭐. 어차피 네가 좋아 한 결혼도 아니고 일말의 기대도 없으니까.'

시어머님이 품팔이를 가시지 않는 날은 보자기 질끈 허리에 묶고 모자를 뒤집어쓰고는 고사리니 취나물이니 산나물을 채취하러 시어머님과 광석채취로 온통 구멍투성이인 뒷산으로 어린애처럼 신이 나서 뛰어 다녔다.

산에 가면 숨통이 터지고, 목을 조르고 싶도록 미운 남편이 없어서 좋았고, 고사리며 각종 나물을 채취해 어깨에 메고 허리 쪽으로

둘러 묶은 보자기를 채우는 재미 또한 너무 좋았다.

산을 타느라 힘들면 잠시 허리를 펴고 멀리 유유히 흐르는 강물과 흰 구름 떠가는 높푸른 하늘을 바라보노라면 어디서 한 줌 신선한 바람이 내려와 이마에 맺힌 땀을 씻어주었다

더 이상 아무것도 필요 없었고 행복했다.

이것은 참취, 이것은 잔대, 자세하게 가르쳐 주시며 먹을 수 있는 것과 없는 것을 구분할 수 있도록 두 번 세 번이라도 어린애마냥 환하게 웃으시며 자상하게 가르쳐 주셨던 시어머님, 지금 생각해도 그때가 그 어르신이나 내가 가장 행복한 때가 아니었나 싶다.

우리는 나이 차이가 너무 많이 나 시어머님이 아닌 할머니와 손녀 같았다.

그런 어머님에게 딱 하나 걱정거리는 결혼한 지 2년씩이나 된 며느리가 외아들에게 시집을 왔으면 순풍순풍 애를 잘 낳아 가문의 대를 이어야 되는 법이거늘, 어떻게 된 일인지 25살, 그리 많지도 않은 나이의 며느리는 아이를 낳을 기미가 없으니, 속이 타서 죽을 지경이셨다.

기억하기로 시어머님은 하루도 새벽기도를 빠지지 않으셨다.

어쩌다 너무 곤히 주무시다 괘종 소리를 못 들어 시간을 놓치셔도 꼭 교회로 가서서 기도를 하셨다. 아마도 그즈음 그분의 기도는 당연히 손주를 안아보게 해달라는 것이었을 것이다.

그렇게 시어머님은 손주를 안아보지 못한 채 또 한 해를 보냈고 지치지 않은 열정과 간구로 더욱더 기도를 하셨다.

남편은 방에 누워 가슴이며 배며 등이며 온통 엑스레이를 찍어대는 것도 지겨운지 어느 날은 충주 시내에서 부동산을 한다는 형님(어쩌다 알게 된)의 가계로 출근을 하겠다고 했다.

　나는 이미 그 사람을 마음속에서 남편이기를 지워버렸으므로 무엇을 하든지 관심조차 없었다.

　내 생각은 한 가정의 가장이자 한 여자의 남편이라면 최소한 늙고 힘없는 부모님을 극진히 모셔야 하고, 가족을 부양함에 최선을 다해야 한다는 것이다. 물론 뭐니 뭐니 해도 남자라면 해 뜨면 나가서 일을 하고 해가 지면 집으로 돌아오는 것이 당연한 이치라고 여긴다.

　나 또한 경상도 기질에다 소양인인 관계로 집안에 가만히 들어앉아 있는 것이 너무 싫었다.

　그런 와중에 작은 아주버님(작은 시누이의 남편)께서 부업거리를 가져다 주셨다. 컵라면을 먹을 때 함께 주는 젓가락을 칸칸이 끼워서 접착제를 바르고 기계로 눌러 붙이는 일이었는데 그분 덕분에 나와 시어머님이 독점을 해서 제법 돈 버는 재미가 쏠쏠했지만 그리 오래 하지는 못했다.

　남편은 시계추처럼 아는 형님네 가게를 왔다 갔다 했고 정치얘기에, 심지어는 갔다 온 적도 없는 군대얘기로 사람들과 말씨름을 하고 정말 군대를 다녀온 사람조차 이겨버렸다.

　우기고 고집을 부려, 그는 세상에서 자신이 가장 똑똑하고 잘난 줄 알았다.

한편 구미의 친정집에도 소소한 변화들이 많았는데 그중에 가장 큰 변화는 아버지와 어머니가 집의 넓은 마당과 집 밖의 공터를 이용해 고물상을 차린 것이었다.

나중에 들어보니 엄마가 오래전부터 노는 땅에 고물상이나 차리면 어떻겠냐고 아버지의 귀가 닳도록 얘기했었다고 한다. 그런데 아버지는 체면이 있지 그걸 어떻게 하느냐고 계속 반대하시다 도배학원, 식당(아버지와 바람난 아주머니의 권유)을 망해먹고 나서야 할 것도 없고 돈도 없으니 터 넓은 집에서 고물상이라도 해보자며 시작하셨단다.

물론 그전에 하던 사람 중에 부자 안 된 사람 없다고 하지만 아버지 어머니가 고물상을 시작하신 그즈음은 거의 막차를 타신 거라고 보면 되었다.

나중에 아버지는 엄마 말을 안 들어 진작 시작하지 못한 것을 원통해하며 오히려 엄마에게 왜 더 적극적으로 권하지 않았느냐고, 다너 때문이라고 생떼를 쓰셨다는데 그런 사람이 바로 우리 아버지이다. 당신이 하는 일은 언제나 옳고 엄마나 자식들이 하는 말이나 내놓는 의견들은 맞아도 틀렸다.

엄마도 예전의 엄마가 아닌지라 아버지가 일방직으로 뭐든 결정하게 두지 않았고 그래서 친정집은 언제나 고함소리 욕하는 소리가 끊이지 않았다.

"빙신 같은 것이 그것도 몬 하나!"

"그래, 와 빙신이 그걸 우째 하겠노……. 그라고 빙신하고 살아서

84

누구는 좋겠네!"

엄마가 되받아치고 아버지는 파르르 성질을 못 이기고 고함고함 지르며 매 될 만한 것을 찾아 눈이 희번들했다.

"그래, 직이라, 직이 바라, 오늘 니가 나 못 직이도 빙신이다."

"예이, 이 ××야!"

이쯤 되면 아버지는 화가 차올라 얼굴이 붉으락푸르락 미친 듯이 날뛰고 동네 사람들은 그걸 말리느라 아버지의 고물상은 언제나 바람 잘 날 없었다.

말릴 수밖에 없는 게 고물상에는 파지, 크고 작은 쇠붙이, 구리, 아연을 비롯해 없는 것이 없었기에 불이 날 수도 있기 때문이다.

동생들이야 각자 직장 생활을 했고(내 바로 밑의 남동생은 일찌감치 군대로 갔다.)언제 어떤 것이 무기가 되어 아버지 손에 들려질지 아무도 모르니 항상 폭풍전야처럼 긴장감이 팽배해 있었다.

그런 부모님도 걱정이 안 되지는 않는 모양이었다. 남의 집으로, 더군다나 외아들에게 시집간 딸이 결혼 3년째 접어들어도 아이를 못 낳고 있으니……

너무 추워 이불을 뒤집어쓰고 오들오들 떨고 있는데 전화벨이 요란스럽게 울어댔다.

"안 춥나? 못 견디게 추우면 집에 좀 내리와 있지. 내가 사돈한테 말해 보께. 너거 아부지가 웬일로 니 걱정을 하네. '너무 추운 데서 떨어가 얼라가 안 서는갑다. 내리오라 케가 오골계가 좋다 카던데 한 마리 묵고 용한데 가가 약도 한 재 지어가 묵어보고 좀 해봐야 될 거 아이가, 우째 애미가 되가……' 쯧쯧쯧 혀를 차면서 나한테 그 카드라. 그란께 너 시어머이 좀 바까 바라!"

이렇게 나는 생각지도 않은 친정행이 결정되었고 씁쓸하지 않을 수가 없었다.

그토록 도망치고 싶었던 집을 내 발로 걸어 들어가다니…….

"아부지, 저 왔어예!"

"그래, 왔나! 드가서 밥 무라!"

거의 3년 만에 만나는 부녀지간의 인사였다.

아버지는 안경을 쓰고 산소를 이용해서 냉장고를 해체하고 계셨다. 산소가 치직 소리를 내며 파란 불꽃을 일으키더니 쇠붙이가 절단되고 있었다.

엄마는 엄마대로 어르신들이 모아온 파지를 정리하고 계셨는데 두 분은 성격이 워낙 깔끔해서 무엇 하나라도 대충 정리한다거나 대충 던져놓는다는 건 상상조차 할 수 없다.

엄마가 맡은 것은 파지 쪽인지 규격이 반듯한 것이 마치 자로 잰 듯했다.

쇠붙이는 쇠붙이대로 각각 종류대로 정리를 해놓은 것이 두 분의 성격이 그대로 드러나 있었다.

행여 고물을 싣고 온 누군가가 담배를 피우고 꽁초를 모아놓은 깡통에 버리지 않고 마당에 버리면 그날로 아버지의 고물상에는 다시는 올 수 없었다. 소리소리 지르며 욕을 하고 난리를 쳐대니 당사자는 다른 사람 보기 창피하고 자존심이 상해서 발을 끊어버리고 마는 것이었다.

파지를 만지던 엄마가 따라 들어오며 옷가방을 받아 내가 당분간 머물 방에 놓고 나오시며 물었다.

"얼굴 꼬라지가 그기 머꼬?"

"추워서 얼었나 봐! 확실히 충주하고는 날씨가 완전 딴판이네! 기차에서 내리는데 벌써 공기가 다르더라! 애들은?"

"영애하고 영미 출근했고, 영진이는 기숙사, 막내는 학교에서 아직 안 왔고 배고프제, 쪼끔만 참아라. 너 아부지가 어디서 오골계를 두 마리나 사와서, 푹 고아났다, 몸에 좋다니께 아뭇 소리 말고 다 무라. 동생들 눈치 볼 거 없다. 다 묵고 아부지가 김천 지례에 용한 약방 있다고 내일 니 데리고 진맥하러 간다 쿠더라. 일단 그 약부터 한 재 먹어보고 대구로 병원을 가보던가 하자 카더라. 가만 보니께 너거 아부지가 혹시 니가 아를 못 낳는 기 어릴 때 마이 맞아서 그런 거 아인가 싶은가 부쩍 신경이 쓰이는 모양이더라!"

"아, 엄마 그만해! 지금 그런다고 어릴 적 상처들이 없는 것으로 돼? 그래, 어린 새끼들과 마누라를 왜 그렇게 팼대? 국이 한번 봐바. 그때 상처로 아버지 아자도 싫어하고 지금도 군대서 돌아오지를 않잖아. 엄마는 또 어떻고. 하도 맞아서 지금 몸이 성한 데가 하나도 없잖아! 그런데도 그렇게 아부지 역성을 들고 싶나. 요즘도 장난 아이라 카던데."

"역성은 내가 말라꼬 역성 들 끼고, 막내까지 결혼시키고 이혼하
기로 약속까지 했구마!"

"그래, 요새도 손찌검하나?"

"아이구. 반 푼도 없는 소리, 이 나이까지도 맞고 살면 지도 내도
인간이 아이지. 뭐라고 계속 지랄하마 나도 같이 해 삔다. 아이가 죽
이라 대가리 들이대면 이것이 미쳤나 하면서 슬슬 피한다."

"그러다 마당에 늘린 게 쇠붙이고 무긴데 그런 걸로 잘못 맞으면
큰일 난다."

엄마가 몇 시간 동안 푹 고아서 뼈가 호물호물해진 까만 닭을 먹
으며 엄마와 나는 많은 이야기로 시간 가는 줄도 몰랐다.

"그런데 이서방은 여적 취직도 안 하고 시계 부랄맹쿠로 그렇게
살끼라더냐? 진짜로 징하다. 사내새끼로 태어 나가 우찌 그리고 산
다 말이고, 어이? 참 답답대이……. 지 늙은 엄마하고 마누라하고 식
구 단출하겠다. 하다못해 노가다라도 해서 먹이 살리야지. 머어, 체
면 구겨지게 노가다를 어떻게 해요…… 미친……. 정신상태가 걸렀
지 그걸 말이라고 씨부리나……. 그럼, 혀 빠지게 장사하느라 힘든
누나한테 돈이나 얻어 쓰고 온갖 부식 다 가져다먹고 그런 것이 체
면 구기는 거 일이지. 식구들 남한테 꾸러가지 않고 사람들 앞에 당
당하게 살아가는 거 그것이 자존심이지. 우째 남자를 만나도 저런
걸 만나서 애유……."

엄마는 내가 왜 조건이고 뭐고 아무것도 묻지 않고 따지지도 않는

그런 결혼을 했는지 몰랐고 아직도 모른다. 나 또한 그런 결혼을 했지만, 그 남자가 이토록 최악일 줄은 상상도 하지 못했다.

다음 날 덜컹거리는 비포장 길을 아버지의 트럭을 타고 김천 지례라는 곳의 용하다고 소문난 한의원을 찾아갔는데 생각보다 너무 초라하고 볼품없는 그런 곳이었다.

초라한 집에 차림 또한 의원이라 믿어지지 않을 만큼 추레한, 주름투성이 할아버지가 니코틴으로 노랗게 물든 손가락 사이에 담배를 끼운 채 돋보기 너머로 나를 주~욱 훑어보더니 손을 내보란다.

진맥을 해보자면서 나는 담배 끝에 길게 달린 재가 곧 내 손목에 떨어질 것 같아 불안해 몸은 안 움직이고 오른쪽 팔만 내키지 않는 듯 겨우 내밀고 아버지 눈치를 보자 아니나 다를까 아버지가 벌컥 의원에게 역정을 내셨다.

"이 양반이 지금 장난하능교. 몸이 안 좋아 약 지으러 온 아 앞에 담배나 물고 지금 머 하자는 깁니까!"

아버지의 역정에도 의원은 눈도 깜짝하지 않고 내 손목에 손을 올려놓고 지그시 눈을 감았다.

"아이구, 젊은 사람 맥이 왜 이리 약하누……. 너댓 살 얼라 맥보다도 더 약하구먼……. 그리고 약은 필요 없겠는데 미약하지만 태기가 있어, 집에 가서 좋아하는 거 먹고 싶은 거 마이 묵고 섭생을 잘해서 튼튼해져야 알라를 잘 놓을 끼라!"

의원의 말에 아버지와 나는 서로 마주보며 할 말을 잃었다.

돌아오는 비포장 길에, 갈 때까지는 불만이 없으시던 아버지가 몇 년 만에 임신을 한, 기가 약해도 너무 약한 딸이 잘못될까 봐 노심초사 아주 조심스럽게 운전을 하며 이 노무 도로가 사람 잡겠다고 계속 궁시렁거리셨다.

나는 아버지가 한 번씩 말을 걸어와서 대답하고 싶지 않아 차에 기대어 눈을 감고 자는 척했다.

그러자 아버지도 슬며시 입을 다무셨고 집으로 돌아오도록 우리 부녀는 말 한마디 안 하고 어색한 침묵이 흘렀다.

파지를 정리 중이던 엄마가 아버지와 내 표정을 살피며 물었다.

"그래, 의원이 머라 카더노? 와 그리 임신이 안 된다 카더노? 약은 지어왔나?"

아버지는 밀린 일을 하러 가시고 내가 집으로 들어가자마자 답답하신지 따라오며 궁금한 것들을 물었다.

"나, 임신한 거 같다네."

"뭐? 정말?"

"근데 몸이 약하고 자궁도 약해서 지금부터 아기가 안전하게 착상할 때까지 아주 조심해야 한대!"

"아이구, 조심해야지…… 결혼한 지 3년이나 되도 아이가 안 생겨 얼마나 마음 졸있는지 아나. 어쩌다 너거 시어머니하고 전화통화라도 하는 날은 내가 괜히 죄인이 된 것 같아 마음이 안 좋았는데, 정말이지 너거 시어머이 새벽기도가 통했나 보다. 하늘도 감동한 기라. 그 팔순을 바라보는 노인네가 새벽 깜깜할 때 일라가 눈물 흘리며 기도했을 텐데 하늘도 감동한 기라. 언능 전화부터 한통 드리라.

그리고 충청도는 아주 추울 낀데 섭생도 좀 해서 뱃속 얼라도 안전해질 때까지 서너 달쯤 친정에 있겠다고 말씀드리라."

전화 속에서 시어머니의 목소리가 하늘을 나는 듯했다.
"뭐라구? 임신했다구? 아들이래, 딸이래?"
"어머니도 참, 이제 겨우 좁쌀만 한데 그걸 어떻게 알아요……."
"아니야, 아니다. 내가 며칠 전에 꿈을 꿨는데 꿈에 새벽기도를 나 혼자 앉아서 하고 있드라. 한참 기도하고 눈을 떠보니까 교회 의자 사이에 크고 붉은 고추 두 개가 놓여 있더라. 주위를 봐도 아무도 없고 얼마나 크고 탐스럽던지 얼른 내가 치마폭에 담아왔지……. 그거는 분명히 손주를 둘 본다는 하나님의 계시인 거 같아!"
저토록 맑고 선하시고 인자하신 어머니에게 느러터지고, 게으르고, 책임감 없는 아들이 어떻게 나올 수 있는지 온몸의 세포 하나하나에서 힘이란 힘은 모조리 다 빠져 나가는 것 같았다.
내가 지치고 피로한 기색을 보이자 친정엄마가 전화기를 받아서 사정을 얘기하고 아기가 안전하게 착상할 때까지라도 데리고 있겠다고 하자, 시어머니도 춘삼월이라고는 하지만 아직 추위가 남아 있고, 또 며느리가 추위를 엄청 타는지라 더더군다나 귀한 손주를 품은 귀하신 몸인데 얼마든지 친정에 있어도 좋으니, 귀찮고 힘드시더라도 잘 부탁한다고 몇 빈이나 딩부하시고 또 하셨다.
나도 아버지와의 껄끄러운 마주침을 피하고는 싶었지만 그래도 꼴도 보기 싫은 남편과 부딪히는 것보다 오히려 낫겠다 싶었고 그렇게 나는 친정집에서 이제 겨우 자리를 잡으려 하는 뱃속의 아기를 키웠다.

그즈음의 남편은 아는 형님의 가게에서 술을 먹고 들어오는 날이 점점 많아졌고 평소에는 말수가 많지 않지만 술만 마시면 누구라도 붙들고 두어 시간 했던 얘기 또 하고 또 하고 상대가 지쳐서 그로기 상태가 될 때까지 괴롭히다가 술이 어느 정도 깨는 듯할 때 방이 흔들리도록 코를 골며 잠이 들었다.

주위에 술주정을 받아줄 대상이 없을 때는 전화기를 붙들고 무작위로 다이얼을 돌려 술이 깰 때까지 붙들고 놓지 않았다. 상대가 지쳐 전화를 끊어 버리면 갖은 욕을 하면서 또 다른 사람에게 전화를 걸었다.

그 지겨운 일을 아기 핑계로 몇 달 겪지 않아도 된다고 생각하다가, 앞으로도 영원히 듣고 싶지 않은데 차라리 헤어져 버릴까 하는 생각도 들었다. 아이는 혼자서도 키울 수 있겠다는 생각도 들고 그러다가도 너무나도 기뻐서 어쩔 줄 모르던 시어머님의 하회탈 닮은 얼굴이 오버랩되며 내가 이러다 죄를 받을지 싶었다.

친정에서 지내는 몇 달이 하루처럼 지나갔다.

고물상 일로 바쁜 엄마를 도와 청소를 하고, 세탁기를 돌리고, 막내 동생의 도시락을 챙겼다. 물론 몸으로 하는 일을 비교하면 시집에 있는 것이 훨씬 나았다.

시어머님이 거의 살림을 하셨기 때문에 나는 개울가로 빨래나 하러 다닌 것이 다였다. 그러나 친정집에서는 바쁘서서 끼니도 제대로 못 드시는 부모님을 위해 찌개도 끓이고 거실에 들어오실 시간이 없으면 상을 차려 마당으로 나가기도 하고 식구들을 위하여 반찬을 만들고 장을 보았다. 그럼에도 빨래를 하고 막내 동생의 도시락을 두 개씩이나 싸고 하는 것이 마냥 즐거웠고 행복했다.

우리 형제들도 그렇지만 부모님은 막내를 너무나도 사랑하셔서 그 아이가 해달라는 것은 거의 다 해주며 사랑을 퍼부으셨다. 그때 막내는 중학교에 다니면서 배우고 싶은 건 다 했다. 특히 웅변학원은 초등학교 때부터 다녀서 웅변대회란 대회는 모두 휩쓸고 다녔기에 똑똑하기로 제법 소문이 나 있어서 언제나 부모님의 자랑거리였다. 그리하여 거리에서 누군가 만나 아는 체를 해주면 기분이 좋아서 어깨를 으쓱거리며 다니셨다.

아버지는 좀 특이하신 거는 같다.

남들은 다 끊지 못한다는 담배를 끊겠다고 선언한 그 시간 이후로는 남이 보든 안 보든 절대로 피우지 않으셨고 그렇게나 좋아하시던 술도 마찬가지로 그 즉시로 끊어 내셨다.

그렇게 꽃피는 봄이 지나고 여름으로 들어서는 즈음에 세탁기에 빨래를 돌리고 거실 소파에 막 앉으려는데 아랫배에 찌르는 듯한 통증을 느꼈다.

무서운 생각이 들어 눈물부터 나려고 했다.

엄마를 부르고, 잠깐 볼일 보러 나가신 아버지와 연락은 되지 않고, 택시를 불러 가까운 개인이 운영하는 산부인과를 찾았다.

내진과 진찰을 마친 의사가 아무래도 안 될 것 같다고, 자궁이 약해 아기가 밑으로 처져버렸다며 소파 수술을 권했다.

엄마도 나도 펑펑 울면서, 제발 아기 좀 살려주면 안 되겠냐고 의사의 가운을 붙잡고 늘어졌다.

"선생님, 제발 좀 살려주세요, 외동아들에게 시집가서 3년 만에 겨우 가진 아긴데 이대로 잃어버릴 순 없어요."

그러자 의사는 그럼 주사를 한 대 놔줄 테니 하루 병원에 입원을 하고 꼼짝 말고 하늘을 보고 누워서 자야 한다고, 그리고 경과를 지켜보자고 말하고는 어디론가 가버렸다. 그래서 나는 혼자 외로이 공포의 밤을 차렷 자세로 꼼짝도 못 하고 누워 눈알만 굴리며 잠 한 숨 못 잔 채 버텨야만 했다.

사람이 부동자세로 12시간 이상을 버틴다고 가정해보면 과연 몇이나 그럴 수 있을까……. 공포의 밤이 지나고 아침이 밝아오고 경과를 지켜보자던 의사가 뚱뚱한 배를 흔들며 병원에 출근한 시간은 열 시가 다 되어서였다.

다행이 하혈도 멎어 있었고 느낌도 좋았다!

초음파를 보고 내진까지 마친 의사는 간신히 유산은 막았는데 아기가 자궁 밑쪽으로 처져 있으니 과격한 운동이나 일은 심가고 가능하면 집에서 누워 아기가 완전해 질 때까지 보호해주라고 하였다. 그리고 잘 먹고 잘 싸되 절대 변비 걸리지 않도록 주의를 하라며 집으로 돌아가도 좋다고 했다.

택시를 타고 집으로 오니 아버지도 간밤에 잠을 설치신 듯 피로한 기색이 역력했다.

내 얼굴을 살피시더니 "어서 들어가서 누라." 하고 한마디 하고는 하던 일을 계속하셨다. 엄마가 말했다.

"좀 있으면 이서방 올 끼다."

"뭐? 이서방은 왜 불렀어! 아이 진짜……. 내가 싫어할 거 뻔히 알면서 왜 불렀냐고."

"야 아무리 밉고 싫어도 지 새끼가 잘못될 수도 있는 마당에 안 부르고 얼라가 잘못 되기라도 해봐라. 그 원망을 어떻게 감당할라고!"

물론 엄마 마음을 모르는 것도 아니고 그 마음을 이해는 하지만 나는 남편을 정말이지 마주치기도 싫었고 다시는 안 보고 살았으면 싶었다.

늦은 오후쯤에 남편이 왔지만 역시나 빈손이었다.

'에라이, 병신 쪼다 같은 놈아. 그렇게 예의범절을 모르니. 짐승만도 못한 인간아……. 어른이 계신 집, 더군다나 장인 장모한테 몇 달 만에 오면서 그 흔한 주스 병 하나 사들고 올 생각이 안 나더나. 그 대가리에는 대체 뭐가 들었니. 아마도 똥만 꽉 들어찼을걸.'

정말 오만가지 생각이 복잡하게 엉켜 들었다.

"이서방 왔능가?"

엄마가 하던 일을 멈추고 아는 척을 하자 "예." 하는 간단명료한 인사를 뒤로하고 집으로 들어오는 남편을 보자 온몸에서 바늘이 돋아난 듯 살갗이 아파 왔다.

아버지는 무능하면서 게으르고 돈도 안 벌어다 주면서 맡술을 마시고 주정이나 하는 사위의 인사 따위를 절대로 받아주실 분이 아니었다.

엄마가 살짝 무안해하며 집에 들어가 보라며 사위의 등을 밀었다.

"야, 도대체 어떻게 된 거냐? 지금은 괜찮아?"

남편이 내 배를 흘끔 쳐다보았다. 나는 그 눈빛이 싫어 옷을 당겨 배를 가렸다. 진짜 보여주고 싶지 않았다.

"뭐, 큰일이라도 난 것처럼 뭐 하러 왔어!"

"아, 안 그래도 논에 있는데 장모님 전화 왔다고 엄마가 쫓아왔어! 하던 일 마저 하고 오려고 했더니 예감이 별로 안 좋더라고. 그래서 부랴부랴 내려왔는데 너 보니까 괜히 왔다 싶네."

"지금이라도 가……. 차 아직 있을걸."

"그럴까? 있어 봤자 일을 하네 안 하네, 돈을 버네 못 버네 하고 잔소리나 들을 텐데 장인은 아까 인사도 안 받던데. 술이라도 한잔 하시면 내가 피곤해지는데……."

"아버지 술 끊으셨어!"

"뭐? 야, 웃기지 말라 그래. 어디 술 끊기가 그렇게 쉬운 줄 아냐……."

"우리 아버지가 당신 같은 줄 알아? 우리 아버지는 한다고 결심하면 그 즉시 실행하시는 분이야. 어디 울 아버질 엮어, 엮기를."

"너 참 웃긴다. 언제는 아버지가 싫어서 나하고 결혼했다더니 아버지, 아버지, 가식 떨지 마라!"

"계속 말씨름만 하고 있을 거야? 편한 옷 갈아입고 두 분 일하는 거 좀 도와드리지."

"야, 내가 왜 그래야 되는데?"

"왜 그래야 되는지 몰라? 진짜 어이 상실이다."

"나 피곤해서 싫어. 쓰는 방 어디야? 가서 한숨 자야겠어!"

우리는 늘 이런 식으로 서로를 할퀴고 물어뜯느라 바빴다.

그날 저녁은 그야말로 폭풍전야였다.

엄마나 동생들도 아버지가 언제 사위에게 폭발할지 눈치만 보다가 슬금슬금 자기들 방으로 사라졌다. 부모님의 사랑을 독차지하는 애교 덩어리 막내도 그날은 조용히 지방으로 들어가 한 번도 거실로 나오지 않았다.

아버지의 눈은 틀어놓은 TV 속 뉴스를 보고 계셨지만 영혼은, 얼마나 화가 나셨는지 어깨가 부들부들 떨렸다. 내 뱃속 아기를 염려해서인지 참고 또 참으시는 것이 역력해보였다.

눈치도 없는 남편은 뉴스 속의 정치이야기가 나오자 끊임없이 아는 체를 해대며 누구는 어떻고 누구는 어떻고 입을 다물지 않았다.

신문을 읽어 얻은 지식 자랑으로 몇 시간이고 잘난 체를 해댈 텐데 나는 아버지와 남편을 번갈아 살피느라 정신이 하나도 없었다.

"요새는 뭘 하고 지내는가?"

드디어 아버지의 입이 열리고 옆에서 나처럼 눈치만 보고 있던 엄마는 갑작스런 아버지의 물음에 딸꾹질을 하며 얼른 부엌으로 뛰어가셨다.

그 자리에서 딸꾹거리면 아버지에게 어떤 욕을 들을 줄 몰랐기에 얼른 그 자리를 비킨 것이었다.

"아직도 친구 사무실에 왔다 갔다 하며 일없이 지내나?"

"아, 예……. 뭐 하나 추진하는 것이 있어서……."

"거기 먼데?"

"지질 조사를 했는데 우리 동네 주위에 탄산이 풍부한 온천이 묻혀 있다네요. 그래서 돈 많은 미국 교포 2세가 온천 개발을 위해 엄청난 돈을 투자해서 제2의 수안보처럼 만들 거라고 하네요. 그래서 부동산하는 친구하고 어떻게 잘만 하면 한밑천 크게 거머쥘 수 있겠는데 시간이 좀 걸릴 것 같아요……."

"그런데 그 사람들하고 니가 무슨 상관이냐고. 니가 투자할 돈이 있나. 달랑 부랄 두 쪽뿐인 니가 머를 어떻게 해서 돈을 벌 낀데. 거기다 부지런하기를 하나 느려 터져서 다른 사람 부에 지르기 십상인 니가 머를 한다꼬? 지나가는 소가 웃겠다, 소가. 팔십이 낼모레인 너거 엄마가 아직도 밭일 논일 해가믄서 고생하는 기 불쌍하지도 안 하나? 너거 마누라는? 델꼬 갔으마 기술이 없으마 노가다라도 해야 될 거 아이가. 벌써 니 일에 손 놓고 집구석에서 빈둥댄 지가 자그마치 3년이다, 3년.

애도 없고 세 식구 살 때는 불쌍하지만 못난 아들 둔 죄로 너그 어무이가 남의 집에 품 팔아서 니 먹이 살리고 니 용돈도 주고 했다마는 앞으로는 우짤 끼냐고. 또 마누라 부업이나 시키고 너거 어무이 언제까지 저렇게 불쌍하게 살게 할기고 말이다. 이제 곧 알라도 생

98

길 낀데 앞으로 어떻게 살 낀지 내 한번 들어보자."

"아니……. 온천개발 곧 시작하면 저도 눈 코 뜰 수 없이 바쁘다니까요. 염려 안 하셔도 됩니다. 그 형님이 현장 책임자로 앉혀 준다고 했단 말이에요!"

"야야! 뜬구름 잡는 소리 하지 말고 현실을 바로 보라고. 어떤 등신이 잘하는 거라고는 술 먹고 주정하는 거뿐인 니를 월급 줘가면서 현장 책임을 맡겨……. 이 답답한 사람아! 자네가 뭘 알아? 토목을 알아? 설계도를 볼 줄 알아? 일을 알고 현장 인부들을 통솔할 수 있어야 현장 감독을 하든지 지랄을 하든지 하지……. 뭐, 사람 좋게 허허허 거리면서 술이나 받아주고 세월아 내월아~ 하면 일이 저절로 되는 줄 알지? 니가 한번 입장을 바꿔놓고 생각해봐라! 니 같으면 니한데 현장소장 맡기겠나. 월급 줘가면서."

노가다로 잔뼈가 굵어진 아버지께서 조목조목 따지면서 짚어주자 남편은 눈앞의 발만 만지작거리고 있었다.

"참, 답답하다. 진짜~ 아부지가 듣고 싶어 하는 말씀은 이제 곧 아이도 생기는데 어떻게 어떻게 해서 잘살겠습니다라는 구체적인 얘기를 해보라는 거잖아!"

"멀 하든지 밥 안 굶기고 살면 될 거 아냐!"

안 그래도 그 중히 여기는 체면이 구겨졌는데 옆에서 내가 한마디 거들자 남편은 볼멘소리를 꽥 지르다 완전 어이를 상실한 얼굴로 자신을 보고 있는 장인과 눈이 마주치자 얼른 발치로 눈을 돌린다.

"여태껏 그렇게 잘해서 남의 딸 데려다 이 꼴을 만들었나. 니가 지금 누구 앞에서 큰소리고. 어이, 길 가는 사람 붙잡고 한번 물어보라고. 세상천지에 사지육신 멀쩡한 게 맨날 천 날 추우나 더우나 방구석에서 뒹굴대다 때 되면 밥이나 처묵고 테레비나 보다가 누가 찾으면 나가서 여기서 한잔 저기서 한잔, 어떻게 술이 그 입으로 넘어가더나. 일하지 않는 자 먹지도 말라 캤다. 그리 일하기가 싫은데 장가는 왜 갔어! 지금이라도 내 새끼 확 데불고 오고 싶은데 느거 어무이가 울면서 빌드라. 지두 인간인데 장~ 저라고 살겠냐고 쪼매만 더 참아달라고! 그란 지가 벌써 3년이다 3년! 너 어마이는 먼 죄고 우리 딸은 또 먼 죄냐꼬!"

아버지는 머리끝까지 화가 뻗쳐 거실 바닥을 손바닥으로 탁탁 치면서 앞으로 어떻게 그 시골에서 아이를 공부시키며 살 것인지 물어도 남편은 고개를 푹 수그리고 앉아 발치께를 내려다 볼 뿐 대답도 하지 않았다.

아주 날 잡아 드슈 하는 듯……. 반면 친정아버지는 급한 성격에 마치 벽을 보고 이야기하는 형국이라 한숨을 들이쉬고 내쉬시더니 밖으로 나가 버리셨다.

"에이구, 이 사람아! 자네도 참 에지간하네. 장인 성격도 잘 알면서 젊은 사람이 이리도 유도리가 없는가! 이렇게 말로라도 아이도 생길 테니 열심히 살겠습니다! 그 말 한마디면 될 텐데 어찌 그런 융통성도 없나 그래, 보나마나 저 냥반 오늘 어디서 술 잔뜩 먹고 들어오겠구먼……. 잠자기는 다 틀렸네 그려."

방으로 들어온 남편은 도끼눈을 뜨고 나를 노려보며 이를 빠드득 갈았다.

　"씨발, 내 이래서 처갓집 오기가 죽기보다 싫다니까. 진짜 더러워서, 남들은 사위를 백년손님이라며 반기고 씨암탉을 잡는다 뭐다 난리더만 씨발, 너네 집은……. 장인도 그렇지. 내가 아들도 아니고 빙신이니 뭐니 어떻게 저렇게 나무랄 수 있냐고……."

　"그래서, 뭐? 당신 입에서 어떻게 그런 말이 나와, 어떻게? 결혼 전에 아버지 앞에서 뭐라고 약속했어? 옥란 씨는 제가 열심히 일해서 절대 고생 안 시킬 테니 걱정 마십시오, 하고 무릎 꿇고 맹세했어, 안 했어? 그런데 지금 와서 우리를 한번 봐 보자고, 어떤 상태로 살고 있는지……. 취직 안 하느냐고 물어보면 내일 내일, 다른 사람들은 그 공장 들어가서 일만 잘고, 월급 꼬박꼬박 잘도 받아와서 오순도순 행복하게 살더만 당신은 왜 일 안 가고 버티는데? 아버지 말씀처럼 특별히 기술이 있는 것도 아니고 현장 일이면 어때? 사무직 준다 해놓고 현장 일 하란다고 출근하자마자 도로 집으로 쳐오냐고. 뭐, 자존심이 허락을 안 해? 미친……. 누구 자존심한테 물어봤는데 허락을 안 하더노. 당신 구미공단에 다닐 때도 현장직 근무였잖아! 어찌어찌해서 우리 회사에 파견근무 나온 거지. 그것도 사무직 아니고 현장직으로……. 그라고 뒷집 장호 아버지나 당신 친구들도 공장 현장직으로 가서도 일만 잘고 월급 꼬박꼬박 받아다 저축도 하면서 앞으로 살아갈 날을 함께 이야기하면서 잘살고 있는데, 우리 한번 봐봐. 당신이 그 사람들보다 키가 작나 인물이 못났나. 그래, 뭐가 아쉬워 허구한 날 형님한테 눈치 보며 아쉬운 소리 해가며 늙은 어머이 남의 집 일 다니느라 등허리가 휘는 줄도 모르고 고생하게 하고 나중에 천벌 받을 끼라……. 이제껏 그렇게 살았으니까. 이제 몇 달 있으면 아기도 태어날 텐데 지금부터라도, 열심히 일해서 잘살아볼 궁리를 해보자는 소린데 그 소리가 그렇게 잘못된 소리가……. 당신도 입장 바꿔 생각해봐라. 당신이 내 아버지라고 치자, 당신 같은 인간한테 딸을 주겠냐고……. 세상에, 그런 아버지가 어디에 있겠노. 그러니 울 아부지 속이 터지겠어, 안 터지겠어!"

"됐다! 고마 해라이……. 자꾸 잔소리 해대면 나 지금 가버린다! 너네 식구들 어디 한번 두고 봐라! 나 돈 벌면 국물도 없을 줄 알아!"

"어이쿠, 예……. 뭘 해서 돈을 벌지 모르지만 많이나 버세요!"

다음 날 남편은 첫차를 탄다면서 일찌감치 길을 나서고, 나는 뱃속 아기가 완전히 착상하는 6개월이 되면 충주로 가기로 했다.

남편과의 끝나지 않을 싸움을 생각하면 다시는 돌아가고 싶지 않지만 하회탈 시어머니를 떠올리면 마음 한구석이 찌르르 전기라도 통하는 듯 아파왔다.

처음 만나 뵈었을 때도 그 선한 얼굴의 굵은 주름 위로 흐르는 눈물에 마음이 녹았다. 남편이 죽이고 싶을 만큼 미워도 어떻게 해보지 못하고 이제껏 산 것도 다 시어머니에 대한 연민 때문이 아닐까 싶지만 그렇다고 시어머니가 마냥 좋은 것만은 아니었다.

남편이 밉다 밉다 하다 보니 그런 무능하고 게으른 남편을 낳은 시어머님께 그 원망의 일부가 돌아가고……. 방에 빈둥빈둥 누워 딩구는 아들을 두고 시어머니가 직접 무거운 물건을 들어 옮기거나 남자들의 힘으로 해야 할 일임에도 아들을 아끼고 싶은 마음에 "애, 에미야! 이것 좀 같이 들어다 놓자."고 말씀하실 때는 정말 화가 나서 견딜 수가 없었다.

어머님이 이렇게 하시니 점점 게을러지지 않느냐고 볼멘소리를 해도 정 많은 어머니는 아랑곳하지 않으셨다. 그러니 내 마음속에서 어머님을 미워하는 마음이 움트고 싹이 나서 남편의 키 큰 미움 나무 옆에 나란히 자라고 있었다.

그해 유난히도 무더웠던 여름이 가고 구월의 따가운 햇살이 온갖 과일을 익게 할 즈음 뱃속 아기도 안전하게 자리를 잡았다는 의사의 진단결과에 더 이상 친정집에 머물러 있을 핑계도 없거니와 임신 6개월로 제법 배가 불렀을 며느리를 자랑하고 싶어 시어머님은 사흘이 멀다 하고 전화를 하셨기에 더 이상 상경을 미룰 수가 없었다.

걱정하며 안쓰럽게 쳐다보던 엄마와 보지 않는 척 외면하던 아버지와 동생들을 뒤로 하고 떠나오는 친정집은 옛날에 그렇게 죽지 못해 살았던 곳이 아니라 100% 내편만이 살고 있는 그런 따스한 집이자 피난처였다. 완전히 뒤바뀐 것이다.

아버지는 지금도 같이 일하면서 의견충돌이 일어나면 죽이네 어쩌네 엄마와 큰소리로 가끔 싸우기도 하지만 예전의 눈빛과 욕설은 결코 아니었다.

세월은 부모님에게서 많은 것들을 가져가버리고 머리 위에 하얀

게 서리만 남겨놓고 저만치 앞서가고 있었다.

　나도 늙고 초라해져 가는 아버지가 조금씩 안쓰러워 서로 마주침을 피할 뿐 미운 생각이 조금은 희미해져 갔다.

　산골 동네의 가을은 을씨년스런 바람이 마른 나뭇가지를 흔들고 꼬리가 긴 저녁밥 짓는 연기가 그 바람에 흔들려 이리저리 흩어졌다. 다시 불어오는 바람에 옷깃을 여미고 몸을 옹성거려 조금이라도 더 바람을 피할 요령으로 빠른 걸음을 재촉하는 서글픔이 있었다.

　나는 추위를 엄청 탔기에 구월에서 시월로 넘어가는 계절에 벌써 내복을 꺼내 입어야 했고 방 안에서도 두꺼운 파카를 입고 이불을 뒤집어쓰고 있어야 할 만큼 심각하게 추웠다.

　웬만해서는 밖에 나가지 않았고 그 덕분에 시누이네 가게에서 부식을 가져오는 당번은 자연스럽게 남편이 할 수밖에 없었다. 그때 그는 내가 느꼈던 수치스러움과 남부끄러움이라는 감정을 느꼈을까?

　내 생각에는 누나로서 엄마나 동생에게 찬거리 좀 주는 건 당연한 거라고 생각했을 듯하다.

　그는 참으로 집요하게 나를 괴롭혔다.

　그나마 나가던 아는 형님 부동산 사무실도 잘 나가지 않았고 언젠가 왜 안 나가느냐고 물어보자 뭐, 누가 우습게보고 무시를 한다나 어쨌다나! 하기는 왜 아니겠는가. 사람 사이에도 보이지는 않지만 규율이나 말하지 않아도 스스로 알아서 처신할 부분이 분명 있을 터인데 눈치 없고 입만 똑똑한 남편은 그들에게 있어서 달갑지 않은 민폐였고 혹이었을 것이다.

　오전 열 시쯤 부동산에 나가 소파에 앉아 조간신문을 꼼꼼하게 챙겨 보고 경리 아가씨가 내주는 커피를 조용히 음미하며 신문에 게재된 이슈를 화두로 정치, 경제, 사회적 문제까지 하나 둘 모여드는 사람들과 서로 아는 체를 해가며 열띤 토론을 한다. 그러다 밥 때가 되면 짜장면이든 뭐든 되는 대로 얻어먹고 또 커피를 마시고 고스톱이나 바둑 장기 같은 술내기가 벌어지면 그런 취미는 없는 남편은 이쪽저쪽으로 훈수나 둔다.

　아는 형님이 계약을 하러 나가거나 관공서에 서류를 떼러 갈라치면 강아지처럼 따라다니다 손님과 만날 시간이 밥시간과 겹치면 또 공짜 밥에 술까지…….

　이렇듯 자기 돈은 없어서 못 쓰기도 하지만 한 푼도 쓰지 않고 밥 한 번, 쓴 커피 한 잔을 사는 적이 없으니 이런 그를 누가 좋다고 반기겠는가!

　하물며 사랑도 주고받는 것이거늘 그렇게 오나가나 눈치코치 없는 그는 사람들이 자기를 어떻게 보는지도 몰랐다.

　"새댁 좋지? 어디 집에 신랑 같은 사람이 어디 있남……. 법 없이도 살 사람이잖여! 어제는 저 명수 어머이 시청 가서 서류 떼 와야 한다고 한걱정을 했는디 글씨 집에 신랑이 버스 타고 시청에 함께 모시고 가서 볼일을 다 봐줬다잖여. 글씨 요즘 사람 누가 그러겠어. 집에 신랑이니께 그런 일도 해주는 겨. 알음알음 동네일도 곧장 해결하고 그런 디여 글씨!"

이럴 때면 겉으로는 웃으며 "아, 그런 일도 있었네요." 하고 넘어가지만 그럴 때마다 속으로 치밀어 오르는 화를 억누를 길이 없었다.

'미친 새끼, 주제에 집에서는 형광등 하나 못 갈아 끼우는 새끼가 아주 꼴값을 해요, 꼴값을. 여보세요, 아주머니! 그렇게 좋아 보이면 한번 살아볼래요?'

이렇게 반문하고 싶었다.

그 남자가 동네 사람들 말처럼 나쁜 놈은 아닌 줄은 아는데 장가든 지 3년이 지나도록 한 번도 경제 활동을 해보지도, 하려고 들지도 않는데 사람들은 무얼 보고 법 없이도 살 사람이라고 단정 짓는지 도무지 이해가 안 됐다.

그 남자가 왜 죄가 없는가 말이다.

그 남자는 자기의 직무를 유기했으며, 돌보아 주어야 할 어머니의 노동력을 착취했고, 아내에게 찬거리나 용돈 등을 얻어오라고 등을 떠밀어 수치심을 유발시켰으니 그 정신적인 피해조차도 죄가 되고도 남을 만큼 나쁜 놈인데 말이다.

시월에 접어든 시골은 벌써 물이 차고 찬바람이 골목골목을 누비고 다녔기에 나는 늘 감기를 달고 살았다.

임신 중이라 약을 못 먹으니 나을 만하면 또 들고를 반복했다. 그나마 오래되고 누추해도 시어머님의 방이 훨씬 아늑했고 밤 사이에 뜨끈뜨끈했던 방이 식고 있다고 느껴질 때면 다시 평안한 따스함이 등을 통해 전해져 왔다.

'시어머님이 새벽기도를 마치고 오셔서 며느리 추울까 봐 다시 군불을 때고 계시는군.'

그리하여 나는 곧 단잠에 빠져 들었다.

남편은 내가 거의 시어머님 방에서 기거를 하게 되자 방을 혼자 독차지하면서 바가지 긁는 마누라가 없으니 온통 내 세상이네 하면서 밤낮 술로 시간을 보냈다.

그에 반해 시어머니는 거의 날마다 가을걷이하는 들판으로 품을 팔로 가셨고 변하지 않는 남편으로 인한 분노와 스트레스로 너무나도 힘든 시간을 보내셨다.

뱃속 아기가 가끔씩 몸을 움직이며 태동을 하는데도 나는 세상 모든 엄마들이 한 번쯤은 느껴 보았을 그 생명에의 경이로움을 느껴볼 겨를도 없을 만큼 우울했고 날마다 죽고 싶은 심정이었다.

대낮부터 술이 취해 했던 소리 또 하고 또 하는 남편에게 시달리는 일이 일상이 되었던 것이다.

지금도 아들에게 미안한 일이고 가슴 아픈 일이지만 날마다 이 길로 나가서 차에 뛰어들까, 아니면 어디 가서 목을 맬까, 약을 먹고 죽어 버릴까, 별의별 궁리를 다 했지만 결코 시도조차 못 한, 죽을 용기조차 없었던 내 자신이었다.

사람을 옆에 앉혀놓고 취한 술이 깨도록 괴롭혀 지치게 만들어 놓고 동네 떠나가도록 코를 골고 자는 남편을 내려다보며 목을 누르고 싶은 충동을 얼마나 여러 번 참아야 했는지…….

나와 남편은 다섯 살의 나이 차가 났다.

그는 한없이 고지식했고, 융통성이 없으며, 체면을 중히 여겼으므로 노가다 따위는 결코 그의 생애에서는 할 수 없을 것이다. 아울러 아무것도 없어서 남에게 빌리러 가는 것은 부끄럽지 않게 여겼거니와, 사람들의 평판을 중요하게 생각해 동네 사람들이 자기를 어떻게 봐주는지를 늘 신경 쓰면서도 늙은 어머니를 밥벌이 내보내는 것은 결코 부끄러워하지 않는, 그런 이해할 수 없는, 정말 어린아이 같은 발상의 소유자였다.

11월에 접어들자 도저히 추위와도, 남편과도 싸울 수 없을 만큼 쇠약해져 가고 있었고 시어머님은 날마다 기도로 베개를 적시며 내 손을 잡고 우셨다.

"에미야, 기운을 차려 봐야지. 내가 미안타! 저리도 못난 놈을 낳고도 미역국을 처먹은 내가 죄인이다. 정말 미안하구나……. 저래도 막상 지 새끼라고 낳아 놓고 보면 진들 처자식 먹여 살리겠단 생각이 들지 않겠나, 어이? 그러니까 입맛 없더라도 억지로라도 먹어야 니도 살고 뱃속의 새끼도 사는 기라. 니도 니지만 그 뱃속 새끼는 뭔 죄란 말이고!"

앞날에 대한 암담함과 아이에게 저런 인간을 아버지로 만들어준 데 대한 미안함으로 나는 매일을 눈물로 보냈고, 울다 잠이 들고 하는 일이 반복되니 임신 막달이 다가오는데도 몸이 불기는커녕 자꾸만 말라 비틀어져 갔다.

11월의 말 즈음에 시어머님이 도저히 안 되겠는지 친정엄마한테 전화를 넣어 며느리가 너무 추위를 심하게 타기도 하지만 갓난아기도 이렇게 추우면 견디기 힘들 터이니 비교적 추위가 덜한 그곳에서 몸을 풀고 오는 것이 어떻겠느냐고 양해를 구하셨다. 거기다 제대로 먹지도 못하니 이대로 가다가는, 며느리도 뱃속의 손자도, 다 큰일 날 것 같으니 제발 좀 데리고 가주십사 하고 부탁을 하셨던 것이다.

그 전화를 끊자마자 부모님은 아는 사람을 불러 고물상을 맡기고 쉴 새 없이 차를 달려 오셨다.

지금 생각해면 그때 부모님이 나를 데리러 오시지 않았다면 오늘의 나와 아들은 이 세상에 없었을 수도 있겠다는 생각이 든다.

친정으로 내려온 나는 마치 거짓말처럼 빠르게 몸을 회복해 갔고 입맛도 돌아왔다. 원래 솜씨 좋은 엄마가 해준 거라면 뭐든지 입에 당기는 대로 해치워 버렸었다.

성격이 불같은 아버지는 평소에 엄마가 꼭 눈앞에 있어야 수족처럼 부릴 수 있고, 엄마는 또 엄마대로 집안이 편해야 일이 잘 풀리지 않겠나 싶은 마음에 아버지 곁에서 시중을 들었다. 그 와중에 엄마는 내가 먹고 싶은 것을 해준다는 핑계만 대면 어서 가서 해주라며 등을 떠미는 아버지와, 은근히 내 눈치를 보며 화해시키려고 번번이 시도하셨지만 아버지에 대한 감정이 어디 한두 해 묵은 것이더란 말인가……

엄마의 음식들이 나를 기적처럼 소생시키고 뱃속의 아기도 무럭무럭 자라나 이제는 밖에서도 보일 만큼 배를 심하게 걷어차서 부모님을 웃게 했고, "내가 이모야, 이모. 알겠지?" 하면서 동생들이 배 밖으로 불쑥 나온 발이지 싶은 곳을 살살 만져주자 아기도 대답하듯 배를 더욱 심하게 밀어댔다.

좀처럼 웃지도 않고 가족들에게 하는 말이라고는 "화장실 두루마리 휴지 아껴 써라, 치약을 누가 중간에 꾹 눌러 썼냐, 누가 화장실에 불을 켜놓고 나왔냐, 밥상머리에서 침 튀게 누가 말을 하느냐, 현관에 누가 그 따위로 신발을 벗어 놨냐!" 등 하여튼 입만 열었다 하면 잔소리를 해대시니 가족들 누구라도 아버지를 마주치지 않으려고 했다.

아버지가 거실로 들어와 TV 앞에 앉으시면 이제껏 과일 먹으며 잘 놀던 동생들도 슬그머니 그 자리를 피해서 각자의 방으로 돌아가고, 거실에는 달랑 아버지 혼자 남아 애꿎은 TV 볼륨만 높이셨다. 그러다 아버지가 방에 들어가시면 식구들이 다시 거실로 모여 TV 볼륨을 죽이고 엄마까지 합세를 해서 이런 얘기 저런 얘기 서로의 일과를 주고받으며 이제는 제법 화기애애한 가족이 되어 서로를 감싸주었다. 지난날의 아픔 따위는 잊어버리고 제법 행복해 보였지만, 그 속에 아버지가 끼지 못하는 것을 보면 아직도 우리 가족에게는 아버지로 인한 트라우마가 남아 있었고 이를 감지한 아버지는 언제나 그렇게 외톨이었다. 그런 아버지조차 만면에 웃음을 머금을 수 있었던 건은 뱃속의 아기였다.

"아이고, 고놈. 고추가 분명하구나. 저 발길질 하는 거 봐라."

충주의 집을, 희망이라고는 찾아볼 수도 없는 남편을 떠나오자 나는 어떻게 해서든 살아야겠다는 생각과 정 희망이 없다면 이혼을 하고 혼자서도 아기를 잘 키워 낼 수 있겠다는 마음이 들면서 뱃속 아기에게도 날마다 쓰다듬으며 다짐을 했다.

"엄마만 믿어, 알았지! 엄마가 아빠 몫까지 다 사랑해 줄게! 멋진 아빠를 만들어 주진 못했지만, 그 대신 내가 백 배, 천 배 멋진 엄마, 우리 아가가 원하면 달도 별도 따다주는 능력 있는 엄마가 되어줄게. 약속해도 좋아⋯⋯."

어느 날 저녁, 세탁기에서 빨래를 꺼내 건조대에 널고 있었는데, 왠지 몸이 찌뿌드드한 것이 기분이 또한 좋지 않아 일찌감치 가족들에게 손을 흔들어주고 내 방에 와서 누웠는데 도저히 잠을 잘 수가 없을 만큼 기분이 묘했다.

그렇게 활발하게 놀던 뱃속의 아가도 꼼짝을 안 하고 해산 날짜를 보면 좀 더 있어야 하고⋯⋯. 또 사람들에게 들은 바로는 첫아기는 일이 주쯤 늦기도 한다는데 왜 이럴까 하고 이리저리 뒤척이다 잠이 들었다.

그런데 갑자기 아래가 후끈해지면서 무언가 쏟아지는 느낌에 잠을 깼고 시계를 보니 새벽 5시였다.

아직 밖은 칠흑 같은 어둠에 싸여 있고 가족들은 모두 단잠에 빠져 있었다.

나는 양수가 미리 터진 것으로 생각했다. 가능하면 빨리 아기를 낳아야 하고 그렇지 못하면 산모도 아기도 둘 다 위험에 빠질 수 있다는 것을 책을 통해 알고 있었기에 침착하게 입원에 필요한 보따리를 싼 뒤 엄마를 불러 깨웠다.

　잠결에 놀라 일어난 아버지는 서둘러 승용차 시동을 걸어 차 안을 훈훈하게 데우고 엄마는 내가 싼 보따리에서 빠진 몇 가지의 물건을 더 보충을 한 뒤 집을 나섰다.

　그 당시 구미에는 변변한 병원이 없었고 그나마 종합병원이라고는 공단에 "순천향병원"이 유일했다.

　다섯 시 반도 안 된 시간이고 창밖엔 영 걷혀지지 않을 것 같은 검은 커튼처럼 어둠이 내려와 있는데 세상에나, 애를 낳으러 온 사람들이 어쩜 그렇게도 많은지 몰랐다.

　입원 수속을 밟고 사진을 찍은 뒤 가운으로 갈아입고 대기실에 앉았는데, 이미 양수가 터져버렸기 때문에 빨리 아기를 낳아야 한다는 데 생각이 미쳤다. 그리하여 지나가는 간호사를 붙잡고 사정을 이야기하자 놀란 토끼눈을 하고 왜 미리 말을 안 했느냐고 면박을 주며 따라오란다.

　분만대기실의 풍경을 나는 아직도 잊지 못한다.

　십여 개의 침대 위에 산모들이 누워 자궁이 열리기를 기다리는데 고통에 겨워 소리소리 지르는 산모, 이빨을 꽉 깨물고 신음을 참는 산모, 두려움에 하얗게 질려 부들부들 떠는 산모에, 여기저기 피 묻은 가운을 입은 간호사의 지시로 호흡을 연습하는 산모 등 그야말로 아비규환이 따로 없었다.

　그나마 나는 그들보다 맨 정신이었고 산통도 없었으므로 방 안의 모든 상황을 여유롭게 지켜볼 수 있었다.

비명을 지르는 산모의 한 침대 건너편에선 한 산모가 방금 아기를 낳았는지, 피가 여기저기 묻어 있는 가운을 입고 앉아서 놀랍게도 큰 그릇에 가득 미역국을 먹고 있었다. 다른 이들이야 소리를 지르든 말든, 추측하건데 그 산모는 아마도 사내아기를 낳았을 것이다. 그도 그럴 것이 아들을 낳지 않고서야 어떻게 시부모님 앞에서 고개를 빳빳이 쳐들고 미역국을 먹을 수 있겠는가.

어찌했든 촉진제를 맞고 나서부터 조금씩 자궁이 열리고 나도 모르게 배에 힘이 주어졌다. 아버지는 이서방이 연락이 안 된다고 걱정을 하셨지만 어차피 내게는 있으나마나한 존재이므로 차라리 오지 말았으면 싶었다.

오후쯤부터 진통이 본격적으로 시작됐지만 어찌된 영문인지 악을 쓰며 이를 앙다물어도 아기는 나올 생각을 하지 않았고 나는 지쳐 아기를 밀어낼 최소한의 기운마저 고갈되어가고 있었다.

시간이 흘러가고 의료진들이 점점 당황해하며 이러다 제왕절개를 해야 할 수도 있을 것이라며, 보호자 동의 없이는 수술이 안 되니 보호자가 오셔서 사인을 하라고 했다. 자꾸 늦어지면 산모도 아기도 잘못될 수 있다며 친정 부모님들은 시집 간 딸의 법적 보호자가 될 수 없다고 하였다. 그러자 아버지는 온 병원을 뛰어다니시며 세상에 낳은 부모가 보호자가 될 수 없다는 무슨 그런 개똥같은 법이 있느냐고 내 새끼가 다 죽게 생겼는데 일단은 사람을 살려놓고 볼일 아니냐고 난리를 치셨다고 한다.

나는 엄마에게 나 이대로 죽을 거 같으니 수술을 할 거면 빨리 해달라고 눈물로 호소했다. 그러나 간신히 남편과 연락이 되었지만 시간상 너무 늦게 도착하기 때문에 불가능하고 구미에 사시는 큰시누이로 사인을 받고서야 수술실에 들어갈 수 있었다. 생각해보면 아버지 말씀처럼 개똥같은 법이 분명했다. 어떻게 낳고 기른 친정부모는 보호자가 될 수 없고 평소에 어쩌다 한 번 만날까 말까 한 시누이는 보호자가 된단 말인가…….

악법도 법이라고 소크라테스가 말했다지만 정말 따지고 보면 아이러니하고 개똥같은 법이 너무나도 많은 게 사실이었다.

이 시대의 신선

1988년 1월 19일 밤 9시 15분, 장장 12시간의 산통과 수술 끝에 아들은 새파란 엉덩이를 한 대 맞고는 "으앙." 하는 큰 울음으로 세상에 태어난 신고식을 치렀다.

아기는 의외로 3.3kg의 건강한 상태로 태어났는데 양수가 먼저 터지는 바람에 불순물을 좀 먹었는지 황달이 심하게 왔고 황달을 치료할 수 있는 인큐베이터에 눈을 보호하기 위한 가리개를 하고 일주일을 그 안에서 보냈다. 아니면 내가 제왕절개를 했으므로 회복될 때까지 아기가 먼저 퇴원을 하고 엄마를 기다려야 할 상황이었는데 나는 산고를 겪을 만큼 다 겪었음에도 낳지 못하고 결국 제왕절개수술까지 했으니 이중의 산고를 치른 셈이다.

밉다 밉다 하니 별짓을 다한다고 다음 날 오후가 되어서야 남편은 아기와 나를 보러 왔다. 병원복도에서 아버지를 만나 한바탕 꾸지람을 들었는지 입이 네댓 자는 나와서 퉁명스럽게 "수고했어!"라는 한마디를 겨우 던지고는 아기 면회 갈 시간이라며 나가버렸다.

그러지 않으려고 아무리 애를 써도 하는 짓마다 눈엣가시니 여간 답답한 노릇이 아니었다. 나중에 왜 그렇게 늦게 왔느냐는 내 물음에 수술비가 없어 여기저기 구하러 다니느라 늦었다며 변명하는데 정말 이런 무능하고 대책도 계획도 없는 남자와 언제까지 버티며 살 수 있을까 하고 앞이 아득한 낭떠러지 끝에 서 있는 듯한 참담하고 비통한 기분이 들었다.

갓난아기가 하나 집에 왔을 뿐인데 친정집은 온통 활기가 넘쳐흘렀고 가족들은 아버지의 철통같은 감시하에 밖에서 돌아오면 씻기나 양치질은 기본이고 심지어는 발을 씻고 외출복을 갈아입고 나서야 아버지가 나에게 내주신 큰방을 출입하며 아기를 볼 수 있었다.

그래도 누구 하나 귀찮아하지 않았고 오히려 한 번이라도 더 아기를 보겠다고 난리였다.

아버지는 아무리 고물상 일이 많아도 아기를 목욕시키는 시간만 되면 만사 제쳐놓고 손수 물 온도를 맞추고 갈아입힐 옷과 목욕용품을 챙기셨다. 자식들을 키울 때는 생각지도 못했던 일이었고 있을 수도 없는 일이었다.

　주위의 환경이나 가족들에게서 얼마쯤 외로웠지만 자존심 때문에 표현조차 안 하셨던 아버지는 지금 생각해봐도 첫 손주를 씻기고 안아주며 품에 안고 어르던 그때가 봄날이셨으리라!

　아지랑이 피어오르고 겨우내 얼었던 냇물이 풀리고 죽은 듯 바람에 흔들리던 나무들이 여리고 작은 초록의 싹들을 밀어내고, 어디서 왔는지 새들이 소리 높여 노래하는 봄이 오는가 싶더니 어느덧 아카시아 향기 바람에 흩어지고 오월의 장미가 사랑을 노래하던 그 시기를 보내며, 나는 사랑하는 이 아이를 위해서라도 살아봐야겠다는 생각으로 몸도 마음도 회복되어 가고 있었다.

　6월, 드디어 손자를 안아보고 싶어 생병이 나시기 일보 직전인 시어머니의 전화를 받고 이제 나의 봄날은 끝났구나 하는 생각이 들었다.

　전화기 너머의 시어머님은 손자가 너무 보고 싶다고, 지금 오면 그리 덥지도 춥지도 않으니 좋을 것 같다고 간절히 애원하셨다. 그리하여 데리러 오겠다는 사위에게 "내가 집까지 안전하게 데려다 줄 테니 기다리게." 하고 말씀하시는 아버지의 음성에서는 섭섭해서 어쩔 줄 몰라 하는 모습이 역력했다. 그렇게 부모님과 동생들은 6개월이나 함께 지내 정이 들대로 들어버린 상태로 이별을 해야 했다.

　떠나기 전날 부모님은 나를 앉혀놓고 앞으로 어떻게 살 거냐고 물으셨고 아무 대답도 못 하고 땅바닥만 보고 있는 내게, 보따리 싸들고 구미로 와서 어디 몫 좋은 데 가게 하나 얻어 줄 테니 둘이 식당이라도 해보는 게 어떠냐고 물으셨다.

물론 나는 완전 찬성에다 반대할 이유 같은 거는 절대 있을 수가 없었다. 나는 그 순간 이제껏 미워하고 어쩌면 경멸하고 있을 수도 있는 아버지를 얼싸안고 고맙다고 말하며 이제껏 원망하고 증오한 것에 대해 용서를 빌고 '사랑해요, 아버지!' 하고 말할 뻔했다.

그 순간 내 미래는 장밋빛으로 물드는 듯했고 불행 끝 행복 시작이었다. 그러니만큼 부모님과 함께 아기를 안고 아버지의 승용차 뒷좌석에 앉아 충주를 가는데 콧노래가 나올 만큼 기분이 좋았다,

내가 아버지의 말을 남편에게 전하고 남편이 아버지 앞에 무릎 꿇고 앉아 '장인어른 고맙습니다. 정말 열심히 일해서 이 은혜 꼭 갚겠습니다.' 하며 좋아할 상상을 하니 행복하기까지 했다. 아버지도 어머니도 나와 생각이 같으신지 모습이 편안해 보이셨다.

한 가지 문제가 있다면 혹시 시어머니께서 수십 년 사시는 동안 제2의 고향이나 다름없는 마을사람들과 풍경들을 떠나시려고 할지 그것이 의문이었지만 나는 별로 걱정을 안 했다.

가족을 부양하기는커녕 여름이면 친구들과 물고기를 잡아 매운탕에 술이요, 겨울에는 마을회관에 모여앉아 쓸데없는 정치, 경제 얘기나 하는 외아들의 삶이 걱정되고 마음 아팠을 테니 누군가가 살아볼 기반을 뉘준다는데 이런저런 이유를 들어 반대할 이유가 없으리라 생각되었다.

설령 시어머님이 사시던 곳을 떠날 수 없다 하시면 연세는 있다고는 하지만 아직도 동네 아낙들과 들일을 견주어도 결코 뒤지지 않는

강단과 자존심이 있으신 분이니 우리가 허리띠 동여매고 몇 년 돈 열심히 벌어 다시 돌아오든 당신이 나오시든 그때 봐서 결정을 해도 되지 않겠나 싶었다.

아기는 울지도 않고 또랑또랑한 눈을 마주쳐 보며 무슨 얘긴지 알 수도 없는 옹알이를 하고 잠깐씩 들르는 휴게소에서 아버지는 아기와 고개를 좌우로 흔들어가며 무슨 얘기를 그리도 재미있게 하시는지 사진도 여러 장 찍으셨다.

때는 6월이라 남부지방에는 개나리가 피고 져 푸른 잎만 무성하게 늘어져 있건만 윗지방으로 올라갈수록 노오란 개나리꽃이 아직도 피어 있었다.

노심초사하며 동네어귀 찻길까지 마중 나오신 시어머님은 아예 눈물을 글썽이기까지 하시며 처음 본 손자를 친정엄마에게서 받아 안고는 '감사합니다.'를 연발하셨다. 아마도 당신의 하나님께 드리는 감사의 기도였으리라.

친정 부모님들은 해 지기 전에 구미 집에 도착하실 요량으로 외손자의 뺨에 한 번씩 비비고는 바로 출발하셨다.

식사라도 하고 가시라는 시어머님의 권유도 그냥 뿌리치고 가신 거는 슬쩍 둘러본 딸의 시집이 하도 어이없고 기가 막혀 억장이 무너지는 듯해서 도저히 밥이 목으로 넘어갈 것 같지 않을 뿐더러 체할 것 같아 두 분 모두 어디 식당에 들러서 먹고 가자고 얘기가 됐다고 하셨다.

그렇게 첫손자를 친할머께 데려다주고 가시며 두 분은 곧 구미

로 이사 오면 자주 볼 텐데 며칠만 기다리자고 서로를 위로했다고
하셨다.

남편은 심드렁했고 시어머님은 침울해하셨다.

오래도록 일에 얽매이지 않고 자유인으로 살던 남편은 처갓집에
서 가게를 차려준다는 말에 돈으로 주면 여기서는 잘못 살겠냐며 비
아냥댔고, 시어머님은 수십 년을 살아온 이곳을 떠나 어떻게 살겠냐
며 눈물까지 떨어뜨리셨다. 더욱 기가 막혔던 것은 작은 시누이의
반응이었다.

시어머님이나 남편을 좀 설득해달라고 찾아간 내게 시누이는 오
히려 나를 설득시키려 들었다.

얼마나 사실지 모르는 엄마가 도시에 나가서 어떻게 살겠느냐, 사
시는 날 동안 손자들 재롱 보며 마음 편히 사시게 해주자, 동생도 도
시생활이 싫어서 시골로 들어왔는데 다시 돌아가자면 가려고 하겠
느냐, 올케가 힘들더라도 좀 참고 살자, 동생도 자식이 생겼는데 이
제 살 궁리 안 하겠느냐는 말이었다.

나는 진짜 그들의 생각이 도저히 이해가 되지 않았다.

시어머니의 마음을 모르는 것은 아니지만 어떻게 해야 자식이 인
간다운 삶을 살아갈 수 있을까보다 오래 살아 정들어버린 고향 같은
곳이라 버릴 수 없다는 그 이유 하나 때문에 며느리의 제안이 섭섭
하고 눈물이 나는지……. 다만 밉고 원망스러울 뿐이었다.

친정 부모님은 도와줄 테니 나와 살라고 해도 고집을 피우고 말을

듣지 않는 사위를 끔찍이도 싫어하셨다. 안 그래도 제대로 사랑해주지 못하고 죄책감이 드셔서 제대로 얼굴 마주 보기조차 미안한 큰딸인데 시집이라고 간 그날부터 지지리도 못난 서방 때문에 처참하게 무너지고 있는 걸 지켜보고 있자니 하루도 내 생각에 가슴 아프지 않은 날이 없었노라고 엄마는 지난날을 회고하셨다.

그나마 아들 엽이는 내게 있어서 위로이자 선물이었다. 그토록 죽고 싶었던 내게 또랑또랑한 눈을 맞추고 엄마, 엄마 하고 불러주면 나는 어느새 그 아이 외에는 아무것도 보이지 않았고, 내 모든 일상은 그 아이를 중심으로 돌아가고 있었다.

그즈음 동네는 외지의 사람들이 들어와 온천을 개발하느라 제법 바쁘게 돌아가고 남편은 온천개발 사무실로 출근하게 되었다. 눈치를 보아하니 그곳에서 잔심부름이며 주변 청소 등을 하고 점심, 저녁에 술까지 해결했고 더러는 얼마씩 푼돈도 받는 듯했다.

시어머니께서는 변함없이 산으로 들로 바쁘게 다니셨고 아주버님(작은 시누이의 남편)은 여전히 며칠에 한 번씩 부식거리를 가져다주셨다. 시누이 또한 조카에게 맛있는 것 사주고 옷이라도 사 입히라며 조금씩 용돈을 주셨다.

남편과 나는 흔히 사람들이 자주 하는 말처럼 개 닭 보듯 하는 사이었다. 꼭 필요한 말이 아니면 하지 않았고 한 자리에 앉아 있어도 서로가 어색할 뿐 할 말이 없었다.

필요한 말이란 것도 아들에 관한 말일 뿐이었다. 이제 겨우 결혼 4년을 살아내고 있을 뿐인데 우리 부부는 수십 년을 산 것처럼 서로 말이 없었고 그나마 가끔씩 일방적으로 자기 욕심만 채우고 내려오던 잠자리도 아들이 생기고 한 방에서 함께 기거를 하는 탓에 조심하게 되었다. 어떤 날은 술에 취해 아들이 옹알대며 잠 깨어 있는 날 옷을 억지로 벗기는 바람에 내 참고 있던 분노가 폭발하고 옥신각신 싸움을 해 시어머니까지 깨우기도 했다.

나는 남편이 짐승처럼 동물적 욕구를 채우는 섹스가 죽기보다 싫었다. 그는 늘 술에 취해 있었고 일방적이었으며 평소에 건강비결이라며 집에 돌아오면 아무리 술로 인사불성이 되어도 꼭 생마늘 두 쪽을 챙겨 먹었다.

지독한 술 냄새에 생마늘 냄새까지, 그야말로 남편과의 섹스는 집안의 평화를 위해 괴물에게 바쳐지는, 제물이 된 비통한 심정으로 내가 치러내야 할 의식이자 희생인 셈이었다.

남편은 힘이 남아 넘쳤다.

다른 이들이 가족을 위해 돈을 벌려고 힘쓰고 애쓰는 시간에 그는 빈둥거리며 할 일 없이 뒹굴다 신선처럼 유유자적 살면서 술이 생기면 마시고 밥이 생기면 먹었다. 게다가 돈을 벌어 가족을 부양해야겠다는 생각이 없으니 스트레스를 받을 일도 없는 데다 겨우 어머니를 도와 조금 농사를 지으니 가족들 굶을 걱정 없고, 또한 누나가 부식거리 다 대주고 거기다 가끔씩 용돈도 주지, 어머니 노동해서 번 돈 고스란히 손에 쥐어 주니, 그런 그가 신선이 아니면 누가 이 시대의 신선이겠는가!

서른둘, 그 혈기 왕성하고 싱싱한 나이에 힘쓰는 일이라고는 전혀 없는 남편은 자신의 힘을 온통 잠자리에서만 쓰려고 들었고, 나는 그를 피하려고 아들을 안고 자는 척하며 누워 외면을 하고 그것도 여의찮으면 시어머님 방으로 피난을 가서 자기도 했다.

죽음보다 더한 절망

이제 나는 그동안 화장품 외판을 하게 되었고 포장되지 않은 길을 버스로 한 시간은 족히 걸리는 충주시내의 지사로 나가 그날 판매할 분량만큼의 화장품을 챙겨서 내게 주어진 구역의 집들을 돌며 화장품을 파는 일이었다.

나에게 맡겨진 구역은 충주 시청을 중심으로 비교적 부잣집이 많은 동네였다. 처음 시작하는 사람에게는 소개해준 사람이나 대리점 측에서 수십 장에서 백 장 내외의 고객카드를 인수해주고 처음 얼마 동안은 함께 다니며 고객에게 인사도 시키며 점심까지 사줘가며 일을 잘할 수 있도록 많은 도움을 준다. 기존사원보다 많은 샘플과 행주니 비닐장갑 같은 것을 챙겨주며 잘할 것을 독려하기도 했다.

나를 화장품 외판원으로 소개한 분은 시골 동네마다 다니며 화장품을 파는 아주머니였는데 내게 외판원을 해보라고 권유를 했던 것이다.

자기도 농사일이 무섭고 싫어서 외판원을 시작했는데 처음에는 좀 고생스러웠지만 한 5년이 지난 지금은 돈도 많이 벌고 덕분에 자식 둘도 서울로 유학을 보내 대학 공부를 하고 있다며 새댁 같은 경우는 아이도 어리고 하나뿐이겠다, 봐주실 시어머니도 계시겠다, 뭐가 문제냐며 나를 붙잡고 오랜 시간 설득했다.

 아이를 내 힘으로 잘 키워봐야겠다는 내 각오와 시기적절하게 잘 맞아 떨어졌던 것이었다.

 아주머니가 맡은 구역이 시골이다 보니 화장품값 대신으로 쌀을 주는 사람, 콩을 주는 사람 등 곡물로 주는 사람이 많아 늘 화장품 가방 말고도 큰 보따리를 머리에 이고 어떨 때는 등에다 끈을 묶어 지고 다니기 일쑤였다. 아주머니가 시골은 이래서 힘드니 기왕 할 거라면 돈이 잘 도는 시내의 구역을 맡아 보는 게 좋을 거라고 나를 소개한 것이었다.

 정말 아주머니가 함께 다닐 때는 여유가 있고 너무 재미있었다. 무엇보다 부자들이 사는 동네라 정원의, 모양이 신기한 나무들과 멋있는 돌들과 심지어는 작은 연못에다 커다란 금붕어까지 키우는 집도 있어 나는 이렇게 살기도 하는구나 하는 호기심에 구경하느라 바빴다. 그러나 넘겨받은 집들의 소개가 끝나고 인수인계가 다 되자 드디어 혼자 그 집들을 다녀야할 시간이 다가왔다. 나는 미칠 듯 초조해져 그만둘까 싶기도 했지만 사랑하는 아들을 잘 키워야 한다는 생각에 발목을 잡혀 화장품 가방보다 더 무거운 발걸음을 옮길 수밖에 없었다.

부잣집 사모님들은 예상 외로 친절했고 상냥했다. 지금 생각해보면 그것은 가진 자의 여유였고 호의였다. 아랫것들을 부리는 관대한 베풂이라고나 할까.

그런 사모님들의 유형을 분류해보면 몇 가지의 공통점이 있었다.

아주 잘사는 사모님일수록 샘플을 좋아하고 공짜라면 많이 줄수록 좋아한다. 따라서 자주 방문할수록 좋아하고 화장품값은 적은 액수라도 개월 수를 늘려주기를 원한다. 외판원이 올 때마다 많은 샘플이나 선물들을 받을 수 있고 그러다 보면 화장품을 산 가격보다 더 많은 이득을 볼 수 있기 때문이다.

다음은 보통 잘산다고 하는 사모님들은 화장품 외판원의 외모를 아주 중하게 여긴다. 남의 눈을 많이 의식하는 타입으로 자기 집을 드나드는 사람이라면 외판원이라도 겉이 멀쩡해야 했다.

이런 유형의 사모님들은 화장품 보따리를 잔뜩 풀어놓고는 이것저것 다 살 듯 열어보고, 냄새를 맡아보고는 '아주머니는 왜 이 일을 하느냐, 남편은 있느냐, 뭐 하는 사람이냐 등 상세한 호구조사를 하며 오전 중 자신의 무료한 시간을 다 채워줄 만큼 충분한 시간을 보내고 나서야 달랑 하나의 제품을 골라잡고 다음 달부터 돈은 나누어주겠다며 점심약속에 늦는다고 동동 대는 경우이다.

마지막으로 어찌어찌하다 간신히 부촌에 자리를 튼 사모님 유형으로 갑질 최고의 유형이다. 다른 부자 사모님들과는 물과 기름처럼 어울리지 못하고 나같이 어벙한 외판원이나 자신보다 약간이라도 하수라고 생각되면 뒷집 똥강아지 부르듯 막 대하는 타입이다. 분명히 전화로 어떤 화장품이 필요하니 가져오라 약속까지 했음에도 막상 가보면 집이 비어 있어 전화를 하면 지금 밖에서 사람을 만나고 있으니 집 앞에서 기다리라고 한다.

그런 날이면 그 집의 골목 앞에 앉아 하염없이 사모님을 기다리고 내 서글픈 처지가 서러워 울던 적이 한두 번이 아니었다. 그래도 알음알음 단골이 생기고 미용실 같은 곳을 다니다 보니 만만한 또래의 친구들도 사귀게 되어 내 삶도 결코 외롭지만은 않았다.

시어머님은 걸음마를 떼고 뛰어다니기 시작한 손자의 뒤를 열심히 쫓아 다니셨고 남편은 변함없이 마시고 주정 부리고 우리의 관계는 나나 그 사람이나 법률적인 부부였을 뿐 실제적으로 물질적, 정신적 교감이 끊어져 남으로 사는 형식적인 부부일 뿐이었다.

어쩌다 술 취한 남편의 폭력적인 언어와 위협하는 듯한 행동에 수동적으로 몸을 내어줘야 했지만 내게는 이미 아무런 의미도 느낌도 없는 그냥 집안을 조용히 시키는 하나의 행위에 지나지 않았다.

나는 생각보다 일을 잘하지 못했고 미용실에 드나드는 술집 아가씨들을 상대로 화장품을 거래했는데 그것이 문제였다.

그녀들이 수십만 원씩의 화장품값을 갚지 않고 야반도주를 하는 바람에 나는 엄청난 돈을 물어야 하는 지경이 되었고 급여가 들어오는 족족 그 부분을 메워야 했으므로 일의 재미나 보람을 느낄 수 없었다.

이 사실을 알게 된 남편은 입에 담지도 못할 욕을 해대며 똑똑한 척하더니 꼴좋다고 마구 비웃었다. 그러던 차에 화장품 방문판매를 하다 만난 고객 한 분의 부탁으로 보험회사에 시험을 쳐주게 되었다. 비록 형식적인 시험이기는 했어도 부탁한 분의 체면을 세워 주기 위해 일주일간 보험회사에 다니며 교육을 받았고 막상 시험을 봤는데 예상보다 높은 점수를 받게 되었다. 그러자 시험만 봐 달라던 그분이 이왕 합격까지 했으니 며칠이라도 더 공부를 해보는 게 어떠냐고 보험회사를 다니지 않더라도 상식적인 것들만 배우고 알아도 생활에 어떤 식으로든 보탬이 되지 않겠냐고 자꾸만 권하면서 밥을 사주거나 계약자에게나 주는 구두 티켓, 냄비, 프라이팬 등 선물공세를 해대는 통에 결국에는 보험아줌마라는 새로운 직업 타이틀을 갖게 되었다.

그리하여 선배 아주머니들을 따라다니며 고객들을 응대하는 법, 계약을 성사시키는 법 등을 배우고 익혔지만 그 당시만 하더라도 보험을 권장하는 여자들은 그저 바람이나 피우며 다니고 큰 건수 하나만 들어주면 자진해서 옷을 벗더라는 등 보험 아주머니들에 대한 인식과 평판이 완전 바닥이던 때여서 애써 보험 일을 하고 싶지는 않았다.

그래도 몇 개월은 소장님과 선배 아주머니들의 고마운 호의를 차마 뿌리치지 못하고 화장품 판매 시 알게 된 또래 친구들과 고객들의 도움으로 몇 개의 계약들을 성사시키기도 하며 동료들과 맛난 점심도 함께 먹고 노닥거리는 것이 즐거웠고 사람들과 섞여 살아간다는 자체가 너무나 좋았다.

그중에는 정말이지 나 자신보다 더 나를 위해주고 좋아해주는 친구도 있었는데 얼마나 서로 마음이 통하고 좋았는지 서로 남편들에게 인사를 시켰고, 여름이면 먹을거리를 싸들고 자신의 남편과 딸내미를 데리고 우리 동네로 들어왔다. 우리 역시 조리도구를 챙겨 물 맑은 계곡으로 들어가 천막을 쳐놓고 삼겹살도 구워먹고 사는 얘기도 하며 제법 즐거운 시간을 보냈다. 그러나 남편들은 달랐다. 아내들을 통한 만남이어서 그런지 서로 얼마쯤의 탐색을 하고 눈치를 보더니 어느새 이런저런 얘기를 잘하고 있나 싶어 보면 어느새 군대 얘기 아니면 정치 얘기였다.

　옛 어른들 말씀에 세월이 약이라는 말이 있듯이 시간은 그렇게 흘러가고 아들 엽이가 세 돌이 지나고 우리의 삶은 어제가 오늘 같고 내일도 오늘 같은 삶의 연속이었다. 나도 살아 보겠다고 별짓을 다 해봤지만 별 뾰족한 수가 없었다.
　처음에는 남편을 달래도 보고 윽박질러도 보던 친정집에서도 남편의 고집을 꺾지 못하자 결국에는 자포자기하고는 우리에게 얻어주기로 했던 가게의 위약금만 물어 준 채 흐지부지 없던 일로 되어버리고 말았다.
　친정집은 친정집대로 나 말고도 다섯 명의 자식이 있으니 말이다.
　아버지 엄마가 늘 내게 하던 말, 맏이가 잘돼야 동생들도 잘된다는 그 말은 아직도 내게 상처와 부담을 준다.
　지금도 결혼한 동생들에게 무슨 일이 있으면 괜히 맏이인 내가 첫

테이프를 잘못 끊어서 그런가 하는 생각이 순간적으로 뇌리를 스쳐간다.

한 7~8년쯤, 그렇게 살다 보니 나도 타성에 젖어 함께 게을러졌다고나 할까. 그렇게 가난의 굴레를 벗고 사랑하는 아들을 남보다 더 잘 키우고 싶었던 꿈도 다 부질없는 짓 같았다. 아무런 희망조차 보이지를 않았고 결국 보험영업도 접어버렸다.

한마디로 될 대로 되라는 식이었다. 또는 어떻게 살아지겠지 하는 심정으로 엄마의 애타는 심정도 모르고 온 동네를 부지런히도 뛰어다니는 아들을 돌보며 그렇게 하루하루를 살았다.

남들 눈에야 얼마나 보기 좋은 그림인가. 아침을 먹고 나면 남편은 온천계발 사무실로 출근을 하고, 시어머님은 들일을 가시거나 남의 집에 날품을 팔러 가시고 설거지며 빨래며 집안일을 끝낸 나는 한창 뛰어다니며 넘어지고 깨지면서도 부지런히 동네를 도는 아기나 돌보고 있었다.

시어머님은 새벽 기도 한번 빠지지 않을 만큼 믿음 생활도 잘하시는 분이며, 교회에서도 명예 권사직을 맡아 교회에 부임해오는 전도사님들을 정말 더할 나위 없이 극진히 모시기로 정평이 나 있었다. 실제로 시어머님께서는 당신이 지으시는 농사이든 누군가에서 받은 선물이건 간에 첫 소산과 첫 열매를 먼저 하나님 전에 드리고 주의 종에게 먼저 드린 다음에 식구들이 먹거나 사용하게 하셨다.

참으로 지혜로우셨고 마음 따뜻한 분이셨으나 귀하디귀하게 키운 아들, 그 아들로 인하여 날마다 천국과 지옥을 오가며 사셨으니 생각할수록 가엽고 마음이 아팠다.

물론 어머니께는 목숨만큼이나 사랑했던 큰아들을 잃었던 기억이 트라우마가 되었기에 더더욱 작은아들에 집착하고 아들이 가족을 부양하지 않아도 나무라기는커녕 당신이 그 대신 날품을 팔고 허리가 휘도록 일을 해서 가정 경제를 책임지는 것을 자처하셨던 것이다.

그럼에도 결코 무턱대고 좋아할 수만은 없었다. 그곳은 산속에 물탱크를 묻고 그 물을 호수로 연결해서 50여 가구가 식수나 생활용수로 쓰고 있는데 문제는 겨울이었다. 안 그래도 혹독한 추위라 골짜기마다 꽁꽁 얼어들어 가구마다 식수를 연결하던 호수는 물론이거니와 원래 있던 물탱크마저 얼어붙었다.

처마 밑의 고드름이 그야말로 이순신 장군이나 그 시대의 사람들이 차고 다녔음직한 칼만큼이나 길게 달리고 재래식 화장실의 똥오줌도 얼어붙어 조심하지 않으면 엉덩이를 찌를까 무서우리만큼 위로 자라났다.

그래도 우리 집 바로 맞은편에 우물물이 있어 얼마나 다행인지 모른다. 더군다나 그 우물물은 사시사철 물이 솟아나와 마르지 않았고 일부러 담을 쌓아 오염으로부터 보호를 하고 있던 터라 겨울이 되면 그 샘은 주위의 가정들에게는 생명수였다.

동네에 몇 개 있는 우물 중 하나였고 사람들은 각기 자기 집에서 가까운 곳의 우물물을 길어다 먹었다. 거리가 멀어도 길어다 먹어야 하는 우물이 집에서 열 발자국만 나가면 있었으니 지금 와서 생각해도 다행 중 다행이란 생각이 든다.

나도 당연히 우물물을 길렀는데 두레박 가득 물을 퍼 올리다 그 무게를 이기지 못하고 풍덩 소리를 내며 두레박을 우물에다 빠뜨리기 일쑤였다. 처음에는 혼이 날까 무서워 얼른 집으로 뛰어와 내가 그런 게 아닌 척 시치미를 뗐는데 나중에 보니 빠뜨린 두레박을 건져 올리는 갈고리가 따로 있었다. 여러 개의 쇠갈고리를 고무 바에 연결해서 길게 만들어 놓은 것으로 항상 우물을 보호하기 위해 지어 논 양철지붕 위에 놓여 있었던 것이다. 어쨌건 그 쇠갈고리를 가장 많이 사용한 사람은 아마도 나일 것이다.

시어머님은 산만한 덩치로 아랫목에 누워 TV 리모컨이나 조종하며 빈둥대는 아들을 아끼느라 당신이 손수 살을 에는 듯한 추위도 아랑곳 않고 우물물을 깃지 않나, 하다못해 무거운 것을 들어야 할 일이 있을 때도 끙끙대며 당신이 들거나 며느리인 나를 불러 같이 들었지 결코 당신 아들을 불러 시키는 법이 없었다.

시어머님의 그 아들 아끼는 마음이 너무나도 보기 싫어 제발 그러시지 말고 아들 뒀다 뭐하냐고 잔소리도 해보고 화도 내 보았지만 아무 소용이 없었다. 그런 어머니가 싫었고 당연한 듯 시어머님의 등골을 빼는 남편은 더더욱 싫었다.

그 와중에 시어머님은 은엽이 동생 하나 낳아야 되지 않겠냐고 혼자는 외로워 안 된다며 은근히 압력을 넣으셨다.

나는 엽이 하나도 제대로 남의 애들처럼 키우지 못할 형편에 무슨 동생이냐고 볼멘소리를 했지만 아들을 생각하면 어머님 말씀이 틀린 것만은 아니었다. 이제 엽이 4살이 되었고 동생 하나쯤은 있어야 할 텐데 생각을 안 해본 건 아니지만 수년째 백수로 뒹구는 한심스런 남편을 보고 있자면 너무나도 절망적이라 한숨이 절로 나는 일이었다.

별다른 피임을 하지 않아도 임신이 되지 않는 탓도 있었지만 커가는 아들과 한 방에서 어쩌다 마지못해 눈치봐가며 숨소리조차 죽여가며 무슨 죄를 저지르듯 욕구만 채우고 서로 돌아눕는 그 애정 없는 행위에서 어떻게 결실이 맺어지기를 바라겠는가.

아이가 커갈수록 나는 초조해지기 시작했고 우리 부부는 하루도 다투지 않고 그냥 지나가는 날이 없었다.

충청도 양반이라고 누가 그랬는지 몰라도 그는 말끝마다 "쓰"을 달고 살았다.

그러다 한번은 나를 때리려고 방구석으로 밀어붙이는 것이었다. 어디 말이나 되는 소리던가. 그나마 차마 헤어지지 않고 살고 있는 건 시어머니가 가엾고, 사랑하는 아들이 나중에 엄마를 원망하게 될까 봐 두려웠었던 것이다. 아니 어쩌면 그럴 용기조차 없었던 것이 가장 큰 원인이었다.

그동안 남편은 욕을 할지언정 손찌검은 하지 않았었기 때문에 그럭저럭 버틸 수 있었는데 이제는 그것마저 깨질 지경에 이른 것이었다. 잠깐의 미숙한 내 자아가 한 치 앞을 내다보지 못하고 결정해버린 내 실수로 나 자신뿐만 아니라 사랑하는 아들의 앞날조차도 망쳐버리던 차인데 그 손찌검을 어찌 당하고만 있었겠는가.

안 그래도 억울해서 통곡이라도 하고 싶은 나인데 코너로 몰린 나는 죽자 사자 악을 쓰며 두 손을 마구 휘둘렀다. 그러자 나를 몰아붙이던 그가 갑자기 아! 하고 짧은 외마디 비명을 지르며 주춤거리자 나는 잽싸게 튀어나와 교회 목사관으로 들어가 숨었다.

놀란 사모님에게 간단하게 사정을 설명하고 그날 밤을 거기서 지냈다. 사모님께서 시어머님께 말씀드리고 엄마를 찾아 우는 아들을 달래 그날 밤 데리고 주무셨고, 나는 잠을 자는 둥 마는 둥 아침이 밝아지기 전에 동네사람들 눈에 띌까 싶어 남편 몰래 시어머님 방으로 들어와서 울다 잠이 든 아들 옆에 새우처럼 몸을 웅크리고 누웠다.

시어머님은 아무 말씀도 안 하시고 식어가는 방에 군불을 지피러 나가셨다. 남편은 시어머님이 아침을 먹자고 불러도 대답도 없이 방에서 나오지를 않았다.

아이의 옷을 가지러 방에 가보니 아랫목에 이불을 머리끝까지 뒤집어쓰고 있었다. 옷 몇 가지를 챙겨서 막 나오려는데 머리끝까지 쓰고 있던 이불을 확 걷어 제치며 꽥 소리를 지르는 것이었다.

"야! 잘한다, 잘해! 남자 얼굴을 이 따위로 해놓고 말이지!"

고함소리에 놀라 돌아보니 그 순간 나도 속으로 깜짝 놀라고 말았다. 그렇지 않아도 검은 편인 남편의 얼굴 양쪽으로 귀 옆에서 시작되어 턱 밑까지 편도 오 차선으로 붉은 피가 배어나온 그것은 내 손톱자국이었다. 물론 그것을 보는 순간 나도 속으로는 아이고, 저런! 하고 자책감이 들었지만 어쩔 것인가. 이미 물은 엎질러졌고 방법은 없었다. 코너에 몰려 맞지 않으려고 정신없이 손을 휘둘러 방어한다는 것이 조금 길었던 내 손톱에 의해 그렇게 길고 흉한 상처가 나고 만 것이었다.

　가슴이 벌렁대며 뛰었지만 남자들이 한 번 손찌검을 하기 시작하면 버릇처럼 계속하게 된다는 친구들의 말이 생각나 나는 가자미눈으로 남편을 째려보며 이렇게 쐐기를 박아주었다.

　"그만한 걸 다행으로 알아! 만약에 다음에 또 한 번 손을 대면 지금처럼 양옆이 아니라 얼굴 정중앙에 10차선 고속도로를 내줄 줄 알아."

　그 후로 오랫동안 남편 얼굴의 흉터는 지워지지 않았고 남편은 다시는 때리려는 시도조차 하지 않았다. 물론 욕이 더욱더 심해지긴 했지만 나는 속으로 그 욕이 내게 하는 것이 아니라 남편 자신에게 하는 욕이라 생각하고 무시해버렸다.

　뒤란에 쌓아둔 땔감은 점점 줄어가는데 그 옆의 소주병 무더기는 점점 쌓여가 산무더기를 이루고 있었다.

　커가는 아이가 도대체 뭘 보고 배우겠냐고 그 병들 좀 가게에 갖다 주던가 제발 치워달라고 부탁도 해보았지만 남편은 절대 말을 듣지 않았고 그 후로도 몇 년 동안 그대로 쌓여 있었다.

　"나 미용기술 배울래. 아무리 생각해도 한 건만 하면 모든 것이 끝이라고 큰소리치는 당신 믿고 기다리다간 우리 아들 제대로 가르치지도 못하고 잘 입히지도 먹이지도 못 할 것 같으니까 당신은 그대로 한 건에 목숨 걸고 살아. 나는 미용기술 배워서 살림 꾸리고 살아볼 거야. 말릴 생각은 하지 마. 어머님 들일 마칠 때쯤 엽이 놀이방서 오니까 받아서 좀 챙겨주고요. 오래 안 걸릴 거예요. 바짝 한 삼 개월 붙으면 자격증 따고 아는 친구 미용실 가서 몇 달 실습한 다음 요 앞 다방 옆에 가게 세 싸니까 얻어서 미용실 차리면 될 것 같아요."

시어머님도 남편도 내가 쉬지 않고 쏟아내는 말에 아무 말도 못하고 서로 눈치만 보고 있었다. 살아가는 데 있어서 시어머님도 남편도 무슨 수가 있는 것도 아니고 내 말을 들어보니 가히 나쁠 것 같지도 않거니와 또 특별히 반대할 이유도 없으니 남편은 침묵이었지만 시어머님은 내 뜻대로 해보라며 허락하셨다.

나는 이제 제대로 계획을 세워 잘살아 보겠노라는 굳은 의지와 각오를 굳혔다.

다음 날부터 나는 엄마를 따라 가겠다고 칭얼대는 아들을 떼어놓고 새벽 첫차를 타고 등교하는 학생들 틈에 섞여 덜컹대는 비포장도로를 한 시간쯤 달려 시내에 있는 미용학원에 등록을 했다. 이론수업을 겸한 실기수업에 죽자 살자 매달렸고, 마네킹과 가발을 상대로 수십 번 수백 번 연습을 하고 또 했다.

이론과 실기를 공부를 하는 시간은 정해져 있었지만 연습시간은 정해져 있지 않고 학원 문을 개방해 놓았음으로 나와 마음이 맞는 다섯 친구들은 아침에 학원에 와서 밤이 이슥해질 때까지 연습을 하고 또 하며 두어 달 후에 있을 이론과 실기시험에 꼭 한 번 만에 합격하자며 전의를 불태웠다.

그러나 어쩌다 막차가 끊어지는 날은 자가용을 타고 다니는 한 친구가 꼭 우리 집까지 태워주고서야 갔기에 늘 연습이 아쉬웠지만 친구에 대한 미안함으로 가급적이면 막차를 놓치지 않고 타고 오려고 애를 썼다.

내가 막차를 놓치고 못 타는 날은 남편이 여간 잔소리를 해대는 게 아니었다.

무슨 지랄을 하느라 차를 놓치느냐, 왜 전화는 안 하느냐 하며 걸핏하면 때려치우라는 등 온갖 스트레스를 줬지만 나는 목표가 분명했고 어쩌면 내게 주어진 유일한 기회일수도 있다는 생각을 했기에 그런 거는 다 참아낼 수 있었다.

남편은 술만 먹으면 끝장을 보려고 들었다. 매일 나는 피곤해 죽겠는 몸의 의식을 간신히 붙들고 새벽 두세 시까지 했던 얘기 또 하고 또 하는 남편의 주정을 받아내야 했고 속으로 '제발 이 사람을 좀 데려가주세요. 그게 안 되면 저를 데려가시던가요.' 할 때가 한두 번이 아니었다.

술이 어느 정도 깨고 제풀에 지친 남편이 코를 골고 잠들면 그제야 방 한구석에서 모로 누워 잠이 들었고 아들은 시어머님 품에 안겨 무슨 꿈을 꾸는지 웃다 찡그리다 하는 모습을 보며 아이를 낳은 엄마로서 책임과 의무를 다할 것이고 내 새끼 앞에 놓인 어떠한 장애물이라도 기꺼이 막아줄 강한 방패가 되리라고 다짐하고 또 다짐했다.

보이지 않는 경쟁

　나를 포함한 여섯 친구는 처음에 화장품 외판과 보험회사를 다니다 고객으로 또는 고객의 소개로 만나게 되었지만 나이가 같고 생각하는 것이나 취미 같은 것들이 비슷했기에 곧 가까워졌고 자연스레 흉허물을 터놓는 그런 사이가 되었다.

　나는 이런 친구들과 만나 고달픈 삶의 이야기를 함께 나누고 같은 일을 배우며 익히는 것이 너무 좋았고 그즈음의 나는 그래도 행복했었던 것 같다.

　학원에 다닌 지 두어 달이 되어갈 무렵 그날도 어김없이 아침 첫차를 타고 학원을 가는데 학생들의 등교시간과 맞물려 앉을 자리가 없었고 나는 버스의 손잡이를 잡고 서 있었다.

　아직 몇 정거장 더 가야 학생들이 내리고 빈자리가 날 터여서 무심하게 덜컹거리는 버스의 흔들림에 몸을 맡기고 창밖을 바라보고 있는데 순간 뱃속에서 무언가 딱딱한 것이 아랫배에 뭉치며 나도 모르게 아 소리를 내며 손잡이를 잡았던 손을 내려 배를 눌렀다.

　순간 설마 임신은 아니겠지? 하는 불안한 마음에 학원에 가자마자 친구에게 도움을 청했다. 친구와 함께 산부인과를 찾은 나는 너무나도 황당하게도 "임신이세요. 11월쯤 되겠는데요, 산달이!"라는 소리를 들었다."

　그 순간 친구는 축하한다고 말했지만 나는 정신이 아득해졌다. 내 계획이 무너지는 소리가 들려왔고 눈물이 뺨을 타고 흘러 내렸다.

생각지도 못했던 나의 임신은 적잖은 파장을 몰고 왔다.

물론 시어머니는 기쁨을 감추지 못했고 남편도 싫지는 않은 듯 아들에게 "엽이 좋겠다, 동생이 생겨서." 하는 것이었다.

나도 물론 갑작스런 일이라 당황은 했지만 은엽이 동생이 생긴다는 사실이 나쁘지만은 않았다.

다만 계획하고 진행 중인 일에 임신이 어떤 영향력을 끼칠지 알 수 없었으므로 약간의 혼란이 왔을 뿐이다.

의논 끝에 미용학원은 계속 다니기로 하고 우선 시작했으니 자격증이라도 미리 따놓는 것으로 방향을 정하고 채 2개월 남지 않은 시험을 대비해 친구들과 열심히 배우고 익혔다.

드디어 필기시험과 실기시험이 동시에 치러지는 날, 나는 임신 6개월 정도의 제법 부른 배를 안고 가발이며 커트 도구며 파마 도구 신부화장 도구들을 챙겨서 같은 학원에서 배운 동료들 및 친구들과 함께 학원의 봉고차를 타고 청주에 위치한 시험장으로 가서 오전 필기, 오후 실기시험을 치렀다.

오전에 필기시험을 치러서 합격한 사람이 오후에 바로 실기를 치는 형식이어서 더러 오전 필기시험에 떨어져 무거운 실기시험 도구들을 챙겨들고 힘없이 돌아가는 사람도 있었다.

나는 부른 배로 가운에 스카프에 마스크까지 완전 무장을 하고 시험을 치르는 내내 힘이 들어 비 오듯 진땀을 흘렸고 아마도 그것이 시험관들 눈에도 안쓰러워 보였는지 한 번 만에 합격을 했다.

그러나 마냥 기뻐할 수 없었던 건 우리 동무들 중 유일하게 나 혼자, 우리 학원 전체로 봐서도 다섯 명밖에 시험에 합격하지 못했으므로 학원의 전체 분위기가 완전 초상집 분위기로 가라앉았다.

같은 학원끼리의 보이지 않는 경쟁이 심해서 합격생이 많을수록 수강생이 많아졌으므로 우리를 가르친 원장의 딸인 강사는 얼굴이 붉으락푸르락했다.

친구들은 자꾸 배가 불러와서 힘들 텐데 나라도 합격을 해서 얼마나 다행이냐고 오히려 내가 미안해할까 따뜻하게 안아주었다.

그렇게 친구들은 몇 개월 후에 있을 재시험을 치르기 위해 다시 학원에서 땀을 흘리며 열심히 연습을 했고 나는 굳이 학원에 차비를 써가며 나갈 필요가 없었으므로 친구들이 보고 싶거나 그런 날만 한 번씩 간식 같은 걸 사가지고 응원을 가곤 하였다.

제3장

발병

정기검진

 정기적인 검진을 받으러 간 병원에서 소변에서 혈뇨와 단백뇨가 나온다는 얘기를 들었을 때, 임신으로 인한 일시적인 현상일 수 있으니 두고 보자는 의사의 말에 그런가 보다 했을 뿐 그것이 내 인생을 완전히 바꿔놓을 큰 사건이 되리라고는 꿈에도 생각하지 못했다.

 다만 알레르기가 하나씩 생기고 있어 예를 들면 복숭아, 오이, 딸기 등 신선한 야채 과일에 특히나 예민해져 그것들을 먹으면 재채기에 눈물, 콧물을 흘렸지만 먹지 않으면 되니까 그리 심각할 것이 없었기에 별것 아니라고 생각했다.

 그렇게 여름을 보내고 가을이 오고 예정일을 2주 앞두고 나는 제왕절개로 아기를 낳기 위해 충주에 있는 대학병원에 입원을 하게 되었다. 첫 아이 때는 자연분만을 하려고 애를 쓰다 결국은 제왕절개를 했었기 때문에 엄청 고생을 했지만, 둘째는 자연스럽게 수술날짜를 잡고 분만을 했다.

 어느 정도 예상을 했었지만(시어머님은 꿈에 아들이 둘이었기에 둘째도 분명 아들이라고 확신하셨다.) 아들이었고 내 자신이 여자임에도 불구하고 둘째도 아들이라는 사실이 싫지 않았다.

 옛날에는 모두들 집에서 아이를 낳고 몸조리를 한다고 방에 불을 넣어 뜨끈뜨끈 하게 해놓고 대문 입구에 금줄을 쳐서 7일 동안 잡인의 출입을 막았다고 하는데 내가 둘째를 낳을 때만 해도 제왕절개로 병원에서 아이를 낳는 경우가 허다해서 일주일 정도 병원에 입원하는 동안 약물치료를 하고 운동을 하라는 의사들의 성화에 배를 가른 다음 날부터 운동을 한다 어쩐다 돌아다니느라 몸조리한다는 개념이 없어진 듯하다.

며칠 후 퇴원을 앞두고 의사면담 자리에서 조금은 심각한 표정의 의사가 말했다.

"아, 보통 임신 중에 약간의 혈뇨나 단백뇨 소견이 있기는 하나 보통 출산과 동시에 회복되기 마련인데 임옥란 씨 같은 경우엔 계속 나오고 있거든요. 이것이 무엇을 말하느냐 하면 콩팥기능에 문제가 생겼다 이 말이거든요. 그러니 앞으로 약을 먹으면서 한 달에 한 번 정도 병원에 오셔서 꾸준하게 관리를 받으셔야 될 것 같습니다. 피곤하지 않게 충분한 휴식을 취하고 스트레스 받지 말고 그냥 편하게 사세요. 예쁜 아기 잘 키우시고요."

그러면서 의사는 약을 한 보따리나 처방해 주었다. 따라서 여러 가지의 항생제가 들어간 약을 복용하는 바람에 작은아들 "휘주"에게는 초유는 물론 단 한 방울의 모유도 먹여보지 못했다.

어찌 되었든 드디어 내가 우려했던 현실이 닥쳐왔다. 변변한 벌이는 없는데 아기에게 먹일 분유값이 없어 곤란해지자 남편은 오히려 나를 원망해왔다.

남들 다 먹이는 모유를 먹이면 됐을 텐데 그놈의 소젖을 먹이느라 돈이 든다는 것이었다.

이런 어려움 속에서도 휘주는 특별히 아픈 데도 없이 잘 자라주었고 앞이마며 뒤통수가 톡 튀어나온 작은 얼굴에 커다란 눈과 입이 보는 사람들로 하여금 보호 본능을 일으킬 만큼 나약해 보이고 예민해보였다.

나는 한 달에 한 번 신장약을 받으러 시내 대학 병원을 다녔는데 남편은 그것마저도 못마땅한지 차비와 약값을 주기 싫어 질색을 하고는 했다. 언제까지 약을 먹어야 하느냐, 안 먹으면 어떻게 되느냐 등 정말이지 마음을 얼마나 불편하게 하는지 마음 같아선 약이고 뭐고 다 포기하고 싶었다.

너무나도 자신이 구차하게 느껴졌고 자존심이 상했다.

내가 아기를 낳고 기르는 동안 친구들은 미용사시험에 합격을 하고 미용실에 취직을 해서 기술을 배우고 익혀 차례대로 미용실을 차렸다.

작은아들인 휘주가 첫돌이 지나고 걷기를 시작하자 나는 더 이상 아기나 돌보며 그렇게 남편과 병원에 가는 것조차도 스트레스 받을 만큼 잔소리를 들어야 한다는 사실이 분하고 서글퍼 견딜 수 없었다. 내가 얼른 기술을 배워 미용실을 차려서 두 아들도 남부럽지 않게 키우고 병원도 내가 번 돈으로 떳떳하게 가고 싶었다. 차라리 내게는 남편이 없다 생각하고 사는 것이 속이 편했다.

그러던 중 시어머님께 이제 막 걸음마를 하는 휘주를 맡기고 거리상 한 시간쯤 되는 곳에 미용실을 차린 친구네 미용실로 기술을 배우기 위해 출근을 했다. 다른 원장들이 운영하는 미용실은 거의 1년 동안은 절대 가위를 못 들게 하고 바닥을 쓴다든지 심부름을 한다거나 빨래를 하는 등 허드렛일을 해야 했기에 가자마자부터 가위질 연습을 할 수 있도록 배려해주는 친구 집으로 간 것이었다.

나는 마음이 앞서서 하루라도 미용실을 빨리 열고 싶어 열심히 테크닉을 배우고 친구와 함께 유명한 원장들의 세미나도 다니며 기술을 배우고 익혔다. 그즈음 친정 엄마가 보내준, 몰래 모은 돈으로 운전면허를 취득하고 빨간색 티코(승용차)를 한 대 뽑아 몰고 다녔는데 남편은 차를 사고 나서 죽을까 봐 아예 운전면허도 따지 않았다. 그럼에도 아는 것은 면허가 있는 나보다 더 많아서 옆자리에 타고 가며 하도 이런저런 잔소리를 해서 크게 싸운 것이 한두 번이 아니었다.

얼마 지나지 않아 우리 집 앞에 빨간 벽돌로 지은 1층 다방이 있고 그 옆에 조그만 가게가 하나 있어 싸게 세를 얻고 수리를 해서 미용의자 3개를 비롯한 중고 집기를 싸게 구입해서 가게를 꾸려놓으니 그럴싸했다.

친구의 집에서 몇 달 실습을 하노라고 했지만 막상 내 손님을 받아 내가 책임을 져야 한다고 생각하니 두렵고 떨려 자신이 없었다.

다행히 친구들의 충고와 배려로 기술이 좋은 아가씨를 몇 달 쓰기로 했고 미용실 안쪽에 작은방을 넣어 아가씨는 거기서 기거를 하기로 했다.

144

절망이 가져다준 병

　이것저것 신경을 쓰고 준비하느라 정신이 없기도 했지만 남편에게서 병원비를 얻는 일이 너무나 자존심이 상하고 싫어 나도 모르게 신장약을 먹지 않고 있었다. 그렇다고 당장 뭐가 어떻게 잘못되는 것도 아니었기에 나는 그것이 내 인생에 어떠한 파란을 몰고 올지 알지 못한 채 돌아오지 못할 강을 건너고 있었다.

　처음에 그 아가씨는 예쁘고 싹싹하고 실력마저 좋은 듯해 손님이 꽤나 많았다. 아주머니들도 파마를 한 번 하려면 버스를 타고 면으로 나가든가 아니면 어느 한 집에 몇 명씩 모아놓고 기별을 놓으면 기술이 있는 아주머니가 도구들을 한 보따리 갖고 와서 전부 비슷하게 커트를 해서 거의 똑같은 공장형 파마를 하고, 파랗고 노란 보자기를 뒤집어 쓴 아주머니들은 집에서 밥도 해 먹어가며 온종일 어울려 놀던 그런 때였었기에 우리 마을에 생긴 미용실은 가히 획기적이라 할 만했다.

　면으로 버스를 타고 나가 이발소에서 머리를 깎던 남자 손님들도 처음엔 서로 눈치를 보고 쭈뼛거리더니 타지에서 온 누가 머리를 깎았는데 예쁘고 상냥한 아가씨가 머리까지 감겨 주더라는 소문이 나자 너도나도 앞 다투어 미용실로 몰려드는데 정말 이대로만 간다면 금방 부자가 될 것만 같았다.

　가뭄에 단비가 내리면 메말랐던 대지가 충만하게 차고 넘치듯 돈이 말라 인간 이하의 메마른 정신으로 살았던 우리 집에 돈이, 정말 묶여 있던 돈줄이 풀리고 있었다.

갑자기 온 집안에 활력이 넘쳐흘렀고 나는 내 선택과 계획이 맞아떨어졌다는 자부심으로 우쭐해져 있었다.

한동안 그 미용사와 나는 친자매처럼 지내며 그녀는 우리 식구들과 한상에서 밥을 먹고 내 아이들도 이모 이모 하며 잘 따랐다. 손님이 많아 점심이 늦어지거나 하면 이전에는 상상도 할 수 없었던 돼지고기를 사다 고추장 양념을 해서 석쇠로 구워 좀 이른 저녁을 함께 먹기도 했다.

우리도 잘살게 되리라는 장밋빛 꿈을 꾸던 어느 날 하루 휴가를 내달라며 돈까지 조금 가불해간 그녀가 다음 날은 돌아와야 함에도 불구하고 미용실로 돌아오지를 않았다. 걱정이 된 내가 친구를 통해서 알아본 사실은 나를 기가 막히게 했다.

그녀는 자기가 말한 것처럼 일류 기술자도 아가씨도 아니고 딸이 하나 있는 서른 살의 이혼녀였고 이 미용실 저 미용실을 다니며 실력과 경력을 속여 실제로 자기가 받아야 할 페이보다 훨씬 더 많은 페이를 받아가는 미용계의 블랙리스트에 올라 있는 요주의 인물이었던 것이다.

처음에는 나도 기가 막혀 뭐 이런 게 있나 싶었지만 생각해보니 그 또한 본인의 능력이었고 나한테 특별이 해 끼친 것 없으니 됐고 나는 그녀가 아직은 필요하니 돌아와 주기를 기도했다.

다행히 이틀 뒤에 미안하다는 말과 함께 그녀가 돌아와 주었고 우리는 아무 일 없는 것처럼 서로 말없이 일상을 살아갔고 나는 그 평화가 오래도록 지속되기를 바랐지만 인간의 얽힌 인연들이 그녀와 우리를 가만히 내버려두지 않았다.

동네 사람들의 말을 빌리면 미용실 등이 회전을 멈추고 내가 바로 옆에 있는 집으로 퇴근을 하면 미용사 아가씨가 문을 열고 나와 어떤 키 큰 남자를 데리고 미용실 안으로 들어간다는 것이었다. 혹은 미용실에 희미한 등을 켜놓고 서로 마주보고 앉아 담배를 태우며 캔맥주를 마시지 않나, 심지어는 망측하게 뽀뽀를 하더라는 둥 온갖 말들이 나돌았지만 내가 할 수 있는 건 별로 없었다.

친구들은 그래도 아가씨를 보러 오는 남자 손님들도 분명히 있을 텐데 밖에서 눈에 안 띄게 남자를 만나도 만나야지 미용실 안방까지 끌어들이는 건 아닌 것 같으니 따끔하게 야단을 한번 치라고 난리들이었지만 나는 그녀가 화를 내고 미용실을 그만두고 가버릴까 봐 아무 말도 할 수 없었다.

확실히 그녀는 변했다.

어떤 날은 몸이 아프다, 어떤 날은 볼일이 있다, 친구 결혼식이다 하면서 좌우지간 댈 수 있는 핑계란 핑계는 다 대면서 일을 하지 않으려 들었는데 월급에서 빼면 되지 않느냐고 말하는 데야 무슨 말을 더 할 수 있겠는가.

그즈음 신장약을 끊은 후에 이제껏 모르고 지냈던 증세들이 조금씩 나타나고 있었다. 자고 나면 눈 주위가 부석부석 붓는다든가 종일 일을 하고 피곤한 상태로 부은 종아리를 손가락으로 누르면 한참이나 들어간 자리가 나오지 않는다든가 소변을 보면 거품이 점점 많아진다거나 하는 증상들이 나타나고 있음에도 무신경했고 미련하기까지 했다. 그럼에도 어쩌다 지나가는 생각으로 병원에 한번 가봐야 되는 거 아닌가 싶었지만 나를 기다리고 채찍질하는 삶에 떠밀려 금방 잊어버리고는 했다.

그러던 어느 날 아가씨가 "원장님, 죄송한데요, 다른 사람 구하셔야 될 것 같네요. 저는 사정이 생겨 더 이상은 일을 못 할 것 같아요. 정말 오래 함께 일하고 싶었는데 죄송합니다." 하면서 급여를 계산해 달라고 했고 나는 어차피 마음 떠났음을 감지하고 있었던 터라 말없이 그동안 일했던 만큼의 돈을 계산해주고 수고했다는 인사를 했다. 그리고 그녀는 우리 집에 올 때 들고 왔던 가방을 들고 밖에서 기다리던 남자의 차를 타고 그렇게 가버렸고 그 이후에 누구에게서도 그녀의 소식을 듣지 못했다.

그녀가 가고 몇 개월 후 친구들과 내 가게를 어떻게 할 것인가 의논을 했더니 다시 기술자를 들여서 하는 것보다 이제 실력도 늘었으니 혼자서 살살 해보는 것이 여러 모로 괜찮을 것 같다는 의견들이었다.

비싼 월급 주며 사람을 써봤자 주인 마음 같지 않을 테니 혼자서 하다 보면 된다고 친구들이 힘을 모아주니 나도 용기를 내 혼자서 미용실을 꾸려나가 보기로 작정을 했다.

처음에는 내 실력을 믿지 않고 의심하던 사람들도 얼마쯤의 시간이 흐르고 나에게 호의적인 교회 집사님들이나 아저씨들에게서 괜찮게 하더라는 소리들을 듣고 하나씩 둘씩 나에게 머리를 맡기러 오기 시작했다.

투명인간

나에게 열중할 수 있는 일이 있고 사랑하는 두 아들이 무럭무럭 잘 자라고 있으려니와 시어머님 또한 아직 정정하셔서 두 손주를 잘 키워 주시고 살림까지 맡아서 해주시니 있으나마나한 남편이 술을 퍼먹든 종일 퍼질러 자든 나와는 아무 상관이 없었고 내게 있어 그는 투명인간 그 자체였다.

함께 공부하고 함께 아픔과 기쁨을 나누었던 우리 친구들은 다섯이 모두 미용실을 운영했으므로 한 달에 한 번 날을 정하여 만나 맛난 음식도 사먹고 그동안의 에피소드도 나누면서 웃고 떠들며 시간 가는 줄 몰랐고 밤에는 어쩌다 한 번씩 나이트클럽에도 가고는 했다.

그런 날이면 남편은 줄기차게 전화를 해댔다. 물론 나는 받지 않았고 어차피 한 달에 한 번은 친구들 만나 종일 늦게까지 놀다온다는 것을 알고 있으면서 전화는 왜 해대는지 도대체 남편을 이해할 수 없었다.

처음에는 저녁을 먹다 무심코 전화를 받았는데 벌써 말의 시작을 "씨"로 한다.

시어머니 계시고 자식새끼 둘씩이나 있는 여편네가 뭔 지랄하느라 안 들어오느냐는 것이었다. 그날 이후 나는 절대 남편의 전화를 받지 않았다.

어차피 욕먹을 거는 뻔하고 친구들과 있는 시간만이라도 모든 걸 잊고 행복한 순간을 느끼고 싶었다. 그러면서도 내 스스로가 몸에 이상신호를 서서히 감지하고 있었다.

휘주는 큰아들 은엽이를 엉아 엉아 하면서 쫓아다녔고 둘이서 장난치며 노는 모습만 봐도 나는 행복하고 행복해서 내 몸 따위는 어떻게 되든 상관이 없었다.

미용실도 그럭저럭 잘 돌아가고 이렇게 내 인생이 풀려가는구나 싶을 즈음의 어느 여름날 남자 손님의 머리를 자르고 난 후 무심코 냉장고 깊숙이 들어 있는 흰 우유를 아무 생각 없이 머리를 꿀꺽꿀꺽 마셨는데 우유가 목젖을 타고 흘러 들어가는 순간 턱하고 숨이 막히면서 얼굴이 붉어지고 온몸으로 붉은 두드러기가 피어오르기 시작했다.

나는 숨을 쉴 수가 없어 목을 틀어쥐고 쓰러졌다. 미용실에 함께 앉아 같이 놀아주던 아주머니가 놀라 사람들을 불렀고 교회의 봉고차로 나는 충주에 있는 대학병원으로 이송되었다.

어떻게 병원 측의 응급처치가 이루어졌는지는 몰랐지만 나는 인공호흡기를 단 채 병원의 침대 위에서 눈을 떴고 온몸의 발진도 가라앉아 있었다.

　나를 걱정스럽게 내려다보던 의사는 1년도 훨씬 전에 나를 담당하고 약을 처방해 주었던 그 주치의였고 그 선생님은 나를 마구 나무라셨다.

　어쩌자고 치료를 멈추고 약을 중단해서 몸이 이정도로 될 때까지 내버려 두었느냐고…….

　나는 의사선생님의 태도에서 사태의 심각성을 깨달았지만 아무 말도 할 수 없었다.

　내가 마신 우유는 유통기한이 일주일도 더 지난 상한 우유였고 신장기능이 많이 떨어진 내가 그것을 감당하지 못하고 여러 가지 증세를 보이며 쓰러진 것이었다.

　진단은 큰 병원으로 가서 조직검사를 해보라는 것이었고 나는 다음 날 교회 집사님의 차를 타고 남편과 함께 원주에 있는 기독교 병원으로 가게 되었다.

너는 너대로, 나는 나대로

　우선 여러 가지 정밀검사를 위해 입원을 해야 했는데 입원실이 나지 않아 응급실에서 환자복을 갈아입고 주치의를 만나 면담을 하고 지시에 따라 여러 검사들을 마쳤다. 오후 늦은 시간에 간신히 입원실이 났고 밤중에 몇 가지 검사를 더하고는 척추에 마취주사를 놓고 몸을 새우처럼 웅크리게 하더니 신장 조직 검사를 한다며 허리 뒤쪽에 굵은 바늘을 꽂아 조직을 떼어냈다. 그리고는 조직을 떼어낸 자리에 뜨거운 모래 주머니로 눌러서 두 시간 정도를 그렇게 있도록 했다.

신장 자체가 핏줄덩어리로 이루어져 있어 자칫 잘못하면 출혈이 멈추지 않아 큰일 날 수 있다고 겁을 주어서 두어 시간을 그렇게 있었더니 나중에는 일어나 걷기조차 힘이 들었다.

다음 날 주치의 앞에 잔뜩 긴장해 앉자마자 주치의는 어쩌다 많지도 않은 나이에 몸을 이토록 망가지도록 내버려두었느냐며 양쪽 콩팥이 모두 상해서 기능이 거의 20% 정도밖에는 남아 있지 않다고 했다. 신장이 망가진 원인은 사구체 신염이라고 신장사구체가 원인이 분명치 않은 이유로 막히고 걸러주는 기능을 하지 못해 생기는 병이라고 했다. 현재도 사구체가 어떤 이유로 망가지는지 원인이 분명히 규명되지 않고 있다고 하였다. 어찌 했든 이대로 가다가는 곧 혈액 투석을 해야 될 것 같고 정기적으로 검사를 해가며 약을 복용한다면 어느 정도는 투석시기를 늦출 수는 있을 터이지만 결국에는 그렇게 갈 수밖에는 별다른 방법이 없다고 하였다.

아울러 다른 사람의 신장을 이식받거나 일주일에 세 번—한 번 투석에 네 시간씩 혈액을 걸러주는—혈액투석을 받든가 집에서 하루에 네 번씩 직접 약주머니를 바꿔주는 복막투석을 받는 방법이 있다고 했다. 그러면서 내 왼손을 잡아당겨 살피더니 만약에 혈액투석을 하게 되면 동맥과 정맥을 한 데 묶는 "동정맥루" 수술을 미리 해놔야 많은 혈액을 한꺼번에 이동시킬 수 있게 된다는 설명을 덧붙여 주었다.

나는 뭐가 뭔지 정확히 알 수는 없었지만 아주 좋지 않은 일이 생긴 것만은 분명했다.

지금 당장 수술을 요하지는 않으니까 그날은 퇴원을 하고 예약을 한 뒤 한 달에 한 번씩은 꼭 정기검진을 받으러 와야 투석시기를 조금이라도 늦출 수 있다고 못을 박았다. 그리고 남편에게는 주의사항과 꼭 지켜야 할 것들을 여러 가지 일러 주었다.

그렇게 퇴원을 하자 하루저녁 엄마를 못 봤다고 두 아들은 내 품에 서로 안겨 뽀뽀를 해대고 엄마를 부르며 난리였다.

내 인생이야 어찌 되든 상관없었지만 사랑하는 두 아들을 어쩌지 하는 마음이 들자 눈물이 마구 나려고 해 이를 참느라 애를 먹었다. 아이들한테는 우는 모습을 보여주고 싶지 않았던 것이다.

이후 별일 없이 일을 하고 평상시처럼 살았지만 남편 또한 변치 않고 밤늦게까지 마셔댔고 하나 더 나에게 하는 잔소리가 더욱 늘었다.

특히 주치의의 조언을 꼭 실천하기로 한 사람처럼 끊임없이 감시하고 잔소리를 해댔다. 밥상머리에 앉으면 이것 먹지 마라, 저것도 먹지 마라, 아주 사람을 미치게 만들었고, 한 달에 한 번 친구들과 만나는 그 모임조차 못 가도록 했다. 어떨 때는 미용실에서 고객과 마시는 커피조차도 마시지 못하게 잔소리를 해댔다.

그럴수록 나는 남편이 더욱 싫었다. 그리하여 나중에는 손님을 핑계로 미용실 방에서 잠을 자기 시작했고 두 아들은 시어머니 방에서 놀고, 먹고, 자고 했으므로 남편은 혼자 취해서 들어와 전화로 누구든 두어 시간 괴롭히고 나서야 잠이 들고는 했다.

처음에는 미용실에서 잔다고 욕을 섞은 잔소리를 해대더니 들은 척도 않는 내게 지쳤는지 뭐라 뭐라 몇 마디 욕을 하고는 이후로는 거기에 대해서는 말이 없었다. 어쩌면 남편에게도 그편이 나았을지도 모른다.

이미 중독이 되어버려 끊으려야 끊을 수도 없는 술이 꼭 부부싸움 말미에 거론되어 큰소리가 오고가고 급기야 두 아들까지 놀라 깨어 울고불고 동네 사람들의 잠까지 깨울 만큼 심각한 싸움이 되곤 했었는데 내가 미용실 방에서 잠을 자기 시작하고부터는 절대 그럴 일이 없었으니 내심 얼마나 좋았을까.

그런 와중에 비록 정기적으로 병원을 다니며 약을 먹고 관리를 받기는 했지만 서서히 내 병은 진행형이었고 병은 조금씩 조금씩 내 생명을 갉아 먹고 있었다. 어딘가가 부러지거나 찢어지기라도 했다면 환자로 취급되어질 터였지만 나는 겉보기에는 멀쩡해 누구도 환자라고 생각하지 않았고 그렇게 배려해주지도 않았다.

두 아이들은 마냥 해맑고 예쁘게 자라주었고 다행히도 아빠의 술 중독도, 엄마와의 끊임없는 전쟁도 별로 영향을 못 미쳤는지 마냥 밝기만 했다.

아무리 힘이 들고 고달파도 내 새끼들 먹는 것, 입는 것, 노는 것,

자는 것만 봐도 나는 힘이 났고 아직은 살아갈 만했다.

그러나 동네사람들은 자꾸만 파리해져 가는 나를 알아보고 자기들끼리 쑤군대기 시작했다.

나는 점점 기운을 잃어가고 있었고 미용실을 닫고 뒷방에 누워 지내는 날들이 점점 많아졌다. 사랑하는 아이들이 와도 희미하게 웃어줄 뿐 안아주는 것조차 힘이 들었다.

그 와중에 남편은 서울 어디쯤에 3대째 내려오는 신장전문 한의원이 있는데 들리는 말에 의하면 만성신부전 환자 여럿을 고쳤다더라, 어쨌다더라 하면서 한 재에 백만 원도 더하는 한약을 지어와 윽박질러 마시게 했다. 나는 마시고 싶지 않았지만 거절할 기력도 꺼져버리라고 소리칠 기운도 남아 있지 않았다.

그러나 남편은 자꾸 복수가 차오르고 숨이 턱까지 차올라 요구르트 하나도 마시지 못 하는 내게 한약을 아예 약봉지 그대로 쏟아 부었다. 도리질을 하며 싫다고 못 마시겠다고 하면 또 쏟아지는 욕설!

나와 남편은 그렇게 끝까지 각자의 길을 걸어가고 있었다.

죽음의 그림자

병원에서 매달 관리를 받은 지 2년 만에 내 생명은 끝을 향해 치닫고 있었고 이미 몇 달 전부터 주치의로부터 '손목에 동정맥루를 해야 한다.', '그대로 두면 생명도 보장할 수 없다.'는 소리를 들었는데도 불구하고 남편은 한의사와 입을 맞춰 본인이 나을 수 있다는 의지를 보여야 약도 효과가 있지 않겠느냐며 나를 윽박지르고 죽어가는 나를 바라보며 동정맥루를 해야 한다는 주치의의 말 따위는 신경도 안 썼다.

지금 생각하면 그 사람은 자기를 무능한 인간이라 치부하고 무시하고 업신여긴 나에게 소소한 복수를 하고 있었던 것인지도 모르겠다. 그 사람 입장에서 보면 그런 생각이 들었을 수도 있지 않겠는가,

고분고분하지 않은 마누라, 녹녹치도 않고 만만하지도 않고 두 눈동그랗게 뜨고 얼굴을 겁도 없이 들이대며 제 할 말 다해대는 마누라를 아마도 오랫동안 별렀을 수도 있지 않겠는가.

그렇게 그 남자는 손이 마비되어 입까지 올라가지 않아 양치질도 못 하는 그런 마누라에게 죽어라 한약을 퍼 먹이고 토하고를 계속하게 했다.

그즈음의 나는 잠조차 잘 수 없어 그야말로 하루하루 죽어가고 있었다. 심장이 쇠절구공이 소리를 내면서 뛰어 누워 있을 수도 앉아 있을 수도 없었다. 심장이 금방이라도 멎을 것만 같았다.

밤이면 이불로 탑을 쌓고 두 손으로 껴안은 채 쇠절구공이로 찧는 듯한 아픔을 견뎌내야 했고, 낮에는 요구르트나 부드러운 빵 같은 걸 사들고 찾아오는 동네 사람들을 꺼져가는 희미한 눈빛으로 맞아야 했다.

그날은 전국적으로 한파가 몰려와 거리마다 꽁꽁 얼어붙고 도로 역시 빙판으로 변해 버려 차도 사람도 끊어져 버린 날이었다. 나는 내 의지와는 상관없이 목사님과 남편의 손에 이끌려 강원도 어디에 있다는 기도원으로 끌려가고 있었다.

얼어붙은 도로 위 곳곳에 브레이크를 밟아 미끄러진 차들이 널브러져 있고 사람들은 난감해서 어쩔 줄 몰라 하며 망연자실 서 있었었다. 우리는 그런 길을 조심조심 피해가며 강원도의 구불구불한 산길을 몇 시간인지를 달려갔다.

그날은 나도 의식이 명료했고 강원도의 엄청난 눈 속에 파묻힌 촌락들과 경치를 구경하며 창으로 들어와 비추는 밝은 빛에 눈이 부셔 황홀하기까지 했다.

이대로 끝인 건가, 아이들을 다시는 볼 수 없고, 자라는 모습도 볼 수 없다고 생각하니 가슴이 메어왔지만 그것 역시 내가 어떻게 할 수 없는 부분이었다.

이제는 내게 어떤 사건이나 일로부터도 아이들을 지켜줄 힘 같은 건 없었고 마음속에 갇힌 가엾은 내 영혼만이 피눈물 흘리며 소리지를 뿐이었다.

그 기도원에는 하나님과의 교통으로 병을 진단하고 치유하는 권사님이 계셨는데, 몇 시간을 빙판 진 도로와 싸움을 해가며 도착한 그 기도원은 하얗고 부드러워 보이지만 엄청난 양의 눈 속에 파묻혀 있었고 여러 동의 건물이 작은 마을을 이루고 있었다.

여기가 내가 죽을 장소구나 생각하니 눈 속에 묻혀 있는 건물들

하나하나가 천상의 그것들처럼 아름다워 보이기조차 했다.

입구부터 옷가게, 미용실, 이발관, 학원, 식당 등 없는 것이 없었다. 그렇게 양쪽으로 늘어선 가게들을 지나 한참을 올라가자 기도원인 듯한 본관 건물과 부속 건물들이 떠억 버티고 서 있었고, 남편의 손에 끌려서 권사님을 만나러 갔지만 길게 늘어진 행렬이 끝이 없었다.

쓰러질듯 비틀대는 나를 남편이 부축해서 줄을 서고 기다리는 동안 목사님께서는 내가 가져온 옷가지며 짐, 친정엄마가 오셔서 딸에게 주는 마지막 음식일지도 모르는 눈물의 호박죽까지 내가 기거하게 될 방에 가져다 놓으셨다.

방은 반지하식으로 만들어져 번호표가 붙어 있었고 바로 옆에 세면실과 화장실, 세탁실이 붙어 있고, 예배실은 계단을 올라가면 바로였다.

그러나 몸이 아픈 사람들은 예배를 드리며 뜨겁게 기도하다가 성령의 감화를 받아 더러는 병이 낫기도 하고 기적을 체험하기도 하지만, 나 같은 경우와는 맞지 않았다. 혼자서는 한 발자국 떼놓기도 힘이 들 뿐만 아니라 예배당 자체를 올라갈 수 없는데 어떻게 예배 중에 하나님의 영을 받아 병을 고칠 수 있단 말인가. 오히려 기도원의 반지하방에 갇혀 지내다 정신없이 쿵쾅거리며 뛰는 심장이 갑자기 멎어 죽거나, 엄마가 쑤어준 호박죽이 떨어져 굶어죽거나, 사랑하는 내 새끼가 보고 싶어 울다 지쳐 죽거나 그중의 하나로 죽을 것이 뻔했다.

이윽고 내 순서가 되어 권사님 앞에 들어가 앉으니 혀를 끌끌 차며 누워 보란다. 시키는 대로 똑바로 눕자 심장이 쿵쿵거리며 가슴을 뚫고 나올 듯이 요동을 쳤다. 그러자 권사님은 누운 내 눈에 사각 티슈 통에서 한 장의 티슈를 쓱 뽑아 얹어 눈을 덮는가 싶더니 검지와 중지를 이용해 내 양쪽 눈의 눈물샘이 있는 부분을 아주 아프게 찌르며 뭐라고 알아들을 수 없는 방언을 하고 옆에 계신 또 다른 한 분의 권사님께서 통역을 하셨다.

그러더니 남편과 목사님에게 '아니 병원에 가서 일단 투석을 하고 사람을 살리고 봐야지, 어쩌라고 이리 데리고 오면 우리보고 송장 치르란 말이냐.'며 마구 화를 내셨다.

이 심장소리, 피가 모자라 쇳소리를 내고 있는 이 소리가 안 들리느냐며 어떻게 사람들이 그리도 모자라고 잔인하냐며 당장 이 밤으로 내려가 입원부터 시키고 피부터 돌리라며 기도원을 나갈 것을 명령했다.

그렇지만 목사님과 남편은 제발 며칠이라도 있게 해달라며 사정하다시피 해서 나를 방에다 밀어 넣었다. 그러자 집사님은 온 전심으로 기도하며 매달리다 보면 하나님께서 들으시고 응답하실 거라며 나를 남겨두고 휭 하니 자리를 떠버렸다.

지금 생각해도 그때 그들이 무슨 마음으로 나를 그곳에다 두고 가버렸는지 이해가 안 된다. 집에 가서 병원에 데려다달라는 내 말을 못 들은 체 그들은 한 발짝도 혼자 힘으로 움직이지 못하는 그런 나를 흡사 유기견 내팽개치듯 버리고 가버렸다.

사람들의 소음이 잦아들고 세상의 온갖 소리들이 잠들고 겨울의 매섭고도 쓸쓸한 바람만이 윙윙 무섭게 우는 그 밤에, 나는 이불을 부여안고 방망이질하는 심장을 달래며 밤을 지새웠다. 이제는 이대로 죽게 되나 보다 하고 마음을 먹으니 오히려 마음이 편안해지면서 두려움이 사라졌다.

예배당에는 올라가지는 못하지만 이불을 부여안고 하나님께 빌었다. 나에게 편안한 죽음을 주시고 내 사랑하는 아이들이 저희 아버지와는 상관없이 평범하지만 성공한 삶을 살게 해달라고, 그리고 내 아버지를 미워한 죄로 이토록 가혹한 형벌을 받고 있으니 이제는 그만 용서해달라고도 빌었다. 아울러 죽어도 보고 싶지 않은 남편을 위해서도 빌어주었다.

그렇게 사는 그도 불행할 테니 어쩌면 나 말고 정말 좋은 사람을 만났더라면 그의 인생도 지금과는 다를 수도 있지 않았을까…….

그 밤은 유난히 길었고 나는 친정엄마가 끓여준, 차갑게 식어버린 호박죽을 울면서 먹으며 엄마를 부르고 부르며 밤새 울었다.

다음 날 뜬눈으로 밤을 지새운 나는 목사님과 남편에게 전화를 했지만 받지를 않았고 미친 듯이 매서운 바람이 불고 눈보라가 쳐 도저히 길을 나서지 못하겠으니 내일은 꼭 데리러 가겠노라는 목사님의 전화를 사무실을 통하여 들을 수 있었다.

나는 꼼짝도 못 한 채 그렇게 하나의 낮과 한 번의 밤을 또다시 지새웠고 죽음은 여전히 내 발밑에 엎드려 호시탐탐 나를 데려가려고 기회를 엿보고 있었다.

다음 날은 토요일이었고 거짓말처럼 날씨가 개어 목사님과 남편은 아침 일찍 길을 나섰는지 비몽사몽 희미한 나의 정신을 헤치고 나를 데리러 와주었다.

목사님은 남편의 말을 듣고 내게 얼마쯤의 시간이 있는 줄로 알고 있었다가 막상 파리하게 죽어가는 나를 보자 수없이 미안하다고 사과했고, 박달재의 험한 꼬부랑길을 넘어오는 동안 수차례 차를 세우고 토하고 토하다 똥물까지도 다 토해내는 나를 보고 계속 눈물을 보이셨다.

남편은 별 말이 없었고 나는 그 와중에도 살고 싶은 마음에 남편에게 병원에 데려다 달라고 애원을 했다.

일단 우리 집 아니 미용실로 돌아와 자리를 폈지만 오늘을 넘기지 못하고 죽을 것만 같다는 나의 말에 한참을 망설이던 남편이 결심을 한 듯 교회의 집사님을 불렀고 나는 언제라도 병원엘 갈 수 있도록 가방을 싸놨으므로 숨을 헐떡대며 집사님의 차에 올라 꺼져가는 정신 줄을 간신히 붙잡아두고 있었다.

원주기독교 병원의 토요일은 여느 대학 병원의 토요일과 다를 바가 없었다.

주임 교수님들이나 주치의들은 이미 병원을 빠져나가 버리고 남은 인턴이나 당직 의사들만으로 병원은 꾸려지고 있었다.

병원에 도착해서 주차할 공간을 찾는 동안 나는 서서히 의식을 잃어갔다.

남편이 응급실 쪽으로 뛰어가 휠체어를 가지고 와 나를 태워 응급실로 달려가자 당직의사가 뛰어와 내 눈을 뒤집어보며 왜 이러냐고 물었고, 남편이 즉시 대답을 하지 못하자 함께 간 집사님이 콩팥이 아파서 왔다는 말을 했다.

나는 가물거리는 정신 너머로 남편에게 제정신이냐, 어떻게 사람을 이 지경이 되도록 내버려뒀느냐고 소리 지르는 의사의 목소리를 들었고 그렇게 의식을 잃었다.

환한 불빛이 다가왔다 멀어지고 분주한 사람들의 발소리, 얘기소리가 들려왔다가 멀어졌다. 짐작으로 목에다 무언가를 하는구나 싶었을 뿐 고통도 없었고 그냥 술이 몹시 취해 의식이 희미한 것과 같은 정도였을 뿐이다.

나중에 들은 얘기로는 나는 막 죽어가기 직전에 병원에 왔고 응급으로 목에다 바로 카테타를 꽂아 두 시간 동안 피를 돌려 투석을 하고 난 다음에야 겨우 살아났다고 했다.

다음 날 아침부터 침대째 인공신장실로 옮겨져 네 시간 동안 투석을 받았는데 나는 정말 몇 달 만에 다시 고른 숨소리를 내며 단잠을 잤다. 수없이 많은 날을 고통과 불면으로 지새웠었는데 어느 순간 언제 아팠냐는 듯이 고통이 사라졌고 쇠절구 찧는 소리를 내던 내 심장도 아주 고요하고도 평화롭게 뛰면서 쉬고 있었다.

의사들의 말에 의하면 처음 병원에 왔을 때 내 몸속에는 꼭 필요한 분량의 삼분의 일만큼의 피만이 남아 있었다고 했다. 아울러 지금은 수혈을 하면서 투석을 해서 심장이 무리를 하지 않는 거라고 말했다. 그러니 심장이 그토록 무리를 해가며 턱도 없이 모자라는 피를 온몸 전체로 구석구석 보내야 했기에 죽겠다고 비명을 질러대며 뛰었던 것이었다.

나의 가엾은 심장이 주인을 잘못 만나 얼마나 큰 고초를 겪었는지 지금도 그때를 생각하면 가슴 한편이 뻐근하게 아프다.

주치의 말대로 이렇게까지 몸이 망가지기 전에 병원엘 왔었더라면 그 수많은 날들을 고통 속에 몸부림치며 견뎌내지 않아도 되었을 텐데…… 남편이 너무 미웠고 원망스러웠다.

투석치료를 한 다음 날 기운 없는 몸을 일으켜 세면실로 가서 내 몰골을 거울에 비춰본 나는 큰 충격을 받았다.

거울 속에는 어떤 피골이 상접하고 눈이 생긴 대로 다 열려 마치 아프리카의 굶어 죽어가는 아이들을 연상시키는 낯선 여자가 하나 서 있는 것이었다.

그도 그럴 것이 한창 때 몸무게가 60하고도 7~8킬로에 육박했던 내가 20키로나 살이 빠져 47키로가 나갔으니 짐작을 하고도 남을 일이 아닌가.

목에 카테타를 심어 심장으로 직접 투석하는 것은 감염의 위험이 있었으므로 동정맥루 수술을 서둘러 하게 되었다.

내 손목의 혈관들은 비교적 좋아 아무도 손목 수술이 실패할 거라고는 생각도 못 했다.

남편과 나는 정말 뭐가 그리도 안 맞는지 기가 막힐 노릇이었다.

첫아이를 낳을 때도 옆에 없었고 둘째아이를 낳을 때도 옆에서 침대를 붙잡고 수술실 앞에서 대기하다가 갑자기 화장실을 가버리고 나는 간호사 선생들이 미는 침대에 누워 수술실로 들어갔었다.

동정맥을 한 데 묶는 동정맥루 수술 때도 마찬가지로 남편은 한 번도 곁에서 지켜주지 못했고 속으로 이런 것도 한번 맞추지 못하는 사람과 나는 지지리도 인연이 아니구나 하면서 스스로 위안을 삼았다.

혈관이 좋았음에도 나는 손목수술을 세 번이나 받아야 했다.

처음에는 왼쪽손목에다 수술을 했는데 실패를 했고 두 번째는 첫 번째 수술한 그 자리를 재수술했었는데 또 실패를 하고 말았다.

오른손잡이라 왼손에다 동정맥루를 하려 했으나 두 번의 거듭된 실패로 결국에는 오른손에다 수술을 할 수밖에 없었다.

세 번째 오른손에 한 수술이 성공을 하고 혈관을 키우기 위해 열심히 공 운동을 했다. 계획대로라면 일이 주 만에 퇴원을 해야 했었는데 뜻하지 않은 두 번의 수술 실수로 인해 한 달 이상을 병원에서 머물러야 했다.

두 아들이 보고 싶었고 엄마 엄마 부르는 소리가 눈에 선하게 밟혔다. 그때만 해도 만성신부전으로 인한 질병을 장애자로 인정하지 않았었기에 그 병을 부자 병으로 불렀다. 엄청난 병원비 때문에 혈액투석을 포기하고 죽음을 기다리던 사람이 있을 만큼 돈 없으면 죽을 수밖에 없다 하여 부자 병이라 불렀던 것이었다.

손목에 만들어놓은 혈관으로 바늘을 찔러 넣어 한 번이라도 투석을 돌려서 원활하게 투석이 되는 것을 확인해야만 충주병원으로 옮겨올 수 있었기에 나는 일주일에 세 번씩 차비를 써가며 원주기독교병원으로 투석 치료를 다녔다.

이틀에 한 번꼴로 병원을 가야 했는데 병원비와 차비를 내줄 때마다 남편은 혼잣말로 웅얼웅얼 욕 섞인 말을 했고 그럴 때마다 못 들은 척 못 본 척해도 나는 자존심이 상하고 수치스러워 미칠 것만 같았다.

한 달에 칠팔십만 원 정도의 돈이 들었으니 남편은 기가 막힐 노릇이 아닌가. 미용실도 정리를 하고 집으로 들어오니 부딪치는 건 남편이요, 날마다 돈돈 하면서 내 마음을 불편하게 만드는 것도 남편이었다.

처음 투석을 하게 되면 몸이 적응하는 데는 2~3년 정도의 시간이 걸린다. 4시간 정도 투석을 하게 되면 기운이 없어 한나절 정도는 누워 쉬어줘야 그나마 오후에 집안일이라도 하고 아이들을 돌봐줄 수 있었다.

거리상 원주까지 왔다 갔다 해야 했던 나는 병원에 다녀오면 벌써 오후 서너 시가 되곤 해서 아무 일도 할 수 없었고 언제나 엄마가 고픈 내 아이들을 그저 안아주고 보듬어 주는 일밖에는 할 것이 없었다.

그래도 시간은 흘러가고 손목에 수술한 혈관으로 두어 번 바늘을 찔러 투석을 해본 나는 충주에 위치한 좀 오래된 개인병원으로 투석을 하러 다니게 되었다. 시간도 훨씬 단축되고 여러 모로 좋긴 했으나 언제나 우리를 불화하게 만드는 건 돈 문제였고, 그 돈이라는 것 때문에 나는 투석이고 뭐고 다 때려치우고 죽어버릴까도 생각했지만 내 아이들의 검정 머루 같은 눈을 생각하면 포기하기는 너무나도 억울했다.

제4장

이혼

한계

돌을 벌기 위해 내가 궁리해낸 것은 바로 김밥 장사였다.

우선 주변의 주유소나 휴게실을 타깃으로 김밥 샘플을 만들어 돌려 맛을 보게 한 다음 팔아줄 것을 부탁하자 몇 군데에서 팔아보겠다는 계약을 하고 나는 어떻게 하든 내 병원비는 내가 벌겠노라 이를 악물고 김밥장사를 시작했다.

우선 아침 일찍 일어나 병원에 가서 투석치료를 네 시간 받고 어지러워 휘청대는 몸을 추슬러 마트로 가서 김밥에 필요한 재료들을 산 다음 내 차에 싣고 왔다. 집에 오면 어지러워 눕고 싶은 유혹을 뿌리치고 김밥에 필요한 재료들을 다듬고, 씻고, 썰어놓고, 쌀을 씻어 불려놓고 나서야 방으로 들어가 고달픈 몸을 뉘였다.

서너 시간쯤 쉰 후에 알람 소리를 듣고 일어나 밥솥부터 취사로 눌러놓은 다음 준비해놓은 김밥거리를 시어머님 방으로 옮겨 차려놓고 밥이 다 되면 우선 식구들의 저녁부터 김밥을 말아 차려주고, 나는 본격적으로 김밥을 말기 시작해 밤이 이슥해지도록 김밥을 말아 새벽 이른 시간부터 배달을 했다.

다행히 친정엄마를 닮아 솜씨가 있었던지 김밥이 맛있다는 입소문을 타고 점점 주문량이 많아져 갔다. 그리하여 비록 힘은 들었지만 내가 번 돈으로 병원엘 다닐 수 있게 되었고 두 아들을 위해서 집안의 필요한 부분을 내 힘으로 메워 나가고 있다고 생각하니 오히려 마음만이라도 뿌듯했다.

친구들은 미용협회나 단체에서 소풍이나 야유회를 가게 되면 어김없이 내게서 김밥 도시락을 주문해 갔으므로 여러모로 내게 도움이 됐다.

내가 벌어 병원에 가고 살림까지 챙기니 남편은 더욱더 술을 마셔댔다. 내 생명이 끝나야만 이 고단하고 말이 안 되는 삶도 끝날 터였고 나는 날마다 고통 없는 평안한 죽음을 맞게 해달라고 기도했다.

그런 가운데 힘든 투석 생활을 하면서도 몸이 쉬어 주지를 못해 만신창이가 되었고 그냥 가만히 있어도 숨이 차오르는 것이 아마도 심장이 그리 오래 버텨주지 못할 것 같았다.

그날 친구가 미용 협회에서 야유회를 가니 김밥 도시락 50개를 만들어다 내일 새벽 일찍 가게로 가져와달라고 전화를 해왔기에 두 아들과 시어머님의 저녁밥을 챙기고 새벽에 배달할 김밥의 재료를 준비했다.

자정이 넘은 그 시간, 마당의 자갈 밟는 소리가 요란히 들리고 남편이 시어머니의 방문을 거칠게 열어붙이며 김밥을 말고 있는 나를 게슴츠레한 눈으로 보고 서 있었다.

"어차피 도와주지도 않을 거잖아, 어서 가서 자!"

내 한마디에 방문을 부서져라 닫으며 무어라 욕을 하고는 두 아들이 자고 있는 방으로 들어갔다.

아이들은 불안함에 자는 척하고 있을 테고 남편은 방안의 불을 켜고 아이들을 깨워 이런 얘기 저런 얘기 실컷 하다가 어느 정도 술이 깨야 잠이 들 것이다. 이런 생각을 하다 보니 갑자기 저런 아빠밖에 만들어주지 못한 내 자신에게 저주라도 퍼붓고 싶어졌다.

간신히 50개의 도시락을 만들어 포장을 마치고 나니 동이 터오고 있었고 나는 숨이 가슴까지 차올라 헐떡대며 차에 시동을 걸었다. 배달을 어서 마치고 병원에 가서 지친 몸을 눕혀 쉬고 싶을 뿐 아무 생각도 들지 않았다.

숨이 차고 부운 얼굴로 배달가방을 티코에 싣고 새벽공기를 가르며 1시간 남짓 거리의 친구 가게로 가서 전달을 하고 제법 두둑한 봉투를 받아 들고 돌아오는데 여름의 끝이라 그런지 조금씩 아침저녁으로 상쾌한 바람이 불어오고 긴장이 완전히 풀린 나는 밀려오는 졸음을 참을 수가 없었다.

마음 같아서는 병원의 예약된 내 베드에 몸을 누이고 아픈 두 개의 바늘에 찔리는 순간을 지나 영원 같은 잠 속으로 흠뻑 빠져들고 싶었으나 정신을 차려야 했다.

그러다 잠깐 뻑뻑한 눈을 잠시 감았다고 생각하는 그 순간, 몽롱한 귓가로 와장창 무언가 크게 부서지는 소리가 들리더니 나는 운전대를 놓은 채 어딘가로 심하게 처박히며 끼~익 소리를 내고 멈추는 차의 소음 사이로 다급한 목소리들이 들려왔다.

이상하게 별 고통도 느껴지지 않았고 다만 숨이 잘 쉬어지지 않았지만 사람들의, '죽지는 않은 거 같다.'며 '맞은편에서 차가 안 왔기 망정이지 그래도 농로에 처박혀서 살았다, 졸았나 보다.' 등의 말들이 들려왔다.

'아, 내가 깜박 졸다 농로에 차를 처박는 사고를 냈구나. 그런데 왜 이렇게 숨이 안 쉬어질까.'

나는 그렇게 정신 줄을 놓아버렸다.

내가 정신이 든 건 투석병원의 낯익은 침대 위였고 기계에 연결된 두 줄의 혈관이 내 팔에 깊숙하게 박혀 노폐물을 몸 바깥으로 배출시키고 있었다.

침대 옆에는 교회의 목사님과 남편, 고모부께서 걱정하는 듯한 눈으로 나를 내려다보고 있었다.

산소 호흡기를 단 채, 그제야 편해진 호흡을 하던 나는 온몸에 피멍이 들고 계란만한 혹이 여기저기 불어나 마치 아이들의 TV 프로그램에 나오는 보라돌이 형상을 하고 있었다.

내 입에서는 몸을 돌릴 때마다 비명이 새어나왔다.

내 그런 모습을 보면서 아이들의 고모부는 연신 손수건으로 눈물을 훔치셨다.

한참 시간이 흐른 뒤 전화 통화에서 고모부께서는 처남댁이 그토록 비참하고 아픈 모습으로 살아가고 있는 줄 꿈에도 몰랐었노라고, 정말 처남이 밉고 원망스러웠다고 울먹이며 말씀하셨다.

4시간의 투석을 마친 나는 구급차로 교통 환자를 다루는 정형외과로 이동을 했고 그때서야 사진을 찍고 정밀 검사를 했는데 다행인지 불행인지 어디를 심하게 다쳤거나 부러진 데 하나 없었고 다만 온몸에 타박상으로 인한 계란만한 혹이 불쑥불쑥 솟아올라 있었고 온몸이 푸르딩딩했다.

남편은 여러 가지 검사가 끝나자 단 하룻저녁도 나를 입원시키지 않고 병원에서 데리고 나와 우리 집 아랫목에다 나를 눕혀놓고 휑하니 나가버렸다.

아, 어떻게 이런 인생도 있단 말인가. 계속되어지는 악재와 불행, 하나님께서는 감당할 수 있는 시련만을 준다고 하셨건만 이 엄청난 고통들 또한 내가 감당할 수 있다고 생각하셔서 내게 준 것이라면, 나라는 사람은 도대체 어떻게 생겨 먹은 인생이란 말인가. 하나님이 원망스러웠고 내게 주어진 감당하기 어려운 현실 앞에 나는 하염없이 눈물을 흘리며 나날을 저주하고, 저주했다.

두 아들들은 엄마의 상태가 심상치 않음을 보고 웃음도 잃은 채 할머니의 다리를 부여잡고 내가 불러도 쉽사리 다가오지 않았고 나는 그 또한 마음이 아프고 서러웠다. 내 가엾은 아이들이 앞으로 겪어내야 할 그 인생길에 제대로 된 아빠를 만들어주지 못했다는 죄책감으로 흐르는 눈물을 멈출 수 없었다.

그래도 설마 했던 남편은 다른 날과 같이 술이 취해 늦은 밤에 들어와 불을 켜더니 눈물로 베개를 적시며 잠들지 못하고 있는 내 옆에 앉아 어떻게 집이 말썽이 끊이지를 않으니 살 재간이 없다며, 다른 집 여편네들은 온갖 일 다 하면서도 애새끼들도 순풍순풍 잘도 낳고 공장 다니며 돈까지 잘 벌고 하드만, 네가 도대체 우리 집에 시집와서 해놓은 게 뭐가 있는지 한번 생각해보라며 내 어깨를 흔들어댔다.

순간 번뜩 머리를 스치고 지나가는 것이 있었다.

'아, 그렇구나! 우리는 더 이상 부부라는 이름으로 엮여 살 수 없겠구나. 내가 아이들에게 이 상태로는 아무것도 해줄 것이 없을 뿐 아니라 같이 엄마라는 이름으로 살아주는 것만이 능사가 아니구나. 날마다 이런 전쟁을 치르며 한 집에 사는 것이 과연 아이들에게 좋은 영향을 끼치는 것일까. 내가 없어져도 이 남자는 여전히 생활에서 손을 놓고 술이나 퍼마시며 가장의 직무를 유기하며 살아갈까? 과연 이런 상태가 계속된다면 나는 몇 년이나 더 아이들 곁에서 버티고 살 수 있을까.'

남편이 어깨를 잡아 흔드는 그 찰나의 짧은 시간에 내 뇌리로 엄청난 질문들이 휩쓸고 지나갈 뿐 남편의 말은 한마디도 귀에 들어오지 않았다.

'그래, 이건 아니다. 나는 내 새끼들을 위해서라도 강해져야 한다. 이렇게 인생을 살다 가라고 하나님께서 나를 이 세상에 보내 엄마가 되게 하고, 자녀들을 맡기셨을 리 없지 않은가.'

결론이 내려지자 어디선가 한 줄기의 맑은 바람이 불어오는 듯 생각이 정리되었다. 나를 잡아 흔들며 횡설수설하던 남편은 내 무덤덤한 반응에 늘 그렇듯이 욕을 하며 겨우 잠이 들었고 나는 전화기를 들고 등 뒤로 조용히 문을 닫고 나와 화장실 가는 쪽의 뒤란으로 나와 달빛 아래 피눈물을 쏟아내며 친정아버지에게 전화를 넣었다.

"저 좀 데리고 가주세요. 더 이상은 버텨낼 수가 없어요, 아버지. 우선 제가 살아 있어야 아이들도 제대로 키울 것 같아요. 내일 은엽이 학교 보내고 휘주 유치원 가는 시간 지나서 오시면 아이들 울고

174

불고 매달리는 거 안 봐도 되니까요."

생이별의 고통

친정 부모님에게 내 몸 하나 없는 것도 미안한 일인데 어린 두 아들을 데리고야 어찌 가겠으며 아직 아이들이 어리지만 시어머니 강건하시고 곁에 작은 시누이가 계시니 그나마 이를 악물며 새끼들과의 생이별의 고통을 참아내야 했다.

다음 날 나는 욱신거리며 쑤셔대는 몸을 움직여 밥상을 차리고 가능하면 밝게 웃으려 애쓰며 두 아이들을 안아주고 흘러내리는 눈물을 감추고 학교로 보냈다.

잘 다녀오라며 손을 흔들어주는 내 눈에는 피눈물이 강이 되어 흐르고 나는 그렇게 내 목숨보다 소중한 두 아들과 이별을 해야 했다.

아직 밥상머리에 앉아 있는 시어머님과 남편에게 나는 조용히 가라앉은 목소리로 '한 10분쯤 있으면 나를 데리러 친정 부모님이 도착하실 거고 이제 친정집으로 가려 하니 두 아들을 잘 부탁한다.'는 말을 했고 놀란 남편도 시어머니도 당황을 해 말을 잃은 듯했다.

내가 새벽에 싸둔 가방을 챙기고 입은 옷 그대로 방문을 열려 하자 그제야 나의 말뜻을 알아들은 시어머님이 눈물을 쏟으며 에미야,

에미야, 우리 새끼들 불쌍해서 어떻게 할꼬, 어떻게 할꼬, 하시며 눈물은 곧 통곡으로 바뀌어 꺼이꺼이 목이 메도록 우셨다.

남편은 밖에서 친정아버지의 기척이 들리자 당황한 목소리로 한마디 했다.

"몸 추스르고 있어. 엔간히 회복되면 애들 데리고 한번 내려갈게."

그러고는 장인에게 쭈뼛거리며 인사를 했다.

"니가 사람이가, 인간도 아닌 놈이!"

엄마는 얼굴이 붉어지며 소리를 지르시는 아버지를 말리고 그 와중에 교통사고까지 겹쳐 인간 아닌 몰골을 하고 있는 딸을 본 부모님은 시어머니께 대충 인사를 했다. 내 가방을 든 아버지와 나를 부축한 엄마도 울고 시어머니도 울며 십여 년의 힘들고 지친 삶을 살았던 그 동네를 그렇게 떠나왔다.

사랑하는 두 아들에게 안녕이라는 인사도 하지 못한 채……

그렇게 나는 내 목숨과도 같은 두 아들과 먼 후일을 기약하고 마치 내 살갗을 도려내는 듯한 고통을 참으며 이별을 해야 했다.

약간의 비염까지 있는 보석 매장의 사장님이자 집사님은 연신 훌쩍이며 손수건이 젖도록 펑펑 우셨다.

"옥란 씨, 그랬었구나. 그렇게 힘이 들었었구나. 아이구, 그래. 이제 하나님께서 옥란 씨를 내게 붙여주신 이유를 알겠네. 옥란 씨는 이미 하나님께서 작업하고 계시니 이제 걱정 말고 믿음생활 잘하면서 우리 집에 오래도록 함께 살자. 몸도 회복하고 아이들도 잘 키워내야지."

내 손을 붙잡고 웃는 사장님은 그 순간 나에게 천사였고 생명의 은인이었다.

그즈음 큰아들 은엽이는 나와의 전화통화에서 아빠한테 야구방망이로 맞았다며 엄마에게 가서 함께 살면 안 되겠느냐고 자주 울먹였고 나는 남편을 향한 분노가 머리꼭대기까지 차올랐지만 참을 수밖에 없었다.

그 무렵 남편에게 조심스럽게 이혼을 타진 중이었는데 해주지 않으려는 그를 조심스럽게 달래고 있는 중이었기 때문이었다.

그 당시에도 보험이 되지 않아 부자 병이라 분류되던 만성신부전으로 인한 혈액투석으로 인하여 멀쩡한 부부이면서 형식상의 서류상 이혼을 하고 사는 사람이 많았다.

'장애인 복지법'에 의하면 장애인은 장애의 정도에 따라 등급을 구분하되 그 등급은 '보건 복지부령'으로 정한다고 되어 있다. 그중에 신장장애인이란, 신장의 기능부전으로 인하여 혈액투석이나 복막투석을 지속적으로 받아야 하거나 신장 기능의 영속적인 장애로 인하여 일상생활을 하는 데 있어 상당한 제한을 받는 사람이라고 명시되어 있다. 그도 그럴 것이 일주일에 3번씩이나 한 번에 4시간이 소요되는 치료를 하면서 어떻게 제대로 된 사회생활을 할 수가 있겠는가.

더군다나 투석 직후에 전해질의 불균형으로 기운이 없고 어지러워 자리에 누워 쉬지 않고는 움직일 수도 없으니 그야말로 누군가의 도움 없이는 살아갈 수조차 없는 처지이니 병자도 병자지만 그 가족의 심리적인 부담과 고통 또한 엄청났다.

문제는 돈이었거니와 투석치료를 위해 드는 비용이 만만치를 않았다. 게다가 왕복 차비까지 하면 한 달에 적어도 7~8십만 원은 족히 들었는데 대부분의 환자들은 열악한 환경에 그 돈을 감당하기가 너무나 벅찼으므로 차마 산목숨 줄 끊지는 못하고 이런저런 방법을 찾다 보니 약간의 편법을 이용하게 된 것이었다.

나는 마음속으로야 내게 돈이 있다면 있는 대로 다 위자료로 주고서라도 이혼을 하고 싶었지만 겉으로는 우리가 서류상 이혼을 해야 내가 '생활보호 대상자'(그 당시에는 그렇게 불렀다. 지금은 기초생활 수급자라는 단어를 쓰고 있다.)가 되어 얼마쯤이라도 생활비를 보조받을 수 있다고 했다.

더구나 '지금 아버지 집에 얹혀사는 것도 미안한데 한 달에 7~8십만 원이나 되는 병원비까지 부담을 드리고 있으니 당신도 한번 생각해봐라, 내가 충주에서 원주로 병원 다닐 때 병원비 때문에 얼마나 힘들었느냐, 그러니 남들도 형식적으로 이혼을 하고 산다는데 우리도 그렇게 하자. 또 이제 아이들도 자꾸 커 가는데 한 푼이라도 모아야지, 돈 벌어 계속 병원비 주다 보면 언제 돈이 모이겠느냐. 실제적으로 당신이 돈을 안 벌고 있지만 그거는 개인 사정이고 법적으로 보면 어디 아픈 데 없이 사지육신 멀쩡하고 얼마든지 일을 해서 돈을 벌 수 있는 남편이 있는데 누가 "기초생활 보호 대상자"로 분류해주겠느냐.'며 설득을 했다.

속으로야 화가 치밀고 억지로라도 끌고 가 이혼서류에 도장을 찍게 하고 싶었지만 그 사람 마음을 움직이려면 아들이 맞았다는 소리를 들어도 속수무책이었다.

내가 집에 내려와 침대에 누워 엄마가 해주는 밥을 먹으며 몸을 회복해가고 있던 1년 동안은, 그는 이혼의 "이"자도 꺼내지 못하게 버텼다.

뭐, 자기 사전에는 이혼이란 없다는 둥 어쨌다는 둥 하면서 그렇게 버티더니 내가 보석 매장에 취직을 하고 두 아이들의 학교생활에 드는 돈과 용돈, 그리고 옷이라도 사서 보내니 그도 계산을 해보더니 그럼 이혼은 하되 두 아들들은 자기의 호적에 남겨야 하고 자기가 시골에서 키우겠다고 하는 것이었다.

속으로야 '니깟 놈이 처먹고 놀면서 뭐해서 아이들을 키울래?' 하고 반박하고 싶었지만 또 이혼을 해주네 마네 질질 끌까 봐 '그렇게 하는 대신 아이들의 여름방학과 겨울방학은 무조건 엄마와 함께 지내게 해 달라.'고 요구했고 그도 별 반대할 이유가 없던 터라 우리의 이혼은 그렇게 피눈물 흘리며 아이들을 떠나온 지 1년 반 만에 성립되었고 그와 함께 증인으로 따라 나오신 아이들의 고모부와는 한 번의 악수로 남이 되고 말았다.

사장님은 나를 한 식구처럼 가족처럼 사랑해 주셨고 월, 수, 금, 병원에 가는 날은 가게 뒤편에 있는 긴 소파에 누워 1~2시간 잘 수 있도록 배려를 해주셨다.

그리고 이혼을 하고 나서 아이들의 첫 겨울방학이 되었다.

은엽이는 초등학교 3학년이고 휘주가 유치원생이었다.

큰아이는 방학이 되기 오래전부터 전화를 했다.

"엄마, 방학하자마자 우리, 엄마한테 보내달라고 아빠한데 전화해줘요. 아빠는 내가 엄마 말만 꺼내면 막 성질을 내고 때리려고만 해서 무서워 말을 못 하겠어! 엄마 제발. 휘주도 엄마 보고 싶다고 자꾸 운단 말이야."

당연히 방학이면 아이들이 내게로 와야 했으나 문제는 친정아버지였다.

아버지는 딸을 이토록 불행에 빠뜨린 그 괘씸한 놈을 도저히 용서할 수 없다며 지 애비 닮은 새끼들까지 꼴도 보기 싫으니 집에 한 발자국도 들이지 말라고 엄명을 내리셨던 것이다.

큰일이었다. 아직도 애들 아버지와는 통화를 안 했지만 어떻든 아이들은 오게 될 터이고 엄마와 나는 아버지의 눈치만 볼 수밖에 없었다. 남편은 아이들을 보내느니 안 보내느니 나를 상대로 피 말리는 싸움을 걸어왔다.

그 남자는 그즈음 집 앞 다방에서 일하던 뚱뚱한 여자를 데려다 같이 살고 있었는데 은엽이의 전화에 의하면 그 여자를 아빠가 '엄마'라고 부르라고 해서 싫다고 했다가 야구방망이로 엄청 맞았었다고 했다. 그래도 끝까지 '엄마'라 부르지 않았고 휘주는 엄마라고 불러 그 여자가 귀엽다며 업고 다닌다고 했다. 그런데 그 여자는 방 안에서 담배도 피운다는 얘기를 듣는 순간 머리에서 피가 거꾸로 솟는 듯했다.

큰아이는 조금은 나를 닮은 구석이 있어 영혼이 자유로운 아이이기도 하지만 엄마가 아닌 사람을 엄마 자리에다 앉히기 싫은 마음이 크겠지만 아빠에 대한 반감으로 일찍부터 찾아온 사춘기를 겪고 있었고, 작은아이인 휘주는 제 형하고는 판이하게 다른 아이었다. 외모나 성격 등 아무튼 둘이는 모든 것이 달라도 너무 달랐다.

큰아이는 항상 맞아서 점점 비뚤어져 가고 작은아이는 머리를 굴려 어떻게 하면 맞지 않을까를 연구하다가 자신에게 도움이 된다면 마음에도 없는 소리도 서슴지 않아 어린아이임에도 불구하고 작은아들의 정신속 에는 노인 하나가 들어 있는 듯했다.

언젠가 휘주가 어린 날을 회상하며 형은 어떻게 아빠 눈에 거슬리며 맞을 짓만 했다고 한다. 그래서 저는 형을 유심히 보고 절대로 그렇게 하지 않음으로 해서 매를 한 번도 맞지 않았었다고 웃으며 이야기했다.

드디어 겨울 방학이 되었지만 그 사람과 그 여자는 내 아이들을 보내주지 않았고 은엽이는 계속 전화를 해서 엄마에게 가고 싶다고 울먹였다.

내 인내심이 극에 달했을 일주일쯤 후에 큰아이의 기쁨에 찬 목소리가 전화 수화기를 뚫고 내게와 꽂혔다.

"엄마, 나 지금 엄마한테 갈려고 아빠랑 휘주랑 기차 탔어요! 대전역까지 아빠가 데려다 주신대!"

충주에서 기차로 구미까지 오려면 조치원역이나 대전역에서 경부

선으로 바꿔 타야만 했었으니까 대전역까지는 데려다주었을 것이다. 그 후로도 그 사람은 아이들이 엄마를 보러 오는 여름이나 겨울 방학 때마다 대전역까지 따라와서 기차를 바꿔 태워주고 자신은 버스 편으로 충주로 돌아가고는 했다.

아이들이 도착할 시간이 되자 나는 안절부절못하고 일이 손에 잡히지 않아 매장을 왔다 갔다 하며 정신이 없었다.

사장님은 그런 내가 우스운지 자꾸만 놀렸다.

매장이 기차역 5분 정도의 거리라 아이들을 마중하러 플랫폼까지 나갔고 내 아이들, 내 생명과도 같은 아이들을 만나니 차마 말로는 표현할 수 없고 헤아릴 수 없었다. 그렇게 헤어진 지 2년 만에 우리는 만나자마자 안고 울며 눈물, 콧물이 범벅이 되었다.

정신을 차려보니 그렇게 많던 사람들로 붐비던 플랫폼은 비어 있고 기차가 떠난 자리 위로 하얀 눈이 내리고 있었다.

우리의 만남을 축복이라도 하듯이…….

목 놓아 울어도

2년 만에 보는 은엽이는 제법 의젓했고 두 눈에 살짝 비치는 반항기 말고 외로움이 보여 나의 마음을 아리게 했다.

휘주는 속이 상하거나 하면 큰 눈을 내려뜨고 돌아앉아 닭똥 같은 눈물을 뚝뚝 떨어뜨리고는 했는데 내년이면 초등학교에 들어갈 나이가 되니 보조개가 들어가는 예쁜 웃음을 웃으며 엄마 엄마 하며 자꾸만 불렀다.

참으로 난감했다.

아버지께서 당신 손으로 씻기고 안아주며 6개월이나 키워준 큰 외손자인 은엽이마저도 지 애비 닮았으니 그 씨가 별수 있겠냐며 싫어하시니 엄마도 나도 방학이 되어서 외갓집에 온다는 말을 도저히 할 수가 없었다.

집안이 한바탕 뒤집어질 것 같아 불안해서 죽을 지경이었지만 아이들에게 표시를 낼 수도 없고 그야말로 진퇴양난이었다.

사장님은 두 아이들에게 '먹고 싶은 게 뭐냐, 다 사줄게.' 하면서 측은지심을 보이셨고 아무것도 모르고 천진난만하게 하얀 이를 드러내고 웃는 아이들을 바라보는 나는 아버지의 호통을 상상하니 딱 죽을 맛이었다.

아이들이 바람이 부는 거리의 포장마차에서 김이 술술 오르는 어묵을 먹고 싶다고 해 먹을 수 있는 데까지 먹어보라고 하였더니 큰아이는 열두 개를, 작은아이는 여덟 개를 먹어치웠다. 사장님이 사주신 피자니 통닭, 돈가스를 그렇게나 먹고도 말이다.

새끼 입으로 음식이 들어가는 걸 바라보는 동안에는 아버지고 누구고 다 잊을 수 있었건만 차츰 외갓집이 가까워지자 아이들은 외할아버지 집이라며 반갑다고 가방을 하나씩 든 채 뛰었다.

아버지는 창고에서 무얼 하시는지 안 보이고 엄마만 현관문을 열고 나오시는데 벌써 표정이 울상이다. 아이들을 보고 난리를 칠 아버지를 생각하니 어찌 웃음이 나겠는가마는 나는 그것이 너무 속이 상하고 섭섭했다.

어찌 보면 아버지를 이해 못 하는 건 아니었다.

당신의 딸을 데리고 가 몸은 몸대로 망가뜨리고 그렇게도 죽을 만큼의 고통을 준 사위의 피를 받아 지 애비를 꼭 닮은 외손자들이 반갑기만 하겠는가!

나도 엄마도 절절 매며 아이들을 부엌으로 데리고 가서 막 입고 온 잠바를 벗기려는데 부엌문이 와장창 열리며 아버지가 있는 대로 소리를 마구 지르셨다.

"야! 누구 마음대로 이광호 새끼를 집안에 들였는데? 내가 절대로 안 된다고 그만큼 얘기했는데도 이 노무 가스나, 너도 쫓겨 나가고 싶나앙."

순간 옷을 벗으며 주춤거리고 서 있던 두 아이들이 그대로 얼어붙어 앉지도 서지도 못한 채 주춤거리고(놀라서 금방이라도 울 듯한 표정이었다.) 엄마는 아버지의 등을 떠밀어 안방으로 들어가셨다.

나를 쳐다보며 눈에 눈물이 그렁그렁해진 두 아이를 보니 가슴이 미어지는 듯 아파왔고 나는 친정아버지가 밉고 섭섭해 입술을 깨물었다.

세상에 이 어린 아이들이 무슨 죄란 말인가, 아빠, 엄마 잘못만나 이렇게 이산가족처럼 헤어져 사는 것도 불쌍한 내 아이들에게 폭군

아버지는 인정사정없이 데리고 나가라고 소리를 질렀다.

　입술을 깨물어 울지 않으려 해도 외할아버지 고함에 넋을 놓아버린 불쌍한 내 아이들을 보니 저절로 눈물이 흘러 넘쳐 감당이 안 되었다.

　"어서 옷 도로 입어. 그리고 가방 다시 들고 엄마하고 나가자."

　나는 가방에 입을 옷가지를 대충 챙겨 넣고 두 아이들의 등을 밀며 현관문을 나섰다.

　안방에서 아버지와 옥신각신하던 엄마가 그 소리를 듣고 쫓아 나오며 "도대체 너까지 왜 이러니 응? 아버지를 달래도 시원찮을 판에 지금 나가면 어디를 갈려고 이러느냐고?" 하고 말리셨다.

　"몰라, 일단은 이 불쌍한 것들이 무슨 죄가 있어 이런 대접을 받아야 하는데? 어떻게 저렇게 매몰차고 인정머리가 없을 수 있어. 외할아버지라는 사람이 내가 얘들 생각에 잘 먹지도 잘 자지도 못하면서 힘들어 하는 줄도 뻔히 알면서……."

　"어이구, 이것아 니 아버지도 새끼들 보니까 속상해서 그러는데지 애비 딸년 아니랄까 봐 똑같이 이렇게 굴어야겠어?"

　"그래, 그 마음 모르지는 않는데 나한테는 어떻게 해도 상관없지만 내 새끼들한테는 안 돼, 절대로! 엄마 없이 계모 밑에서 사는 것만으로도 충분히 가엾으니까 제발 내버려 두란 말이야."

　나는 울면서 엄마에게 분풀이를 했고 두 아들을 안고 마루에 주저앉아 목 놓아 울었다.

　다행히 그때 '대우전자'에 다니던 남동생이 올케의 친정인 영양에 가족행사가 있어 휴가를 내어 가 있었거니와, 사원 아파트가 비어 있었던 터라 나는 우선 택시를 불러 두 아들과 함께 그리로 갔지만 한 이틀 후에는 올케가 돌아오므로 임시거처일 뿐 이틀 안에 두 아들들과 함께 지낼 보금자리가 마련되어야 했다.

동생 집에 대충 짐을 풀고 보니 나는 양말도 신지 않은 맨발이었는데 발이 시린지 추운지도 모를 만큼 정신이 없었다.

그래도 아이들은 아이들이었다. 금방 헤헤거리며 웃고, 떠들고, 장난치고 심각한 얼굴의 내가 오히려 무색할 정도였다. 그리하여 두 아들의 밝음이 내게 전염되어 그날 밤은 정말 오랜만에 양쪽 팔에 한 아이씩 끼고 단잠을 잤다.

물과 기름

다음 날은 병원엘 가는 날이라 아이들이 자는 새벽에 일어나 밥을 지었다. 다행히 올케가 살림이 여문 사람이라 해놓은 반찬만으로도 충분이 두 아들의 식사를 해결할 수 있었고 나는 아이들만 낯선 그곳에 남겨두고 서둘러 택시를 불러 타고 병원엘 갈 수밖에 없었다.

병원에서 돌아오며 아이들이 먹고 싶다는 잡채요리를 하기 위해 장을 보는 동안 너무 많은 생각 때문에 머리가 터질 것만 같았다.

어떻게 한단 말인가!

이 엄동설한에 어디로 갈 것인가를 아무리 생각해봐도 이 세상 어느 곳에도 우리 세 모자 따뜻이 품어줄 보금자리 같은 건 없었고 생각할수록 절망감만 밀려왔다.

그래도 두 아이들은 잘 놀고, 잘 먹었고, 서로 엄마 옆에 앉겠다고 난리였다.

잠깐의 외출에서 두 아이가 필요한 것들을 적으라고 해서 겨울방학 숙제 재료부터 평소에 사고 싶어 하던 샤프펜슬이나, 학용품, 장난감, 책, 옷, 신발까지 갖고 싶다는 건 모두 사주었다. 카드 할부 6개월로…….

저녁이 되고 어두움이 몰려오자, 내 불안감은 극에 달하고 초조해서 미칠 지경이었다. 내일이면 친정 간 올케가 돌아올 테고 이 일을 어찌 한단 말인가.

아이들 첫 방학부터 이런 난관에 부딪히다니 그 고민은 저녁을 먹고 놀던 아이들이 하품을 해대며 잠자리에 들 시간까지 계속됐고, 순간 나는 내가 일하는 보석 매장 사장님을 떠올렸다.

내게 더없이 소중하신 분이시고 은인이시라 뭐 다른 걸 부탁하기에는 너무도 염치없고 나 자신이 뻔뻔스럽게 느껴졌지만 나는 그런 것을 따질 처지가 아니었고 그럴 겨를이 없었다.

급박했던 나는 어느새 전화기 버튼을 누르고 있었다.

사장님께서는 내 자초지종 이야기를 들으시더니 너무나도 명쾌하게 대답을 하셨고 다음 날 아침에 나와 만나 방을 얻어주마 약속을 하셨다.

역에서 한참 내려와 산업도로 부근의 교회 뒤쪽 골목집을 사글세 130만 원에 얻어주셨다. 나에게 드디어 사랑하는 두 아들과 방학 때마다 와서 뒹굴고 함께 웃고 울 수 있는 그런 보금자리를 만들어 주신 것이다. 단 한 번의 망설임도 없이 바로 그날 말이다.

하늘에서 희끗희끗한 눈발이 날리는 가운데 나는 장롱이며, TV, 생활에 필요한 가구들을 사고 부엌살림을 샀는데 동양화재에 다니는 동생 영미가 냉장고를 사줬다. 큰 사이즈의 침대를 사서 셋이 얼싸안고 잠을 잤지만 외벽이고 방문만 열면 바로 바깥이라 문 앞에 커튼을 달았음에도 밖에서 들어오는 왕바람을 막기에는 역부족이었다.

은엽이는 나를 닮은 구석이 참 많은 아이었다.

그 추운 충청도의 냉기로 인해 은엽이는 호흡기와 편도질환을 달고 살았고 그래서 어른이 된 지금도 축농증으로 인한 고생을 하고 있다.

언제 한번 축농증 수술을 했었음에도 불구하고 그 병은 오래지 않아 재발되었고, 수술 당시의 아픔을 기억하는 엽이는 다시는 수술을 안 한다고 선언을 했다. 코가 막혀 답답하고 힘들겠지만 말처럼 그 아이는 평생 수술을 하지 않고 저대로 살아갈 것이다.

그리고 큰아이는 아기 때부터 시력이 떨어지더니 급기야 안경을 끼어야 했고 중학생이 되고부터는 워낙 장난이 심해 수없이 많은 돈을 안경값으로 보내줘야 했다.

아이들은 여름방학 한 달, 겨울방학 두 달쯤을 거의 내개 내려와 함께 살았는데 나는 돈을 벌어 아이들의 학비, 학원비, 용돈에 은엽이 핸드폰 요금, 거기다 아이들 생일 때마다 많게는 20만 원에서 10만 원씩을 학원 선생님 계좌로 보내 학원 아이들과 더불어 아들들의 생일파티를 열어주게 해서 아이들의 기를 살려주려 애도 써보고 가능하면 갖고 싶다는 것은 거의 다 사주려고 노력했다.

또한 따로 용돈도 보내곤 했는데 큰아들 은엽이는 수중에 돈이 있으면 있는 대로 다 써버리는 스타일이었고, 작은아이 휘주는 일단 자기 주머니에 들어온 돈은 가급적이면 쓰지 않으려 노력했고 혹시 쓰더라도 최대한 아껴 저축을 하는 야무진 아이였다. 그런데도 마음이 약해 제 형이 용돈을 다 쓰고 좀 보태달라고 조르기라도 하면 아까워하면서도 보태주고야 마는 그런 착한 아이었다.

그렇게 돈을 벌어 갚다 보면 겨울방학이 되고 또 여름방학이 되고 나도 혼자이긴 해도 꼭 필요한 돈들이 있었고 차비며 약값이다 돈이 들었고 엄마의 애원으로 마지못해 다시 발을 들여놓은 친정집에도 매번 갈 때마다 과일이라도 사서 들고 가야 했으므로 수중에 돈이 모일 날이 없었다.

그나마 사장님의 배려로 조금씩은 저축을 했지만 몸이 늘 받쳐주지 않아 기운 없이 누워 있는 날도 부지기수였다.

사장님은 내가 매장에서 5년간 일할 동안 계속 집세를 내주셨다.

아이들의 아버지는 몇 번째인지 여자들을 바꾸었다.

내가 시집을 나온 다음 달인가 아이들의 고모부께서 시댁을 다시 지어주셨는데, 어머님 방과 내가 아이들과 지내던 방 모두를 헐어내고 그 자리에 이층집을 올리셨다.

일 층은 '탄산온천개발'로 인해 많은 사람들이 오갔으므로 월세 방이나 여관용도로 방을 촘촘히 여러 칸을 넣어 공동의 화장실과 세면실 및 세탁실을 만드셨고, 이 층은 조립식으로 방 두 칸에 거실 겸 주방, 욕실을 넣어 시어머님과 아이들, 아이들의 아빠가 편히 살 수 있도록 해주셨는데 게으르고, 느려터진 제 아빠 대신 큰아들이 여관에 든 손님들의 심부름부터 뒤치다꺼리까지를 도맡아 했었노라고 언젠가 얘기를 해주었다.

지금 생각해봐도 신기한 건 평생을 놀고먹는 그 남자에게 여자들이 끊이지 않고 따라주는 건 왜 그런 건지 도저히 알 수가 없다는 것이다.

은엽은 자랄수록 제 아버지와 갈등의 골이 깊어서 물 위의 기름처럼 어울리지 못했고 그때마다 제 아버지와 함께 사는 여자들과도 갈등이 커지고 몇은 그것이 이유가 되어 헤어지기도 했다고 한다.

나는 서서히 내 병을 인생의 동반자로 받아들이고, 하나님에 대한 믿음 또한 키우며, 언제까지나 사장님 내외와 평생토록 함께일 줄 알았다. 그러나 어찌 운명이 내 인생을 어떻게 흔들지 않고 내버려 둘 것인가.

보석 매장을 잘 운영하시던 사장님께서 어느 날, 우리 매장에서 역 쪽으로 15미터쯤 올라가서 이 층에 미용실을 내기로 하셨단다.

사장님은 사업가적인 자질도 있으셨지만 사람이 좋고 알면 알수록 처음 본 이미지와는 다르게 귀가 얇으셔서 남의 말을 잘 들으셨고, 무슨 일이든 저지르기를 좋아하셨는데 누구한테 무슨 말씀을 듣고 오셨는지 그 자리가 미용실 자리로는 명당이라고 하시며 서둘러 계약을 하시고 인테리어를 하고 아주 비싼 돈을 지불하며 스텝들을 여럿 뽑으셨다.

사장님은 조그만 몸집에 비해 배포가 커도 너무 크셨다. 나도 미용실을 해봐서 알지만 무슨 장사가 됐든 돈은 사람이 벌어주는 것이다.

자격증도 있고 내가 머리를 할 줄 알아도 힘들 판에 기술은커녕 미용의 미자도 모르는 사장님이 미용실을 하겠다고 선포하시니 그 어려움이 어떠할지 짐작이 가고도 남을 일이 아니겠는가.

바깥 사장님의 반대가 약간 있기는 했지만 그동안 워낙 모든 일을 잘 처리하시고 제법 사업 수완까지 좋으신 사장님을 믿는 터라 그리 오래 반대하지는 않으셨다.

처음에 이 층의 가게 2개를 터서 확장한 미용실은 규모 면이나 스텝들의 실력이나 인원수에서 다른 미용실과는 비교도 할 수 없을 정도로 구분되어 역 주변에서 큰 이슈가 되었다.

나는 보석 매장을 지키고 있었는데 그 시기에 하필 여러 개의 비슷한 보석 매장들이 우후죽순 생겨나고 우리의 매장은 가격 경쟁력에서 점점 뒤쳐지고 있었다.

나는 매장에 장사가 안 되면 사장님이 운영하시는 미용실로 올라가 손님들의 머리를 감긴다거나 바닥을 쓰는 등 오히려 미용실에서 시간을 더 많이 보낼 때도 있었다.

사장님의 보석 매장과 2층의 미용실은 시내 중심가에 위치해 가게 세만 해도 여간 비싼 것이 아니었다.

게다가 미용실 스텝들의 몸값은 상상을 초월할 만큼 비쌌고 처음 한두 달은 미용실도 흑자인 듯했으나 점점 시간이 가면 갈수록 흑자의 폭이 줄더니 급기야 적자로 내려앉았다. 따라서 보석 매장의 수익이나 신제품을 내려서 디스플레이해야 할 자금들이 미용실의 적자를 메우는 데 쓰이기 시작하고 이제는 가격 경쟁뿐만이 아니고 신모델 디스플레이까지, 도저히 다른 매장을 따라갈 수가 없었다.

결국 부푼 꿈을 안고 시작했던 사장님의 미용실은 6개월 만에 문을 닫아야 했고 엄청난 빚을 떠안아야 했다.

보석 매장은 매장대로 손을 쓰기에 너무 늦어버렸고 조금 더 버티는가 싶더니 결국은 본사에 엄청난 결재대금을 빚지고 두 손을 들고 말았다.

그리하여 나는 영원히 함께 살 것만 같았던 사장님과 5년 만에 이별을 하고 24시간 영업을 하는 돼지고기 전문집에 야간 파트로 취직을 하였다.

낮에는 하루걸러 병원에 가야 하니 밤에 하는 일을 찾아볼 수밖에 없었다.

살아야만 한다

보석 매장에 다닐 때는 사장님의 배려로 병원에 가는 날은 쉬게 해주시고 음식도 챙겨주셔서 그런대로 지낼 수 있었지만 사는 환경도 열악한 데다 야간 고기 집 식당 서빙 일이 그리 녹녹치는 않았다.

저녁 10시에 출근을 해서 다음 날 아침 10시까지 꼬박 12시간을 잠들지 않고 일을 해야 했는데 밤늦은 시간대나 새벽녘의 손님들은 주로 노래방이나, 주점을 하는 업주들이나 그런 일에 종사하는 사람들이라서 여간 까다로운 게 아니었으며 거의 술에 취한 사람들이라 엄청난 에너지를 소모해야 했다.

밤과 낮이 완전히 뒤바뀌어 얼마쯤은 몽롱한 상태로 밤을 지새웠고 병원에 다녀온 날은 너무도 힘이 들고 기력이 달려 무거운 뚝배기 같은 걸 들어 올릴 때는 아주 죽을 것만 같았다.

모르는 사람들은 4시간 동안 푹 자면 되겠네 하겠지만 밤을 새고 온 나는 투석치료를 하는 동안 몸은 보이지 않지만 엄청난 스트레스를 받기 때문에 웬만한 강골이 아니면 잠을 자기 어려웠다. 그리고 밤새도록 지치도록 자지 않고 일을 했으므로 체력적으로 4시간의 투석을 견디기가 너무 힘들었던 나는 온몸에 쥐가 나 양팔과 다리들이 따로따로 뒤틀려 간호사들이 여러 명 붙어 30분 이상을 주물러야 했다. 아울러 식은땀으로 온몸이 젖은 나를 부채로 부쳐주고 끝내는 숨까지 쉬지 못하기에 산소 호흡기까지 꽂아야 했다.

나는 비비 틀어진 몸에 쥐가 풀리지 않아 큰소리로 주어! 주어! 하며 악을 써댔다.

겨우겨우 투석 치료를 마치면 오후 3~4시가 되고 택시를 타고 집으로 가 지치고 힘든 몸을 뉘였다. 그러나 아침 8시 30분, 알람소리에 잠이 깨면 그야말로 이부자리와 몸이 하나로 붙어버린 듯 일어날 수가 없었다.

야간에 일을 한다는 것은 아무리 오래하고 경력이 쌓여도 결코 익숙해지지도 적응 되지도 않는 일이다.

더러 사람들은 물어보기도 한다.

"그렇게 오랫동안 야간 일을 하면 습관이 몸에 배듯 자연스럽게 익혀지지 않나요?"

천만의 말씀이다. 그래도 두 아들을 키워내기 위해 일과 병원치료를 병행해야 하는 나로서는 야간 일을 찾아다니며 할 수밖에 없었기에 일을 선택할 수 있는 폭이 좁았고 할 수 있는 일이라고는 식당의 서빙이나, 전자회사의 조립 같은, 힘든 노동밖에 없었다.

그러니 항상 멍하고 지쳐서 다른 사람 보기에 생기가 없고 우중충한 중병환자로 보였다.

야간근무를 한 지도 18년쯤 된 것 같은데 그래서 그런지 또래의 친구들보다 주름살도 많고 피부도 칙칙해 다섯 살 이상 더 많아보였다.

빠졌다 부었다를 반복하니 피부는 탄력을 잃어갔고 주름이 늘어가니 더군다나 피부에 노폐물이 쌓여가 시커멓게 변해가고 있으니 원래의 나이보다 훨씬 더 들어 보일 수밖에……

식육식당에서의 야간 일이 무엇보다 견디기 힘든 것은 무거운 쟁반과 집기들, 불판을 나르는 일이었는데 나는 오른손잡이라 왼손 2번의 수술 실패로 주로 사용할 수밖에 없는 오른손목에다 동정맥루를 해서 여간 불편한 것이 아니었다.

월래 혈액투석 치료를 하는 사람들은 혈관을 아주 소중하게 여기고 보호해야 한다.

투석을 하는 팔에는 주사바늘도 찌르지 않는데 그것은 불문율이다. 언제 어떻게 혈관이 막힐지 몰라 비상시를 대비해 항상 혈관을 보호해야 하며 심지어는 그 팔로는 시장보따리 하나도 들지 않는다.

그러다 보니 무거운 물건을 상대적으로 많이 들 수밖에 없는 팔이 엄청난 고생이다.

나 같은 경우에는 오른손에 수술을 해서 모든 일이나 무거운 것을 들거나 하는 것을 거의 왼손이 다 하다 보니 지금은 왼쪽 어깨가 고장이 났고 25년쯤 되는 투석의 이력으로 어깨의 뼈가 톱니처럼 파먹어 들어가 2~3년 후에는 인공 관절을 심어야 될 거라는 진단을 받아 놓은 지 이미 오래다.

수술한 팔에 무거운 걸 드는 행위는 결코 해서는 안 되는 짓이었으나 나처럼 일을 해서 돈을 벌어야 살아갈 수 있는 환자들에게는 어쩔 수 없이 해야만 될 일이고, 먹고 산다는 것, 더군다나 두 아이를 교육하고 남부럽지 않게 키운다는 것은 결코 녹록한 일이 아니었고 달리 돌파구도 없었거니와 피해갈 수도 없는 숙명이었다.

가능하면 혈관을 아끼려고, 무거운 것 드는 것을 피해보지만 그것은 잠시일 뿐, 일을 보면 미루거나 피하지 못하는 성격의 나는 어느새 혈관 조심을 잊고 무거운 쟁반이나 그릇들을 마구 들어 날랐고 그 결과 지금의 내 팔은 도저히 짧은 팔 옷은 입을 수 없을 만큼 구불구불한 능선이 생겨났다.

그 야간식당 일을 5년쯤 하는 동안이 내 25년 투석치료 인생에서 가장 힘이 들고 괴로웠던 시기로 기억된다. 그래도 그 힘든 시기를 이겨낼 수 있었던 건 사랑하는 두 아들의 자라는 모습과 그 아이들에 대한 끝없는 사랑과 기대, 그리고 나를 지탱시키시는 하나님의 사랑과 사람일 것이다.

바퀴벌레에, 개미가 우굴 거리는 집에서 3년을 살고 나는 송정동 재개발 아파트를 전세로 얻었다. 나라에서, 기초수급자나 장애인들에게 무이자로 전세자금 천만 원을 빌려줬는데 그 조건은 천만 원짜리 적금통장을 만들어 매달 정해진 액수의 돈을 불입하고 동사무소에서 확인을 받는 것이었다.

아파트는 5층짜리였고 재계발이 임박해서 비어 있는 집이 많았던 덕분에 천만 원의 보증금으로 얻을 수 있었다.

방학이 되어 집에 온 두 아이들은 아파트라며 너무 좋아했다.

베란다에 기름보일러가 있어 요란한 소리를 내며 텅텅거리며 돌아가고 거실, 큰 방 하나에 전에 살던 사람이 두고 간 옷장이며 이불장에 싱크대, 두 짝의 작은 부엌, 거기다 한 사람만 들어가도 꽉 차고도 넘치는 작은 욕실 겸 화장실이 있는 비록 8평의 아파트였지만 나로서는 행운이 아닐 수 없었다.

그러나 오래되고 부식이 심한 수도를 틀면 먼저 쏴 쏟아지는 녹물을 한참이나 흘려보내고 나면 물이 찔끔거리며 나왔다. 그래서 그 아파트로 이사하면서 제일 먼저 한 일은 정수기를 다는 일이었다.

우리 몸의 70%를 차지할 만큼 물이 중요하고 아이들에게도 그렇게 오염된 물을 먹일 수는 없었다.

아파트로 이사한 후 가장 좋은 점은 내가 일하는 가게와 한 20분 정도의 거리에 위치해 있고 더군다나 신호등을 하나만 건너면 되니까 아침에 퇴근하기 전 8시쯤 두 아이를 전화로 깨워서 밥을 먹일 수가 있다는 것이었다.

두 아이를 전화로 깨워 가게로 올라오라고 해놓고 내가 주방에 들어가 아이들에게 줄 반찬을 챙길 때면 사장님께서는 한참 먹을 나이니 고기를 갖다 구워주라며 배려해주셨다.

아이들은 아침에 금방 눈을 뜨고서도 얼마나 고기를 잘 먹는지 7~8인 분의 돼지고기를 마파람에 게 눈 감추듯 먹어치워 야간 일을 함께 하는 언니들이나 사장님은 벌어진 입을 다물지 못했다.

그럼에도 불구하고 나는 내 새끼 입으로 들어가는 모습을 바라만 봐도 배가 부르고 행복했다.

사람들이 나의 25년 투석 경력을 듣고 왜 이식을 해보지 않고 힘든 혈액투석을 했느냐고 물어본다.

처음 만성신부전으로 혈액투석을 시작할 때 너무나도 몸이 많이 상해 있었고 어디 성한 곳이 한 군데도 없었는데 그중에서도 간 손상이 가장 심하다고 했다. 따라서 신장 이식 수술을 하면 평생을 내 몸 속의 면역을 억제시키는 약을 먹어야 하는데 아이러니하게도 그 면역 억제제가 간에는 아주 치명적이라 신장 고쳐놓고 간이 나빠 죽게 되는 형국이 되어 버린다며, 교수님께서 신장이식의 꿈을 버리라고 애초부터 말씀하셨다.

지금은 간도 회복되어 상태가 좋아졌지만 25년이란 긴 세월 동안 혈액투석으로 살아왔고 어쩌면 오히려 적당히 나를 통제하고 관리하며 이렇게 살아온 것이 내게 더 나은 일일지도 모른다.

지난번과 마찬가지로 매사 뜻대로 잘될 수만은 없었다. 우리 아이들에게도 잘해주셨던 터이고 인심이 좋은 사장님이어서 그런지 장사가 잘되는 편으로 소문이 나 있었지만 워낙 낙천적이고 밖으로 나돌아 다니기를 좋아하시던 사장님은 거의 가게를 돌보지 않았고 그 결과 식당을 연 지 5년 만에 문을 닫고 말았다.

잠시도 쉴 마음의 여유도, 경제적인 여유도 없었던 터라 나는 다시 여기저기 일자리를 찾아 다녔고 머지않아 통근버스로 30분 정도 걸리는 거리의 전자회사에 취직을 할 수 있었다. 그러나 그곳은 물론 밤을 꼬박 새워 12시간을 일했고, 처음 해보는 공장 일이고 낯선 일이어서 그런지 고단하기가 말로 형언하기 어려웠다.

도저히 적응할 것 같지 않던 일이 익숙해져 가고 병원치료를 병행해야만 하는 나는 하루하루가 조마조마한 전쟁과 다름없었다.

항상 눈은 충혈되었고 자꾸만 거무스레해지는 피부색을 드러내기 싫어 여름에도 절대로 입지 않는 짧은 옷으로 인하여 사람들의 궁금증을 증폭시켰다.

현장의 여자 대리며 과장인 윗사람들의 눈 밖에 나서 매우 난처한 일을 겪기도 했는데 지금 생각해도 여자의 적은 여자라는 말이 꼭 맞는 것 같다.

오히려 여자 상사들이 더 심하게 구박하고, 욕하고, 도저히 눈을 뜨고 봐줄 수 없을 만큼 남자 상사들에게는 콧소리 섞인 비음으로 애교를 떨어대면서도 같은 여자들인 부하직원들에게는 너무나도 가혹하고 매정하게 대했다.

불량이라도 좀 나면 7~8개나 되는 라인 전체를 세우고 공장 전체가 떠나가도록 고래고래 소리를 질러댔고 불량을 낸 당사자는 회사를 말아먹는 나쁜 년이 되었다. 불량을 낸 만큼 월급에서 제외한다고 아주 난리를 피워댔다.

그리하여 식사시간이나 쉬는 시간에 그 여자 상사가 지나가면 모두들 수군대며 평생 공장에서 허리 꼬부라질 때까지 일해서 벌어먹게 되기를 저주하며 미워했다.

그렇게 소리 지르지 않아도 충분히 알아듣고 잘못된 부분을 고칠 수 있었음에도 말이다.

전자회사는 언제 특근이나 연장 근무를 시킬지 알 수 없었으므로 항상 긴장을 하고 있어야 했다.

병원 시간표는 거의 정해져 있는데 야간근무를 마치면 10시, 통근버스를 타고 병원 앞에 내리면 11시, 이렇게 정해진 룰대로만 된다면 괜찮을 터인데 예기치 않던 연장근무를 2시간 하면, 그런 날은 투석치료도 늦어져 늦게 잠이 들고 알람소리를 듣지 못해 본의 아니게 결근하는 일도 있었다.

나는 사람들이 겉으로 보기에는 이목구비가 크고 뚜렷해서 꽤나 강하고 사나와 보인다는 소리를 종종 듣는데 알고 보면 무늬만 강하지 실제로는 맹물이라는 소리도 함께 듣는다.

정말 여자 대리나 과장들은 비록 나이가 좀 많더라도 오직 성실함으로 열심히 일하는 아주머니들을 노골적으로 무시하고 무안을 주는데도 어떻게 하든 그 자리를 피하고 싶었고 그 대상이 내가 아니기를 바랄 뿐, 당하고 있는 동료들을 위해 편을 들어 주지도 못했고 변명해 주지도 못했다.

왜냐하면 현장 아주머니 한두 사람을 자르거나 쓰는 것쯤이야 그들에게는 그야말로 식은 죽 먹기였으니까.

그들이 우리들의 인사권을 쥐고 있는 한은 하라면 하고 말라면 말아야 했다. 더군다나 나는 낮에는 일을 할 수 없었고 오직 야간에만 일을 해야 했고 회사가 조금만 일할 물량이 줄어도 야간수당을 따로 주는, 그래서 돈이 더 많이 나가는 야간인원을 줄이기 때문에 그들의 눈 밖에 난다는 것은 언제든지 일할 곳을 잃을 수 있다는 것을 의미했다.

두 아들은 하루가 다르게 자라고 나이가 들어갈수록 해야 할 것도, 사야 할 것도 많아졌고 정해진 용돈 외에도 수시로 돈을 보내줘야 했다. 큰아이가 고등학교를 입학할 때 그 사람에게서 전화가 왔다.

"저기 말이여, 내가 하던 게 좀 안 돼서 그러니 은엽이 입학금 좀 보내주면 안 되겠어?"

전화기 저편에서 들려오는 그 느릿하고 경멸스런 말투에 온갖 짜증이 밀려왔다.

"정말 웃기고 뻔뻔스럽다. 지금 그 입에서 그런 말이 나오니? 언제 뭔가를 하기는 했었고? 입학금이 얼만데! 내가 알기로는 채 50만 원도 안 되는 걸로 아는데 사내가 돼가지고 그걸 못 만들어 이렇게 몸이 아파도 새끼들 때문에 마음 놓고 죽지도 못하고 밤을 낮 삼아 사는 사람에게 뭘 어째? 니가 사람이가? 어떻게 그 입으로 술이 넘어가고 밥이 넘어가고 뚫린 입이라고 그런 말이 술술 나오나? 병신새끼 그 정도 돈도 어디서 못 만들겠디? 왜 작은누나한테 가서 달라고 해보지. 너, 거지근성 있어서 요즈음도 애들 보내서 찬거리 얻어먹고 용돈 얻어 쓴다며? 참 엄마도 계시잖아! 어머니한테 한 보름만 남의 집 밭 매주고 그 돈 벌어 오시라고 그래. 손주가 고등학교를 못 가게 생겼는데 어머니가 아시면 그냥 계시겠어?"

나는 이미 끊어진 전화기에 대고 고래고래 악을 쓰고 있었다.

며칠 후 출근준비를 하고 있는데 술이 취한 목소리로 그가 또 전화를 해왔다.

큰아이의 입학금을 내야 할 시기가 바짝 다가오고 있었던 것이다.

돈 나올 때라고는 나밖에 없고 아들을 고등학교에도 못 보내는 인간이란 소리를 아무렇지 않게 듣고 살기에는 시골의 작은 마을은 너무나도 소문이 빨랐고 그 파문 또한 커서 그로서도 감당이 힘드니 치사하고 치욕적인 말을 듣더라도 두 눈 감고 귀를 막고 나에게 다시 사정을 해보려고 전화를 한 것이었다.

나는 늦었으니까 전화 끊으라고, 소리를 지르고는 전화기의 배터리를 빼버렸다.

제발 열이라도 뻗쳐 죽어버리라고, 그래야 두 아들을 데려와 제대로 된 인성과 교육을 시킬 수 있으니까 하는 생각조차 들었다.

나는 점점 커가는 아이들이 절대로 아빠처럼은 살게 하지 않겠다고 생각하면서도 방학 때 내려와서 하는 모습이나 행동을 보면 문득 제 아빠를 쏙 빼닮았다고 생각이 드는 것이 한두 번이 아니었고 마음속으로 드는 실망감을 감출 수가 없었다.

아이는 어른의 거울이라 했는데 보여 주는 것이라고는 방구석에서 TV 리모컨이나 만지고 있고 멀쩡히 누워서 아이들에게 이거 가져와라 저거 가져와라 심부름이나 시키며 하루라도 술을 마시고 주정하지 않는 날이 없는 그 애비를 보며 아이들이 대체 무엇을 배운단 말인가,

내가 늘 고민하며 어떻게 해야 아이들이 아빠의 영향을 덜 받을까를 연구해 보아도 방법은 하루라도 빨리 그런 환경에서 벗어나게 해 주는 것밖에 없었고 그것은 그가 죽기 전에는 불가능한 일이기에 나는 그가 제발 내 아이들을 위해서라도 죽어주기를 날마다 빌었다.

아무리 생각해도 매일 그렇게 말술을 마시는데도 저렇게 멀쩡하게 잘살고 있는 것은 비가 오나 눈이 오나 일 년 365일 두 쪽씩 빠뜨

리지 않고 먹는 생마늘 때문이 아닌가 하고 유추해본다.

쉬는 시간을 이용해 큰아이의 핸드폰으로 전화를 걸어 네 아빠 어디 있느냐고 슬쩍 물어보니 큰방에서 술 마시다 같이 사는 아주머니랑 싸우고 있단다. (최근에 또 여자를 바꾸어 살고 있었다.)

잠시 밖으로 나온 아들은 풀이 죽어 있었다. 아마도 제 아빠가 술이 취한 채 등록금 못 대 준다고 마구 욕을 해댔겠지.

걱정 말라고 엄마가 아픈 몸으로 남들 다 자는 야밤에 돈을 번다고 이렇게 힘겹게 사는 이유를 모르느냐고, 너희들을 위해서인데 무슨 걱정을 하느냐고 달래주었다. 입학에 지장 없도록 돈 보내주고 용돈도 넉넉히 보내줄 테니 이제 고등학생이니만큼 필요한 것도 많을 거 아니냐고 다른 애들한테 기죽지 말고 뭐든지 필요하면 얘기하고 그 대신 절대로 아빠한테는 엄마가 돈 보냈다는 거 말하면 안 된다고 다짐을 받고 아이를 안심시켰다.

고집은 좀 세지만 순진한 큰아이는 금세 목소리가 밝아져서 "엄마 사랑해!"를 몇 번이나 하고서야 전화를 끊었다.

'아~ 이번 달도 적자구나. 몸이 안 아프면 알바라도 하나 더 하고 싶은 심정이다. 또 카드를 써야겠구나.'

혼자 벌어 병원을 다니고 아이들 보험료다, 학비다, 용돈에, 학원비, 폰 요금, 이 모든 것들을 해결하고 살아야 하니 신용카드를 쓰지 않고는 도저히 살아지지가 않았고, 나는 변변한 옷 하나 사 입을 돈도 없어 엄마가 아버지 몰래 뒤로 주는 용돈으로 그나마 숨을 쉴 수 있었고 내 오랜 자매 같은 친구로부터 옷을 물려받아 입었다.

어릴 때의 가난이 연습되어 그런지 옷을 얻어 입거나 하는 일이 수치스럽거나 부끄럽지 않았고 친구는 가끔 자기가 입던 옷만을 보내는 것이 미안한지 꽤 비싼 점퍼 같은 걸 사서 함께 넣어 보내고는 했다. 글을 쓰고 있는 현재까지도 친구는 봄, 가을 한 번씩 옷을 정리해서 보내고 있고 나뿐만 아니라 여동생들까지 그 보낸 옷들을 가지고 패션쇼를 하듯 입어보고 맞으면 서로 나누어 입고 있다.

그저께도 보내온 옷을 우리 자매는 나누어 입었고, 그런 점에서는 전혀 부끄럽지 않다.

드디어 아들의 고등학교 입학금 마감 하루 전, 이번에도 술이 잔뜩 취해 그 남자가 전화를 걸어 왔다. (혹여 이 글을 읽으시는 분들이 전 남편에게 그 남자라느니 그 사람이라느니 그런 단어를 쓰는 것이 좀 못마땅할 수 있겠지만 널리 양해를 해주시기를 간구한다. 도저히 그런 사람이 내 남편이었다는 사실을 인정하기도 싫을 뿐 아니라 그를 생각만 해도 소름이 돋을 정도로 싫으니 어찌 하겠는가.)

"이봐, 어떻게 좀 안 되겠어? 나도 여적 알아볼 만큼 알아봤는데 도대체 구할 수가 없어서 그래."

"그래? 그럼 엽이 학교 보내지 마! 지가 능력 없는 애비에게서 난 것도 지 복이지 뭐 어쩌겠어. 그래도 중학교라도 마쳤겠다, 글은 깨우쳤으니 됐고 어디 공장에라도 보내서 지 밥벌이 시켜. 또 누가 알아. 커가면서 돈 벌어 지 아빠 호강시켜줄지……."

그러고는 또 역시 폰의 배터리를 뽑아놨으니 아마도 그는 오늘밤도 잠자지 못하고 난리를 칠 터였다.

두 아들이 걱정됐으나 할머니가 계시니 안심이 되었고 그와 함께 사는 여자 분에게는 조금 미안한 마음이 들었다. 같은 여자로서 어찌되었던 좋은 마음이 있어 같이 살기까지 할 텐데 허구한 날 돈 문제로 싸우며 살 것이 불 보듯 훤했으니까. 그러나 그 여자도 나만큼이나 어리석나 보다 싶었다.

어떻게 직장도 없고 커가는 아들이 둘씩이나 있고 팔순의 노모까지 계신 놈을 좋아해 함께 살 수 있는지……. 어린 내게 했던 거짓말을 그녀에게도 했겠지? 곧 잘살게 될 것처럼 말이다.

큰아이가 고등학교에 가고 작은아들 휘주가 중학생이 되었다.

제 형이 충주시내로 나가버리자 이제는 휘주가 아빠의 모든 심부름을 도맡아서 하게 되었다. 수업을 마치고 학원까지 마치고 마지막 버스를 놓치지 않으려고 거의 뜀박질을 하면서도 고모네 부식 가게에 들러 필요한 찬거리를 얻어온다고 했다.

그러면서도 휘주는 군소리 한번 하는 법이 없었다. 전화로 번번이 싫어 죽겠다고 징징거리던 큰아이와는 달리……. 물론 마음속으로야 얼마나 자존심이 상하고 힘 들었으랴마는 그 아이는 조용히 혼자 삭이는 편이라 자기의 감정을 잘 드러내지 않았다.

지금은 별다른 방법이 없으니 한 3년만 참고 지내면 제 형처럼 아빠로부터 독립할 수 있다고 마음을 다져먹을 수도 있겠지. 그러면서도 공부도 잘하고 착하기까지 해서 선생님들이나 친구들까지 휘주를 예뻐했다. 학급에서 반장까지 해가며 조용히 내실을 다져가는 휘주는 내게도 귀한 보물이자 내가 사는 이유였다.

그 와중에 내가 살던 오 층짜리 아파트가 재개발로 헐리게 되었는데 입주를 신청해놓은 임대아파트는 아직 입주를 시작하지 않아 마땅히 갈 데가 없었던 나는, 온통 집들이 비어 캄캄한 집에서 무서움을 이겨내며 혼자 살고 있었는데 그 넓은 아파트 단지에 이사를 못 가고 불이 켜져 있는 집은 열 손가락으로 셀 수 있을 정도였다.

회사차를 타기 위해 큰길까지 걸어 나가려면 한참을 걸어야 했는데 사방은 캄캄하고 가끔 하나씩 불 켜진 집을 보면 와락 눈물이 날 만큼 반가웠다.

시커먼 오 층짜리 아파트 건물은 괴물처럼 커다랗게 보였고 여기저기서 야옹거리는 도둑고양이들이 나를 더욱더 힘들게 했다. 야간 일을 마치고 올 때는 병원에 가거나 집으로 바로 왔는데 밤에 비해 공포감은 덜했지만 사람이 무서웠다. 빈 아파트에서 불쑥 남자라도 마주치게 되면 상대가 무안해할 만큼 자지러지게 놀라고는 했다.

다행히 그러기를 2주쯤 지내고 나자 신청한 임대 아파트의 입주가 시작되었다.

단 하나의 보금자리

나와 두 아이들은 너무 좋아서 서로 안고 폴짝거리며 뛰었다.

아파트라니, 비록 평생 임대였지만 20평의 새로 지은 깨끗한 아파트는 우리에게 있어서 왕궁이었고 세상 어느 곳에도 없는 단 하나의 보금자리였다.

거기다 나는 안 먹고, 안 쓰고, 모아둔 적금을 깨서 드럼세탁기, 에어컨, 과학이네 뭐네 하는 침대, 그리고 아들들의 방에는 킹사이즈의 싱글침대를 들여놓았고 아이들에게 컴퓨터를 사주는가 하면 그동안 못 해봤던 사치를 한꺼번에 다 부려버렸다.

수도꼭지만 틀면 온수든 냉수든 물이 콸콸 넘쳐흘렀고 두 아이의 하얗고 깨끗한 욕조에 넘치도록 물을 받아 밖에서 듣는 나까지 슬며시 미소 짓게 만드는, 행복에 겨운 웃음소리가 들려왔다.

나는 두 아들을 위하여 밥을 짓고, 고기를 볶으며 살아 있으니 이런 날도 오는구나 싶어 콧노래가 날 만큼 행복했다.

두 아이는 번데기 고추를 드러내놓고 이 방 저 방 잡으러 쫓아다녔지만 누구도 아무 말로도 제제하지 않았다.

내 집, 그야말로 우리들의 집이니까.

처음에는 2층이어서 여름에는 덥고 화단의 나무들 때문에 모기가 있을까 걱정했고, 햇볕이 잘 안 들까 걱정했지만 10년쯤 살고 있는 지금도 별 불편 없이 잘살고 있다.

어느 여름과 가을의 사이쯤에 일감이 줄어 많은 사람이 직장을 잃었고 나도 몇 번의 위기가 있었으나 라인에서 빠져 라인을 계속 돌며 빈 트레이나 자재박스 같은 것을 치우는 일도 마다하지 않았으므로 일을 계속할 수 있었는데 그나마 야간조가 없어질 거라는 소문에 마음이 편치를 않았다.

혈액투석 치료의 연수가 늘어나는 만큼 뼈가 많이 약해진 나는 무거운 카트를 끌고 다니며 넓은 현장을 밤새 도는 일이 녹녹하지는 않았다.

더군다나 현장 안에 라인이 8개나 되므로 사람과 제품박스, 빈 트레이 대차와 제품들이 어지러이 널려 있는 사이를 덩치 큰 대차를 끌고 다니다 보면 여기저기 성한 곳이 하나도 없었고 퇴근 후에 씻으려고 보면 온통 멍이 들었다.

그날도 큰 대차를 끌고 현장을 돌다가 라인 모서리에 있는 제품박스를 보지 못하고 그만 걸려서 넘어지고 말았다.

힘없이 넘어지면서 동정맥루를 한 손목을 다치지 않으려고 애쓰다 보니 무릎으로 심하게 부딪히며 주저앉았다.

놀란 동료들이 나를 일으켜 세웠고 괜찮으냐고 물어봤지만 나는 상사들이 있는 곳을 눈으로 좇으며 괜찮다고 무릎을 털었는데 아이쿠 소리가 날 만큼 무릎이 아팠다. 그럼에도 아무렇지도 않은 척 대차를 끌고 밖으로 나왔다.

눈물이 날 만큼 아팠지만 표시를 낼 수 없는 건 안 그래도 야간조를 없애기 위해 혈안이 되어 있는 상사들의 눈에 넘어진 것을 들켰다가는 안전사고에 민감한 그들이 나를 가만 놔둘 리가 없었다.

그러나 상태로 보아서는 퇴근길에 한의원에 들러서 침이라도 맞아야 될 것 같았다.

일하는 사람이 줄어 큰 대형버스이던 출퇴근차가 봉고차로 바뀌어 너무도 불편했는데 그날 아침 봉고차에 오르려니 무릎이 굽혀지지 않아 오를 수가 없었다. 간신히 동료들의 도움으로 차에 올랐고 동료들은 병원에라도 가보라며 걱정스런 얼굴을 하고 나는 좋지 않은 예감에 할 말을 잃었다.

한의원에 가서 물리치료를 하고 침을 놓고 뜸 치료를 하고서야 조금 무릎을 구부릴 수 있었다. 그렇다 하더라도 제대로 걷기가 힘이 들었고 어쩐지 더 이상 일을 할 수 없을 것 같은 예감이 들었다.

좋지 않은 예감은 틀린 법이 없다더니 집에 돌아와 자고 난 나는 일어날 수 없을 만큼 무릎이 아파 엉엉 소리 내어 한참을 울었다.

아픈 무릎도 무릎이지만 점점 더 경기가 나빠져 야간에 할 수 있는 일을 찾기란 그야말로 하늘의 별 따기였기 때문이었고 두 아들을 위해서라도 또다시 다른 야간 일을 찾아봐야 한다고 생각하니 기가 막혔다.

이 지경이 되고도 쉬기는커녕 이제 또 어디로 가야 하나 싶은 게 나 자신이 너무 아프고 슬프고 억장이 무너지는듯했다. 이런 삶도 인생인가 싶어 서러움에 복받친 눈물을 멈출 수가 없었다.

인력사무실에 전화를 넣어서 회사를 좀 쉬어야 할 것 같다고 무릎 이야기를 하자 담당자는 기겁을 하며 푹 쉬라고 하고 서둘러 전화를 끊었다.

다음 날 아침에 병원을 가야 하는데 무릎이 아파서 걸음을 걷기도 힘이 들어 다리를 절며 겨우 택시를 타야 했다.

4시간의 투석을 마치니 기운이 다 빠져나간 몸에 스트레스로 인한 두통까지, 거기다가 왼쪽 다리마져 질질 끌며 한의원 치료 베드에 누운 나는 옷으로 치면 누덕누덕 기운 누더기 같았다.

집에 오니 거의 2시가 되어가고 있었고 미루어둔 빨래를 세탁기에 넣고 일할 곳을 찾아보기 위해 뽑아 가지고 온 정보지를 펼쳐놓고 볼펜으로 표시를 하고 야간을 하는 업체를 뒤져 전화를 하는 등 무릎이 낫는 대로 일할 곳을 찾았지만 구하는 나이 대가 점점 젊어지는 추세이다 보니 일자리가 정말 쉽지 않았다.

문득 세탁이 다됐다는 소리가 들려와 불편한 다리를 겨우 곧추세워 베란다의 타일을 밟는 순간 머릿속에 번개가 튀는 듯했고 타일에 묻어 있는 물기로 인해 다친 무릎을 또다시 다치며 미끄러져 넘어지는 대형 사고를 당했다.

왼쪽 무릎의 십자인대가 끊어지고 말았던 것이다.

그 황당함이란 이루 말할 수가 없었고 엎친 데 겹친다는 말은 아마도 이런 경우를 두고 하는 말일 것이다.

15년 이상을 다니던 회사를 그만두고 아버지의 집 이층으로 들어와 살고 있는 남동생을 전화로 부르고 나는 동생에게 안겨 병원의 응급실로 실려 갔다.

엄마 집과 하천 하나를 사이에 두고 있는 병원이라 놀란 엄마, 아버지까지 달려 오셨고 다리를 고정시키기 위해 깁스를 하고 누운 나는 믿을 수 없는 현실 앞에 기가 막혀 아무 말도 아무 생각도 할 수 없었다.

입원을 하고 여러 가지 검사를 한 후 끊어진 십자인대를 잇는 수술을 했다. 그 와중에도 투석치료를 하기 위해 입원한 병원의 앰뷸런스를 타고 휠체어를 탄 채 이동을 해서 치료를 받았고 치료가 끝나면 구급차의 기사를 전화로 불러 다시 입원한 병원으로 되돌아오는 일을 2개월 동안 지속해야 했다.

지치고 귀찮은 일이었지만 오랫동안 해오던 야간 일을 쉬고 남들이 자는 밤에 나도 자고, 그들이 일하는 낮에 함께 깨어 있고, 더군다나 일에서 벗어나 2개월을 주는 밥 먹고 놀다 보니 내 지치고 곤한 몸이 힐링이 되었고 토실토실 살까지 올라 그 시기에 나는 얼마쯤은 사람처럼 보였다.

두 아들과 함께 병원 침대에서 붙어도 자보고 친정아버지는 두 외손자들의 외갓집 출입을 별 말 없이 묵인해주긴 했으나 그렇게 탐탁히 여기지는 않았다.

내가 병원에 있던 2개월여 동안 두 아이들은 외갓집에서 먹고 자고를 했는데 아이들은 외할아버지 눈치를 보느라 아침만 먹고 나면 쪼르르 병원으로 달려와서 종일 놀고, 8인 병실에 있는 엄마 덕분에 환자들의 가족들이 병문안을 오며 들고 오는 온갖 과일이며 과자들을 모자람 없이 먹었고 잠이 오면 빈 침대에서 잠을 잤고 그렇게 내 곁을 지켰다.

나 또한 아이들이 할아버지 눈치 보며 거실을 걸을 때도 살금살금 고양이 걸음을 걷는 것도, 서로 눈을 마주보며 눈짓 몸짓으로 말을 주고받는 것도 싫었기에 차라리 아이들이 내 눈앞에서 장난치며 까불고 노는 것이 훨씬 마음이 놓였다.

　그러나 2개월을 수입 없이 놀기만 하니 재정 상태는 엉망이 되었고 직장도 없는 상태이니 참 기가 막힌 일이었다.

　다행히 병원비는 친정집에서 해결해 주었고 나중에 퇴원해서 집에 와 동생들이나 친구들 교회의 가족들이 조금씩 보태준 돈을 세어 보니 내가 12시간씩 죽도록 야간 일을 해서 버는 한 달 치의 월급보다도 더 많았다.

　참으로 감사한 일이 아닌가.

　그 후로 인력사무실의 소개로 나는 야간 일을 하는 곳이라면 내가 살고 있는 시 지역을 벗어난 외곽 지역이라도 다녀야 했고 내 직장에 따라 혈액투석 치료 병원을 옮겨 다닐 수밖에 없었다.

　어느 날 늘 속이 더부룩하고 답답하다던 아버지의 위에서 암이 발견되었다. 그렇게나 강골이어서 온 식구들의 삶을 쥐고 흔들던 아버지였지만 막상 당신이 청천벽력과도 같은 일을 당하자 한없이 나약해져 겉으로는 초기라니 위장의 3분지 2만 잘라내면 괜찮아진다며 큰소리치고 계셨지만 속으로는 돌아가실지도 모른다는 공포에 눌려 두려움에 떨어야 했다.

제5장

그래도 살아야만 한다

산다는 것

몇 년 전, 그러니까 할머니가 돌아가시고 내가 병을 얻어 돌아오는 등 그런 일들을 겪으며 우리가 모르는 새 아버지도 많은 심중의 변화를 일으키신 듯했다.

워낙 강골이시라 가족들은 눈치조차 못 채고 있었으니 당신 혼자 퍽이나 외로우셨을 것이다.

아버지께서 며칠을 앓아 누우셨을 때가 있었는데 엄마가 너희 아버지 전도하려면 아파서 마음이 약해진 이때가 좋을 것 같다고 언질을 주었고, 우리는 교회 목사님의 사모님과 몇몇 교인들과 함께 아픈 아버지를 문병하며 간단히 예수 그리스도를 설명했다. 그런데 하나님의 시간과 맞아 떨어졌는지 아버지는 그날 눈물샘이 터져 온종일 베개를 적시며 우셨고 예수 그리스도를 마음속에 주인으로 영접하고 그의 사랑하시는 자녀가 되었다.

아버지는 성격이 강직한 만큼 믿음 또한 순수하고 뜨거우셨다. 예수님을 마음의 주인으로 모셔 들인 그날부로 당장 조상님께 지극정성으로 지내던 제사를 단칼에 끊으셨고 강원도에 사시는 큰삼촌이 제사를 가져가시고 이제까지 연락을 끊고 사시니 종교적인 갈등으로 인하여 아버지는 자신의 옛 가족들과 원수가 되어 사신 것이다.

아버지는 위의 대부분을 잘라내셨고 순조롭게 회복하셔서 집으로 돌아 오셨는데 가까이에서 암환자를 겪어보지 않은 사람은 그들이 얼마나 예민한지, 옆에 있는 사람들을 얼마만큼 힘들게 하는지 짐작도 못 할 것이다.

그날 이후로 나는 아버지께서 식탁에 앉아서 음식을 드시는 모습을 한 번도 본 적이 없다.

아버지는 음식을 한 숟가락 입에 넣고는 온 거실, 심지어는 마당에까지 나가서서 씹으면서 소화를 시키셨다. 그나마 주일이면 고물상을 닫으시고 예배를 드리고 와서야 가게 문을 여시는 순수한 믿음이 있었기에 아버지 어머니도 그 힘든 시기를 버텨내셨으리라 생각한다.

아버지는 당신의 뜻대로 되지 않는 모든 것을 엄마한테 푸셨다. 자식들에게 풀고 싶었을지라도 다들 자라 각자의 가정을 가지고 아이들의 엄마 아빠가 되어 있으니 다소 눈에 거슬릴지라도 어떻게 해볼 도리도 없을 뿐더러 이제는 자식들 또한 그렇게 호락호락하게 아버지의 말에 따르지도 않는다는 것을 아버지도 너무 잘 알고 계셨다.

아버지의 엄마가 해주시는 찬이 싱겁다, 짜다, 어제 먹은 반찬을 또 냈다든가 하는 말들은, 우리가 보기에는 엄마를 괴롭히기 위한 억지였고 투정이었다.

고물상 일도 못 하시니 엄마의 수고는 늘었건만 고달픔 또한 줄지 않으니 나는 가끔 맏딸의 인생은 엄마를 닮는다고, 내 이 고달픈 삶은 엄마를 닮아서 그런 것이 아닐까 하는 생각을 해본다.

아버지와 엄마가 그럭저럭 버텨줌이 감사할 뿐이다.

휴대폰케이스, 태블릿 PC를 도장하는 공장에서 6개월, 휴대폰 키패드나, 태블릿PC에 회사의 로고를 염료를 이용해 인쇄하는 공장에서 1년(인쇄 약품이나 도료의 독성으로 방독면을 착용하고 우주복처럼 생긴 안전복을 입고 검사 일을 하기도 했는데, 만성신부전 환자인 내게는 아주 치명적이었다. 그러나 일을 가려서 할 수 있는 처지가 아니었으므로 내게는 어떤 일인가보다 야간인가 아닌가가 일 선택의 기준점이 되었다.)을 넘게 일했다.

아울러 작은 휴대폰 부품회사에 몇 개월, 이런 식으로 옮겨 다닌 회사를 꼽으라면 셀 수도 없을 만큼의 야간 파트를 전전했는데 일이 손에 익힐 만하면 야근 파트가 없어지거나 회사가 문을 닫는 바람에 돈을 벌어야 하는 나로서는 손에서 정보신문을 내려놓을 수가 없었다.

언제 어느새 어떻게 될지 모르니 다음에 다닐 회사 후보 몇 군데쯤은 알아놔야 안심이 되었다. 그나마 그것도 점점 구하는 사람들의 나이 대가 젊어지고 있는 추세라 야간 일자리를 구하기란 정말 어려운 일이었다.

위암발병으로 수술을 하시고 회복 중이던 2013년 여름 중순쯤 아버지는 조금 위가 자라나 드시는 음식 양이 느시자 음식에 대한 욕심이 생겨서 입맛에 맞는 음식을 과하게 드시고 응급실에 실려 가시는 빈도가 잦았다.

기운이 없고 입맛도 없다고 하시기에 인터넷을 찾아서 기운을 나게 해준다는 문어를 사다가 죽을 쑤어 드렸더니 얼마나 맛나게 드시던지 보는 내가 가슴이 찡해졌다. 그런데 다음 날 오후 늦게 엄마가 전화를 하셨는데 아버지가 밤에 주무시기 전 남은 문어죽을 다 드시고 주무시다가 새벽녘에 나 죽는다고 난리를 쳐 대학병원 응급실에 다녀왔다면서 하마터면 큰일 날 뻔했다고 하셨다.

아버지 당신이 과식을 하셔서 급체를 한 것인데, 아버지는 자신과 문어가 궁합이 맞지 않는데 그걸 드셔서 그렇다며 다시는 문어 같은 거는 안 드시겠다고 화를 내셨고 나는 졸지에 몸에 맞지 않는 음식을 만들어 아버지를 죽일 뻔한 불효한 딸이 되고 말았다.

또 한 번은 위암 환자가 절대로 먹어서는 안 되는 과일인 곶감을 참지 못하고 드시고 응급실을 가셨다. 자꾸만 억제하던 식욕이 폭발을 하면 아버지는 이틀에 한 번꼴로 응급실을 가셨고 그때마다 엄마는 혼비백산 금방 돌아가실 듯 정신을 빼놓는 아버지 때문에 내가 먼저 죽겠다고 힘들어하셨다.

그런데 얼마 후 수술은 칠곡에 있는 병원에서 했지만 집과 가까운 대학 병원에서 정기검진을 받으러 가신 아버지가 다시 대장암의 징후가 발견되었다.

아버지 자신은 아무렇지 않은 척 무덤덤하게 반응하시는 듯했으나 입술을 떠시는 걸 감추려고 꼭 깨무시는걸 봐서는 많이 당황하고 놀라신 듯해보였다.

다행히 대장암은 초기였고 아버지는 당초 수술하셨던 칠곡의 암센터로 가시기를 원하셨기에 내가 아버지를 모시고 가게 되었다.

그리하여 아버지는 그날 바로 입원하셔서 수술 날짜를 잡을 요량으로 입원 보따리까지 챙겨서 자신이 고물을 실어 나르던 트럭에 나를 태우고 손수 운전을 해서 가셨다. 그러나 마음이 급한 건 아버지 자신뿐 입원실이 없어 우선 응급실로 들어가 누우셨지만 병원은 아픈 사람들로 인산인해를 이루고 있었고, 응급실환자 중에 아버지보다 위급해 보이지 않는 사람은 없었다.

　아버지야 멀쩡하게 두 발로 걸어 들어가셨지만 대부분의 응급환자들은 베드에 눕거나 휠체어에 실려서 들어왔다.

　여러 가지의 검사를 한 후 수속을 밟았지만 그날 입원은 불가능했고 담당교수를 만나보지도 못했다. 당장 병원에 가기만 하면 일사천리로 모든 일이 착착 진행되어 입원하고 수술이 가능할 줄 알았던 아버지는 고작 담당 교수님과의 진료를 일주일 후로 예약하고 다시 집으로 돌아올 수밖에 없었다.

　돌아오는 길에 운전을 하시는 아버지는 입을 굳게 다무신 채 말씀이 없었고 나도 무어라 할 말이 없었다. 도대체 무슨 말로 목숨이 경각에 달린 사람에게 위로를 한단 말인가

　나는 다만 "아버지, 생명은 하나님 손에 있고 이미 아버지께서는 하나님의 자녀가 되셨는데 하나님이 아버지를 사랑하셔서 데려가신다면 그 아버지와 함께 낙원에 있을 것이고 하나님께서 다행히 고쳐주시면 이 땅에서 저희들과 허락해주신 만큼 더 살 수 있으니 이래도 감사하고 저래도 감사한 일 아닌가요." 하고 조용히 말씀드렸더니 말씀은 없으셨고 눈물을 글썽이셨다.

나는 나대로 얼마나 가슴이 쓰라리고 아팠는지 모른다.

내 인생을 폐허로 만든 당사자이시며 언제까지나 독재자의 왕좌에 앉아 가족 위에 군림하고 호령하실 줄로만 알았던 아버지가, 이토록 나약하게 병 앞에 무너져 내리는 모습은 너무나도 큰 상처이자 아픔으로 남았다.

"그래, 괜찮다. 까짓 거, 위장을 대부분 잘라 내고도 살았는데 대장 끝 조금 잘라낸다고 뭔 일 있겠냐……."

아버지가 까짓 거라고 힘주어 말씀하시는 건 꼭 병을 이기고 다시 힘을 내어 살아보겠다는 의지의 표현이자 스스로 자신을 위로하고 다짐하는 마음의 표출이었다.

아버지는 예약기간을 기다리는 일주일을 평소처럼 보이려 애를 쓰시는 듯했으나 기운이 없다며 엄마에게 할일을 지시하시고는 방에 드러눕기를 자주 하셨다.

얼마나 많은 생각으로 심경이 복잡했을지 짐작이 갔다. 그래도 지구는 돌고 아버지의 자식들도 각자의 삶에 묶이다 보니 자주 들여다보지 못했고 아마도 아버지는 그것이 많이 섭섭하셨을 것이다.

평소에 살갑거나 전혀 다정다감한 사이가 아니었던 자식들도 아버지께 주는 사랑 받는 사랑에 익숙하지 못해 새삼 안 하던 짓을 할 성격들도 못 되었다. 이래서 사랑하는 사람에게 주는 말도 연습이 필요하다고 하는구나 싶었다.

아버지로서는 피를 말리는 예약당일, 공교롭게도 나는 병원 치료를 받으러 가는 날이어서 남동생이 아버지를 병원으로 모시고 가서 이런저런 절차를 밟고 있었고, 아버지는 당일로 입원실이 나서 곧 입원이 결정되었다.

대장암은 정말 초기에 발견이 되어 예후가 좋은데 문제는 아버지의 심장에 있었다.

아버지는 평소에 신장결석이 자주 생기는 체질이시라 몇 번씩이나 레이저로 돌을 깼고 한쪽 신장을 수술해 나머지 한쪽 신장으로 사셨는데 이번에는 심장에 물이 차서 엄청 부어버렸다고 한다.

심장이 원래의 크기로 돌아와야 대장 수술을 할 수 있기에 수술날짜를 잡기에 앞서 입원을 계속하면서 아버지의 심장부터 고쳐야 했다. 아버지도 말씀은 안 하셨지만 내심 대장암이 더 퍼질까 봐 노심초사하시는 듯했다.

우리도 마음으로 걱정은 했으나 별 다른 방법이 없었고 아버지는 심장의 부기가 빠지고 물이 마르기를 기다리는 동안 간병인들과 농담도 하시고 비교적 드시는 것도 잘 드셨다. 그리하여 거의 일주일 만에 퇴원이 결정되었다.

우선 심장이 정상이 되어 퇴원했다가 다시 대장암 수술을 하기 위하여 재입원을 해야 했는데, 나는 아직도 왜 그렇게 환자들의 불편 따위는 생각지 않고 자기들의 편리대로 체계를 만들어놓았는지 이해할 수가 없다. 과연 병원은 누구를 위하여 존재하는 것인지 정말 물어보고 싶다.

아버지께서 좋아지셨으니 우리는 간병인만 남겨두고 모두 집에 와있었던 터라 남동생이 아버지를 모시고 오려고 아침 일찍 일어나

준비를 하고 있었고 엄마를 비롯한 식구들은 아버지 오시는 걸 볼 요량으로 집에 모여 함께 점심을 먹기로 미리 약속이 되어 있었다.

병원에서 전화가 온 건 바로 그때였다. 남동생의 휴대폰으로 긴급 상황이니 빨리 내려오셔야겠다는 것이다. 일인즉, 그날 아침 퇴원준비를 하시며 세수를 하시던 아버지께서 쓰러지셨단다.

원인은 뇌경색, 뇌 한쪽의 혈관이 막혀 빠른 시간 안에 막힌 부분을 뚫어주지 않으면 반신불수, 혹은 생명을 잃을 수도 있단다.

중요한 것은 칠곡 암센터는 암 치료와 수술을 전문적으로 하는 병원이라 뇌질환을 수술하고 치료하는 시설이 되어 있지 않아, 대구로 이송 중이고 시간을 다투어 시술을 해야 하므로 보호자의 동의가 필요하니 대구 본원으로 바로 오시라는, 도저히 믿을 수 없는 전화를 받은 우리는 도대체 이 상황을 어떻게 받아들여야 할지 난감하기만 했다.

뇌경색이라니 그동안 아버지 몸에 무슨 일이 일어났던 걸까.

그런데 왜 그렇게 좋지 않은 예감이 드는지 병원에 도착하여 보니 아버지는 이미 처치실에서 대기하고 계셨고 동생이 동의서에 사인을 하자 바로 시술이 시작되었다.

동의서라는 것은 수술이나 처치 중에 환자가 사망을 하게 되더라도 절대로 법적인 책임을 묻지 않겠다는 병원 측의 강력한 의사표시이자, 혹여 의료과실일 수도 있는 모든 상황에서 환자가족의 의사표현과 알아봄을 막는 가장 강력한 증거였는데 사인을 하지 않으면 수술이 됐건 뭐든 진행이 안 되니 우선 급한 상황에 몰리게 된 환자가족은 사인을 하지 않을 수가 없었다.

　뇌경색의 처치는 허벅지에 있는 혈관을 통하여 막힌 뇌의 혈관을 뚫어준다는데 아버지의 경우에는 쓰러진 지 한 시간 안에 수술과 처치가 이루어져서 예후가 좋다며 의료진들이 우리 가족을 안심시켰다. 그러나 천만의 말씀으로, 의료진들의 장담에도 불구하고 아버지는 처치를 마치고 회복실에서 이런저런 말씀을 하시는 듯하다가 갑자기 혼수상태에 빠지셨다. 당황한 의료진들의 부산한 움직임과 함께 아버지는 다시 응급실로 실려 들어가셨고 문이 닫힌 응급실 밖 의자에서 우리 가족은 초조하게 기다리는 것밖에는 별 할일이 없었다.

　중환자실 면회 시간이 되자 우리는 가운으로 바꾸어 입고 혼수상태에 빠져 산소 호흡기를 달고 누워 계신 아버지를 볼 수 있었다.

　실오라기 하나 걸치지 않은 채 얇은 담요 한 장만을 두르고 계신 아버지는 마치 번데기처럼 오그라들고 피골이 상접해 아프지 않으셨을 때의 그 당당한 풍채는 어디에서도 찾아볼 수가 없었다.

　그토록 현실을 부정하시며 다시 한 번 병을 극복하고 살고 싶으셨던 아버지가 속수무책으로 정신을 놓고 누워 있는 모습은, 가족들 모두에게 말조차 잊게 만드는 충격이자 아픔이었다.

　나와 남동생, 올케와 여동생들은 흐르는 눈물을 주체하지 못했다.

　아버지의 손을 잡자 눈꺼풀을 파르르 떠셨다.

　"아버지, 저 나이라 예! 제 말 들리시지 예, 아버지는 일어나실 끼라 예, 우리 아부지가 얼마나 강하신 분인데 제 목소리가 들리시면 하나님께 기도하세요. 다시 한 번 일어날 힘을 달라고, 생명은 하나님 손에 있으니까 아버지께 살려달라고 매달려 보세요, 아부지."

말을 하는 나도 울고 온 가족이 울었다.

담당의사가 사진을 보여주었는데 처치를 하기 전 사진과 처치를 하고 혼수상태에 빠져 있는 현재의 상태를 비교한 사진이었다.

처치를 하기 전 사진에는 반쪽의 뇌에 막힌 혈관으로 인해 혈액이 하나도 흘러들지 않는 상태가 찍혀 있었고, 처치 후의 사진에는 육안으로 보아도 까맣게 혈액이 흘러 뚫린 사진이 선명했으나, 그럼에도 아버지께서 혼수상태에 빠진 이유는 처치부 위에 혈액이 조금 새고 있는 것, 바로 그것이 원인이었고 물론 오늘밤이 고비라 지켜봐야 알겠지만 이 새는 혈액이 멎고 흘러나온 피가 저절로 조직 속으로 스며들면 다행이지만 멈추지 않고 계속 피가 샌다면 좋지 않은 결과를 초래할 수도 있다고 밤새 보호자가 대기실에 머물러 있어주기를 주의시켰다.

다음 날 아버지는 기적적으로 깨어나셨고 우리는 함께 안도의 눈물을 흘렸다.

그토록 분기탱천하시던 우리들의 아버지, 크게 쩌렁쩌렁 울리던, 목소리 형형하던 그 눈빛의 아버지는 온 데 간 데 없고 뼈에 가죽만 남아 쪼그라들 대로 쪼그라든 낯선 노인으로, 산소 호흡기를 꽂은 채 죽음이 깃들인 빛 잃은 눈으로 허옇게 마른 입술을 벌리고 누워 있었다.

그토록 미워하고 증오하며 죽기를 바랐던 내 아버지가 저렇게도 비참한 모습으로 누워 아무도 함께 가주지 못할 그 길을 가기 위해 아무 소리, 아무 몸짓도 하지 못한 채 자신을 맡기고 있는 모습이 우리 자식들의 가슴을 갈가리 찢어 놓았다.

이제 며칠 입원을 해서 뇌 속에 남아 있는 피가 다 스며들거든 대장암 수술 날짜를 잡자고 말하며 주치의는 아버지를 응급실에서 내보내 6명의 환자가 함께 쓰는 입원실로 가라고 하였다.

의료진의 말에 일말의 희망을 기대하신 아버지는 삶의 마지막 의지를 불태우셨고 비어 있는 아버지의 위장에 조금씩 음식이 들어가자 의외로 기운을 차리셨다.

그런데 나는 그런 아버지가 슬펐고 왠지 죽음이 아버지의 발목을 붙잡고 절대 놓아주지 않을 거라는 생각이 강하게 들었다.

그래서 군대에 가 있는 작은아들 휘주에게 전화를 걸어 아무래도 할아버지가 오래 버티지 못할 것 같으니 나와서 만나 뵈면 안 되겠냐고, 할아버지께서 너 군대 가고 몸 약한 녀석이 잘 견디겠느냐며 걱정이 많으신데 잘 있다는 모습을 보여드리면 안심하시지 않겠느냐고 부탁을 했더니 다행히도 다음 날, 휘주는 휴가를 나올 수 있었다.

두 개의 희망

작은아들 휘주는 제 형이 고등학교 졸업 후에 대학을 핑계로 엄마에게 와 있는 것을 너무 부러워했다.

　큰아들 은엽이는 산업계의 작은 대학을 채 일 년도 안 다니고 포기해버렸고 입학금을 대주고 노트북을 사주며 배움 외에는 네가 처한 이 상황을 이기고 성공할 방법은 어디에도 없다고 이모들이 그렇게도 충고하고 애원하다시피 해도 듣지 않았고 제 갈 길로 가려고만 했다.

　무섭고도 치열한 세상이라는 전쟁터로 대처할 기본 상식도 무기도 없이 맨몸으로 뛰어들려고 했고 나와 큰아이는 거의 매일을 세상이 끝나버릴 것처럼 다투었다.

　이 아프고도 고달픈 몸으로 세상에서 버티고 살아내야만 했던 유일한 이유이고 내 소망이었던 큰아들은 염려했던 것처럼 제 아버지의 닮지 말아야 할 모든 점들을 꼭 닮아 있었고, 엄마 없이 겪어내야 했던 십여 년의 세월들이 그 상처가 되어 나름대로 한이 되어 있었다.

　걸핏하면 집을 나가 일주일씩 소식을 끊었고 애가 타게 수소문해 찾아보면 충주에서 고등학교를 다닐 때 저와 처지가 비슷해 동병상련의 아픔을 나누었던 친구들을 전전하며 지내고 있었고 너무나 걱정이 되니 전화라도 받으라고 말하면 대답만 곧잘 했을 뿐 아무것도 달라지지는 않았다.

　지금 생각하면 그때 큰아이는 엄마의 부재로 겪었던 모든 상처들과 처절한 전쟁 중이 아니었나 생각이 들고 이해가 가지만 그 당시에는 엄마가 그토록 몸이 아파도 쉬지 못하고 오직 저희들만을 보고 살았는데 어떻게 나한테 이럴 수 있느냐고, 나 또한 아들로 인해 상처를 받아 우리 둘은 서로가 자신의 상처만을 들여다보고 아파했을 뿐이었다. 엄마는 아들의 상처를, 아들은 엄마의 상처를 만져주고 안아주지 못해서 그토록 긴 시간을 전쟁처럼 살았나 싶다.

큰아이는 시력이 너무 안 좋아 5등급을 받았고, 어찌어찌하여 따놓은 전기 기술자 자격증으로 방위산업체에 3년간을 근무할 수 있게 되었다.

군대에 가는 대신 3년을 회사에 다니며 돈을 벌어 모으면 군대 3년 갔다 온 놈들보다 자신이 더 빠를 수 있다고 큰소리치며 자신감을 내비쳤다.

구미에서 김천 쪽으로 가다 보면 아포라는 지역에 있는 농공단지 안에 자리 잡은 회사였는데, 배의 엔진을 만드는 곳으로 그 회사의 사장님이 세계에서는 독일과 자기신이 만들 수 있는 특수한 기술의 특허를 갖고 계셔서 제법 규모가 있고 재정적으로도 아주 탄탄한 회사였다.

자기 자신도 모르게 아버지를 닮아 게으름이 몸에 밴 큰아이는 일찍 일어나 시간을 맞춰서 과장님의 개인 승용차를 타고(회사의 통근용 봉고차가 있기는 했으나 운행코스가 우리 집과는 반대쪽이었고, 우리 동네에서는 유일하게 회사 출근하는 사람이 우리 큰아이였으므로 부득불 과장님이 출, 퇴근길에 태워가고 오고를 하셨다.) 다니는 자체를 너무나 힘들어했다.

나는 야근 일을 하면서도 매일 큰아이가 일어났는지, 과장님을 기다리지 않게 미리 나가 차를 탔는지 온통 정신이 아들에게 가 있어 아침에 쉬는 시간을 기다리는 것이 일이었다.

쉬는 시간을 알리는 벨소리와 동시에 휴게실로 뛰어나가 아들의 폰으로 계속 전화를 해야 했는데 한두 번으로는 도무지 깨울 수 없었다. 큰아이는 한 번 잠에 빠지면 옆에서 누가 굿을 해도 잔다고 표현할 만큼 깊이 잠들었기 때문에 계속 벨을 울려도 받을 둥 말 둥 오지부동이었다.

간신히 깨워놓으면 옅은 짜증이 속인 목소리로 "알았어, 쫌!" 하는 대답이 돌아오거나 아니면 아예 받지를 않았다.

그때 내 속은 있는 대로 터지고 그 아버지에 대한 미움이 차고 올라 속으로 수없이 욕을 해대며 "그래, 물려줄 것이 없어 이런 게으름이나 물려주다니." 하고 혼잣말로라도 욕을 해야 스트레스가 좀 풀리는 듯했다.

물론 나 말고도 과장님이 직접 전화를 해서 깨워 귀를 잡고 끌고 가기도 하지만 어떨 때는 병원에 가서 거의 11시쯤 전화를 해보면 세상에, 그때까지도 회사에 안 가고 퍼질러 자고 있었다.

내가 소리를 지르며 미쳤냐는 둥 별의별 소리를 다하면 "알았어, 알았어! 가면 될 거 아냐!" 하고 오히려 큰소리다.

아들에 관한 것을 쓰면서 이렇게 있는 대로 적나라하게 쓰는 것은 교육이란 것이 얼마나 중요한 것인지, 부모가 자식에게 무엇으로 어떻게 심느냐에 따라서 그 결과가 달라질 수 있다는 것을 분명히 알아야 한다는 것과, 콩 심은 데 콩 나고 팥 심은 데 팥 난다는 절대 불변의 법칙이 보고 자라는 자식과 보여주는 부모가 명심해야 할 일이기에 중언부언하는 것이다.

아마도 나중에 책이 출간되고 큰아이가 이 책을 읽게 된다면 창피해할지도 모른다. 현재 큰아이의 아들인 세 살배기 아들 시온이가 자라서 또 보게 되고 그랬었냐고 물어 본다면 말이다.

반면 둘째인 휘주는 형이 떠난 빈자리를 조용히 참고 기다리며 내공을 쌓아 학교 선생님들과 고모, 학원 선생님, 심지어는 제 아빠로부터 열렬한 지지를 받으며 명문이라고 소문난 충주고등학교에 당당히 입학을 하였다.

반기문 유엔사무총장이 선배시라고 자랑스럽게 말하며 어깨에 힘을 주는 명문고라고 들었다. 물론 전교에서 상위 몇 %만 간다는 충주고등학교는 전국에서 학생들이 몰려왔고 특별히 충주시에서는 시골에서 올라오는 아이들을 위해 기숙사 비슷한 시설을 운영해 아이들이 힘들게 차를 타고 통학하지 않아도 되도록 배려해 주었다.

우리의 착하고 영리한 휘주도 드디어 아버지와 또다시 바뀐 다른 아주머니로부터 독립을 하여 충주에서 친구들과 함께 시에서 마련한 오히려 집보다 나은 시설에서 지내게 되었고 그때부터 그 아이는 조금씩 억지가 아닌, 눈치를 보는 것이 아닌 밝은 웃음을 찾기 시작했다.

지금도 휘주는 그 고교시절을 떠올리며 정말이지 자나 깨나 공부를 해야 해서 제대로 된 미팅 한번을 못 해봤고 떠올려보아도 별반 그럴듯한 추억 하나 없노라고 볼멘소리를 하고는 한다.

그때 휘주가 집을 떠나 있으므로 나는 야간 일을 끝내고 병원에 안 가는 날은 수험생들의 필수라는 홍삼제품을 사들고 그 아이를 만나 용돈과 함께 전해주고 같이 아침 겸 점심을 먹고 버스 편으로 돌아오곤 했는데 몸은 힘들고 괴로웠어도 마음만은 기쁨으로 출렁대고는 했었다.

휘주 역시 소원대로 엄마에게 오고 싶어 자신이 가진 실력보다 낮추어 구미에 있는 전문대로 원서를 넣었고 선생님이나 주위 사람들이 엄청난 반대를 했지만 한번 결심한 휘주의 생각과 마음을 꺾을 수는 없었다.

그 아이는 엄마가 없이 보낸 16년여의 세월에 지쳐 있었고 엄마의 사랑이 너무 고팠다. 또한 중학교 3년, 고등학교 3년의 공부에 지쳤고 어차피 공부로 성공하는, 상위 10%에 들지 못할 바에는 전문분야를 하나 정해 배우고 익혀 일찌감치 사회에 것도 잘사는 방법 중 하나라고 생각을 한 듯했고, 아픈 몸으로 이제껏 저희 둘을 뒷바라지 해준 엄마가 가엾어 돈을 벌어 힘든 고통에서 해방시켜 주고 싶은 생각 또한 큰 듯했다.

그렇게 두 아들과 함께 지지고 볶으며 살게 되었다.

충주의 은엽이 아버지에게는 새사람이 생겼는데 무슨 사연인지 처녀로 나이가 먹은 사람이고 집 가까이에 있는 공장에 다니며 월급을 받아 어머님을 모시며 허구한 날 평생이 백수인 그 남자와 함께 지금도 잘살고 있다.

시어머님의 소천 소식에 하회탈 같으셨던 얼굴을 떠올리며 잘해드리지 못했던 내 어린 지난날을 떠올리며 참 오랫동안 마음이 아팠다. 그분의 몸을 알코올 솜으로 닦아드리며 많은 대화를 나누었다.

물론 영혼이야 영원한 하나님 아버지 집으로 들어가셨겠지만 오랫동안 미운 정 고운 정이 든 어머니의 허무한 껍데기와 나는 그렇게 작별을 했다.

3차신경이라는 병이 늦게 발병한 어머님은 한 번씩 발작을 할 때마다 어이구 하며 쇳소리를 지르며 땅바닥을 구르셨다.

식품가게를 하는 아이들 고모가 수술을 해드리고 나서야 고통 없이 지내시고 식사도 잘하시며 두 아이도 잘 돌봐주셨는데 십 년 주기로 재발한다는 그 병이 재발하자 아이가 딸 셋, 아들 하나 이렇게 넷인 고모도 형편이 어려우셨는지 다시 수술을 해드리지 못했고, 어머니는 진통제 없이는 잠시도 견디지 못하셨다.

게다가 그 불효한 남자는 제발~ 이러면서 소리를 질러댔고 그 할머니에게 약을 지어다 숟가락에 풀어 물과 함께 복용시키는 것도 큰아들인 은엽이의 몫이었다.

물론 내가 떠나온 뒤의 일이었고 그렇게 고통 속에서 어머님마저 돌아가셨지만 그 남자는 중독이 된 술을 끊지 못했다.

다행이 새로 들어온 사람은 지금까지 들어와 살았던 다른 여자들과는 달랐고 나는 두 아들에게 지금도 말한다.

"네 아빠에게 그 사람 만난 것이 복이고 행복이니 부디 잘해주며 마음 변치 말고 끝까지 잘살라고 해라."

그 사람은 큰아들이 결혼할 때도 그쪽 하객들이 먹을 음식 준비다 뭐다 정성을 쏟았고, 나는 그 사람과 함께 온 그녀에게 감사하다고 깍듯이 인사를 했다.

작은아들 휘주는 조용한 듯하지만 속에 불덩이 하나가 들어 있는 것 같다.

있는 듯 없는 듯했지만 전문대를 다니는 내내 올 장학금을 받았고 과대표를 하였으며 영어로 하는 발표회라든가 뭔가 자신을 드러내는 일에 최선을 다했다. 따라서 교수님이나 주위의 사람들에게 엄청난 신뢰와 사랑을 받고 있었다.

교수님들도 무언가를 하기 위해 도움이 필요하면 시키는 일에 한 치의 오차도 없이 딱 떨어지게 일을 마무리해놓는 휘주를 불러 시키고 밥을 사먹였고, 휘주 역시 신뢰 속에서 많은 사람과의 관계를 쌓으며 그렇게 자신의 세계를 만들어갔다.

다만 휘주의 단점이자 장점 중의 하나가 외골수적인 면이다.

예를 들면 대학 1학년 때 만난 동갑내기 여자 친구를 학교 2년, 군대 3년, 그리고 직장생활 2년째인 지금까지 7년째 사귀고 있다. SNS를 통해서 확인해 본 바로는 얼마 전에는 둘이서 일본 여행도 다녀온 듯했다. 그렇게 부드러운 듯하면서도 내면이 강한 휘주는 자신이 한번 꽂히거나 결단을 내린 일은 결코 물러서거나 변치 않았다.

휘주가 대학 1학년 여름방학 때는 학교에서 장학금을 받는 아이들 중 몇 명을 선발해서 필리핀에 어학연수를 보내주는 프로그램이 있었는데 휘주는 뽑히게 된 것을 뛸 듯이 기뻐했다. 처음 해보는 해외여행이라 엄청 기대가 컸던 것이다.

나는 아직도 비행기를 타보지 못했는데 그 아이는 고등학교 때 제주도로 추억여행을 갔으므로 비행기를 타는 것에 대한 기대치는 없었지만 일단 지구 위의 수많은 나라 중에 하나인 외국엘 가볼 수 있다는 사실만으로 흥분하고 들떠 있었다.

우선 가져가야 할 것들의 목록을 작성하고 가방을 꾸리며 자기 돈 한 푼 안 들이고 무려 2달씩이나 연수를 하고 올 수 있다며 얼마나 기뻐했는지 지금도 아이처럼 그 큰 입이 더욱 커져 귀에 걸린 휘주의 얼굴이 눈에 선하다.

그런데 출국을 한 일주일쯤 앞두고부터 휘주의 얼굴이 심상찮아 보이고 말은 안 하지만 뭔가 이상했다.

야간 근무를 하고 거기다 이틀에 한 번꼴로 병원에 드나드는 나로서는 내 삶의 무게에 눌려 제대로 아이를 챙겨 주지는 못했지만 예감이 이상했다.

며칠 전에 농구를 좋아하는 휘주가 아파트 단지 내에 있는 농구 코트에서 농구를 하던 중에 갑자기 폐가 찌르듯이 아파와 한참 동안 숨을 못 쉬었다고 했었던 기억이 났고 나는 지나가는 말로 괜히 병 키우지 말고 병원에 가보라는 말을 했었다. 괜찮다고 말했지만 증세가 나타나면 한참을 숨을 못 쉬고 얼굴이 파리해져 갔다.

자꾸만 괜찮다고 하는 아이에게 괜히 남의 나라에 가서 아파서 되돌아오거나 하지 말고 아픈 곳이 없는지 철저하게 점검해보라며 거의 매일 잔소리를 했는데 출국일이 코앞으로 다가왔는데도 녀석은 병원에 갈 생각을 하지 않았다.

야간 일을 마치고 퇴근준비를 하고 있는 10시 조금 넘은 시간, 기운 빠진 휘주의 목소리가 들려왔다. 내일 드디어 필리핀으로 출국하게 되자 아무래도 몸의 상태를 점검해 보는 것이 나을 것 같은 생각이 들어서였는지 아니면 도저히 아픔을 못 견뎌서였는지 아이는 종합병원으로 가서 진료를 받았고 검사 결과는 놀랍게도 '기흉'이었다.

일차성 자연 기흉은 전형적으로 키가 크고 마른 남자에게 많이 발생하며 폐의 가장 윗부분(폐첨부)의 흉막하(폐를 둘러싸고 있는 얇은 막)에 있는 작은 공기 주머니(소기포)에 의해 발생한다.

폐에 다른 질환을 갖고 있지 않은 사람이 대부분이며 흡연자가 많은 비중을 차지하고 일차성 자연 기흉의 90% 이상이 흡연자라는 보고도 있단다.

휘주는 담배를 입에 대지 않으니 이 경우는 아닌 것 같고 아무래도 한참 전에 농구를 하다가 다쳐 폐가 손상을 입어 발생하는 이차성 기흉으로 응급을 요하는 상태였다.

놀란 내가 통근차를 타고 병원 응급실에 당도해보니 겨드랑이에 흉관을 꽂아 늘어져 있는 팩 안에 피가 섞인 물이 방울방울 떨어지고 있었다.

응급실의 의사가 이 정도면 찌르는 듯한 흉통과 호흡 곤란이 와서 견디기 힘든 고통이었을 텐데 어떻게 참았느냐고 물어보자, 작은아이는 그 와중에서도 배시시 웃으며 아픈 걸 알게 되면 엄마가 필리핀에 못 가게 할 것 같아서 끝까지 참으려고 했단다. 그런데 비행기 탈 날짜가 내일로 다가오자 너무 고통스러워 참을 수도 없었지만 남의 나라에까지 가서 바로 돌아올 일 만들지 말라는 엄마 말이 생각이 나 진료라도 받아볼 생각으로 왔는데 의사 선생님이 젊은 사람이 죽으려고 작정했느냐며 응급실 베드에 누이고 삽관을 하더란다.

그러고 나니 숨 쉬는 것이 훨씬 편해지더라고 말하며 휘주는 "아, 내가 얼마나 가고 싶던 여행이었는데." 하면서 눈물까지 글썽였다.

그러자 옆에서 듣던 의사 선생님이 "나 참 철없기는, 이 상태로 내일 비행기 탔으면 비행기 타자마자 당신은 폐가 터져 죽었어! 이 사람아." 하면서 역정을 냈다.

연락을 받은 큰삼촌과 숙모가 응급실에 도착을 하고 입원 수속을 밟는 동안 휘주는 물거품이 되어버린 필리핀의 미련을 떨쳐버리지 못했고 나는 졸업 후에 일본에 있는 이모네로 보름간 놀러 보내주겠노라 약속을 하고서야 휘주의 마음을 달랠 수 있었다.

입원실로 올라가 담당 교수님에게 내일 사정이 이러이러하여 필리핀에 못 가게 되었노라고 전화를 하는 표정은 거의 울 듯하였다.

여기저기 경로를 통하여 소식을 들은 친구들과 선배들이 찾아왔고, 워낙 폐에 생긴 꽈리주머니들이 커서 휘주는 수술을 통해 공기방울들이 마치 꽈리 주머니처럼 몰려 있는 폐의 일부분을 절재해내는 수술을 받아야 했다.

수술을 하고 떼어낸 하얀 공기방울들이 가득한 폐 조각을 보여주는데 떼어낸 부위의 크기가 거의 새끼손가락만 했다. 그것을 보노라니 마음이 아프고 쓰린 것이 무어라 형용할 수 없을 만큼 괴로웠다. 차라리 내가 대신 아파줄 수 있다면 그렇게라도 하고 싶었다.

수술 후에도 의외로 낫는 시간이 오래 걸려 입원기간이 늘어났고 수술의 아픔이 조금 가시자 휘주는 이 병실 저 병실의 환자들이 찾아오고 갈 만큼 사람들을 잘 사귀었고 간호사들조차도 그 아이를 다들 좋아해 주었다,

그렇게 휘주는 첫 번째 외국여행의 기회를 놓치게 되었고 나는 약속대로 그 아이가 학교를 졸업하자마자 일본여행을 보내주었다.

내심 생판 낯설고 물설어 아무것도 모르는 일본 여행을 하고 오면 그 아이 자신도 성숙해지고 자신감도 키우겠거니 하는 생각으로 보냈다. 물론 이모 주소만 들고 찾아가는 여행이었으나 아쉽게도 휘주가 엄마에게 손을 흔들며 게이트로 들어가 비행기를 탄 순간부터 옆자리에 앉은 친절한 아가씨가, 휘주가 영어나 보디랭귀지를 할 순간도 주지 않은 채 친절하게 설명하고 안내해 주었으므로 별 불편함 없이 이모네까지 갈 수 있었다.

그 아가씨는 일본 유학생으로 한국에 나와 2주쯤 쉬다가 일본에 다시 들어가는 길이었고 옆자리에 앉은 착하고 순진해 보이는 휘주가 불편하지 않도록 친절을 베풀어 준 것이다.

휘주는 어렵지 않게 이모 댁을 찾아가 이모부와 이모, 이종사촌들의 환대를 받으며 보름간 보고 싶은 것, 가보고 싶은 곳, 먹고 싶은 것을 먹으며 지내다 왔다.

그래도 그 자체만으로도 휘주는 한 단계 성숙해 있었고 자기만의

세상을 만들어 가기 위한 초석을 다져가는 듯했다.

휘주의 능력을 아까워하는 주위의 권유로 휘주는 '금오공과대학'에 편입을 하게 되었는데 한 학기를 마치자마자 자원해서 군대를 가버렸다.

늘 젖 한번 물려보지 못한 데 대한 미안함과 아기 때부터 함께 있어주지 못한 미안함이 가슴 한편에 남아 있어 휘주를 볼 때마다 눈물이 흘러넘친다.

그럼에도 휘주는 제대를 하는 순간 어릴 때 다쳤던 허리가 덧나 '추간판 탈출증'이라는 병을 얻었고 나는 거의 1년이라는 시간을 그 아이의 병을 고치기 위해 백방으로 수소문하고 마음을 다해 매달렸다.

당시 나는 친구의 소개로 아파트 앞의 노전에서 포장마차를 하고 있었다.

전반적으로 어려운 시기라 웬만한 회사에서는 나이가 많다고 받아주지도 않을 뿐더러 야간 일은 더더욱 그러했다.

그래서 파트타임으로 오픈한 지 얼마 안 되는 고기 집에서 한 3개월 일을 했는데 칸칸이 방으로 되어 있는 곳이라 서빙으로 방마다 쫓아다니는 것도 힘이 든 데다, 그 넓은 가게의 수많은 방을 닦고 쓸고 거기다 화장실까지 청소를 하고 나면 병원에 다녀온 날은 거의 초주검이 되다시피 했다.

너무 힘이 들어 지쳐 있는 나에게 그 아파트 앞 번개시장에서 10년 넘게 장사를 하고 있는 환우 중 한 친구가, 마치 자기 채소 가게 바로 맞은편에 국수며 간단한 술과 안주 등을 만들어 파는 가게가 났다며 내게 해볼 것을 권유했다.

나는 몸과 마음이 지쳐 서서히 무기력해져 가고 있었던 때라 귀가 반짝 띄었고 어차피 포장마차의 특성상 오후 늦게 문을 열면 되니까 병원에 다녀온 날도 충분히 쉬다 나올 수 있겠다 싶어 덜컥 계약을 해버렸다.

그때가 마지막으로 다니던 회사를 나와 엄마 집에서 한 6개월쯤 엄마와 함께 살고 있던 시기였다.

큰아이는 엄마와의 잦은 충돌과 잔소리가 싫다며 원룸을 얻어 나가 살았고 집에는 군대에서 전역을 하고 바로 학교에 복학했던 휘주가 추간판 탈출증의 고통으로 아무 일도 못 한 채 혼자서 지냈다.

내가 엄마 집에서 반찬이나 김치를 가져다주면 휘주가 밥을 해먹었는데 그 아이는 밥도 잘하는, 착하고 잘 웃는 아이였다.

휘주는 의사에게 비수술 척추치료를 거의 1년을 받았지만 그래도 경과가 좋아 복학을 포기하고 평택시의 외국계 자동차 회사에 취직을 해서 거의 3년째 잘 다니며 열심히 일하고 자신이 꿈꾸는 삶을 이루어가고 있다.

주야 2주 2교대를 하고 있는데 지금도 통화를 할 때마다 엄마의 노파심으로 "허리는?" 하고 자동으로 물어볼라치면 돌아오는 대답은 언제나 "괜찮지."이다. 어떨 때는 "엄마 잘 만나 대통령의 의료 자문을 두 번이나 한 사람을 찾아 너를 치료케 했으니 후유증도 없이 잘살고 있지 않냐."고 큰소리를 치면 그 아이는 그저 보이지 않는 전화기에 대고 해해 하고 웃기만 한다.

휘주는 지저분한 기숙사 대신 원룸을 얻어 살며 직접 밥을 해먹는다. 어쩌다 한 번씩 오면 그 아이가 좋아하는 검은콩자반, 쇠고기 장조림, 오징어채 무침 등을 만들어 보내고는 하는데 그 일이 어찌 즐거운지 모르겠다.

큰아들 은엽이는 세 살 연상의 여자를 만나 결혼을 했는데, 며느리는 시집올 때 사랑스런 손자 시온이를 혼수로 장만해왔다.

오늘도 시온이가 제 아빠와 잠시 들러 내가 해준 불고기와 밥을 맛나게 먹고 갔다.

떠난 자와 남는 자

아버지를 보러 일본에서 온, 둘째 여동생인 영미를 바라보는 아버지의 눈빛을 지금도 나는 잊지 못한다. 아버지는 모가지가 길어서 슬픈 짐승인 사슴의 눈망울처럼 커다랗고 맑았지만 내 눈에는 아버지가 속말로 작별 인사를 하는 듯 보였다. 영미뿐 아니라 나를 보며 여윈 손을 내밀어 잡으실 때도 마찬가지였다.

분명 당신 두 발로 걸어 들어오시며 얼른 수술을 끝내고 다시 두 다리로 걸어서 병원 문을 나가리라 생각했었는데, 한 번도 자신이 병과의 싸움에서 지리라는 상상조차 못 했던 아버지는 그렇게 아프고 슬프게 무너져 내리고 있었다.

큰아들의 손을 잡으며 아버지는 과연 무슨 생각을 하셨을까.

무지해서 아니 당신의 삶이 너무도 고달파서 자식을 사랑이 아니라 매로 키우고, 그 자식의 가슴에 평생 남을 한을 심으신 아버지는 자신이 소풍 나온 이 땅과 가족을 떠나 당신의 진정한 고향으로 돌아가실 이 시점에서 어떻게 그 상처 입은 자식을 어루만지고 달래주실까……

혹시 지나온 삶을 후회하고 계실까, 사랑으로 안아주지 못한 엄마와 자식들을 두고 편히 눈이나 감으시려나?

지금 떠올려 보아도 가슴이 쓰라리고 아프다.

아버지는 왜 그러셨을까?

만약에 아버지가 좀 더 다정다감하고 사랑이 넘치는 분이셨다면 엄마와 우리 가족 모두는 행복하게 잘살았을 것이고 지금처럼 아버지가 우리를 떠나 영면에 드실 즈음에는 좀 더 우리와 함께 계서주시기를 간절히 바랐을 텐데, 지금은 다만 조금이라도 더 살고 싶다고 얘기하시는 듯한 아버지를 대책 없이 바라보고만 있을 뿐이다.

조금만 더 사랑으로 대해 주셨더라면 내 인생도 이렇게 떨어져 내린 꽃송이처럼 비참하게 쓰러져 가고만 있지 않을 텐데……

아버지는 교회 목사님을 비롯한 권사님들이나 집사님이 오셨을 때도 조용히 웃기까지 하시며 식욕을 억제하기 힘이 드셔서 무엇이든 잡숫고 싶어 하셨고 소화제와 관장약으로 버티셨다. 언제 대장암을 수술하게 되느냐고 물어보면 의사들은 뇌 속 혈관의 피가 완전히

240

스며들어야 알 수 있다면서 자꾸만 수술을 미루었다.

아버지는 제법 명료한 정신으로 옆 환자나 간병인과도 이야기를 곧잘 나누셨는데 나도 너무나도 피곤하고 힘이 들었다.

병원에 가서 투석치료를 하는 날을 제외하고는 거의 이틀에 한 번 꼴로 기차를 타고 아버지를 보고오고 헐레벌떡 돌아와 야간 출근을 해야만 했기 때문이다.

그날은 주일이었고 나는 할아버지를 보러 휴가를 나온 휘주와 함께 평소에 아버지가 좋아하시던 복숭아 통조림을 만들어서 주일 낮예배가 끝나자마자 기차로 아버지를 보러 갔다.

아버지는 군복을 입은 휘주를 보자마자 누워 계시던 침대에서 일어나 앉아 "우리 휘주 왔구나. 그런데 우째 이리 말랐노. 힘 마이 드나?" 하시며 두 손을 마주잡고 눈물을 글썽이셨다.

내가 복숭아 통조림 병을 들고 아버지께 드리려 하자 간병인 아주머니께서 기겁을 하며 말리셨다. 그제야 보니 아버지 침대 발치께에 '금식'이라고 커다랗게 쓴 표가 달려 있었다.

그럼 금식이 풀리면 드시라며 냉장고에 통조림 병을 넣는 내 손에 들린 병을 따라오던 아버지의 애처롭고도 갈망하는 눈빛을 나는 아직도 기억한다.

아버지는 대리만족이라도 하실 요량인지 휘주에게 뭐든 자꾸 주어서 먹이라고 재촉하셨다.

그런 외할아버지의 성화에 못 이겨 휘주가 음료수를 마시고 있는 동안, 나는 아버지의 침대에 걸터앉아 손을 잡아드리며 괜찮으시냐고 물어 보자 변을 못 보신다며 희미하게 웃으셨다.

"아버지, 그렇게 강골이시더니 완전히 마르셨네요. 제가 알던 아버지가 아닌 거 같아 낯이 설어요. 아버지, 요즘 하나님과 주로 무슨 대화를 나누세요?"

"글쎄, 잘은 모르겠다만 나는 아무래도 잘못 살아서 벌을 받고 있는 것 같다. 생각해보면 다 잘살자고 한 짓이었는데 너를 생각하면 내가 뼈마디가 녹는 것만 같다. 네 동생도, 네 엄마도……."

아버지는 고개를 떨어뜨리시더니 잠시 우셨다.

"아니에요, 아버지. 하나님은 자식이 잘못했다고 병 같은 걸 들게 하는 그런 속 좁은 분이 아니세요. 오히려 뉘우치고 잘못된 길에서 돌아오기를 손꼽아 기다리시는 분이시죠. 그리고 아버지, 사람이 한 번 나면 누구라도 왔던 곳으로 되돌아가는 것이 정한 이치이지요. 누가 조금 먼저 가고 나중 가느냐 그 차이일 뿐 누구도 피해 갈 수 없잖아요. 우리는 하나님의 사랑하시는 기업이요 자녀라 이 땅에는 어차피 소풍을 나온 것이거든요. 아버지, 그러니까 소풍 중에 비바람도 만나고 천둥번개도 만나는 것이고요. 우리는 아버지께서 하늘집에서 얘야, 어서 돌아 오거라, 더 이상 세상 소풍에서 모진풍파 겪지 말고 집으로 돌아와서 나와 함께 살자꾸나. 네가 너무 보고 싶구나 하면서 부르시면 네에, 하고 대답하고 하늘 아버지의 집으로 이 세상의 소풍 끝내고 즐거운 노래 부르며 돌아가는 거예요, 아버지. 그러니 앉으나 누우나 하나님께 기도하세요. 잠자는 중에 돌아가시게 해 달라고요."

말을 하는 나도 아버지도, 휘주도, 병실 안의 다른 사람들도 함께 울었고 아버지는 미안하다시며 엄마와 동생에게도 꼭 전해달라고 하셨다. 아버지를 뵙고 돌아오는 발걸음이 결코 가볍지는 않았다.

이 밤이 지나면 또 병원에 가서 투석치료를 받을 것이고 쉬었다 야간 일을 하러 갈 것이다. 아침에 퇴근해서는 휘주와 함께 밥을 먹고 또다시 아버지를 보러 갈 것이고 지금 우리 가족에게 일어나고 있는 일과 상관없이 지구는 돌고 사람들은 저마다의 일상을 살아갈 터였다.

새벽녘, 울음이 섞인 엄마의 다급한 목소리가 전화기를 타고 들려왔다. 아버지가 위급하시다는 전화를 받고 지금 남동생과 올케와 함께 가고 있고 자세한 내용은 알 수 없다며 어서 뒤차로 따라오라며 전화를 끊으셨다.

나는 휘주와 가까이에 살고 있는 동생 영애와 함께 큰아이의 차를 타고 고속도로를 달려가는 동안 드디어 올 것이 왔다라는 느낌이 들었고 우리는 다들 침통해져 말이 없었다.

왜관에 조금 못 미쳤을 때 동생에게서 전화가 왔다.

엄마와 식구들이 도착하자마자 응급실에서 아버지의 생명을 유지하고 있던 산소 호흡기를 떼었고 아버지는 그렇게 제대로 된 유언 한 마디 하시지 못하고 황망히 서둘러 길을 떠나셨다.

동생과 엄마가 도착했을 때는 심폐소생술을 시행하고 심장 세동기까지 쓴 듯 아버지의 코와 입 주위로 피가 흘러 닦은 흔적이 역력했단다. 동생이 보기에는 아버지의 상태가 너무 나빠져 이것저것을 시도하다 가족들에게 연락할 시간을 놓쳤고 도착하기 전에 이미 아버지는 돌아가셨는데 산소 호흡기를 연결시켜 놓고 가족들이 임종을 지켜본 것처럼 쇼를 한 것이 아닌가 싶다고 했다.

이제 전날 나와의 이야기가 생전에 하신 마지막 말씀이 되었고 어제까지 말씀도 하시고 일어나 앉기까지 하시던 분이 하루저녁에 유명을 달리하셨다는 것에 약간의 의문이 들기는 했지만 우리 가족 중 그 누구도 병원 측과 대립각을 세워 싸워줄 사람이 없었다.

아버지의 갑작스런 사망 원인은 '대장암으로 인한 장폐색'이었다.

그때는 경황도 상식도 없어 잘 몰랐으나 지금 와서 생각해보면 나를 포함한 우리 가족 중에서 누구든지 조금만 생각을 하고 병원 측에 항의라도 해보았다면 어땠을까 하는 생각이 든다.

장례식 내 찬송가가 울려 퍼지는 것이 못마땅한지 아버지의 하나뿐인 누나 그러니까 우리들의 고모는, 큰소리로 곡을 하셨고 사람들은 모두 이구동성으로 "살아 있을 때 잘 지내지." 하며 혀를 끌끌 찼다. 아버지와 고모, 그리고 두 작은아버지들은 평소에 그렇게 살가운 사이가 아니었으므로 각자가 허무하게 앉아 아버지를 추억했다.

아버지는 당신의 고향인 금오산 자락에 당신의 아버지가 누워 계신 앞뜰의 키 큰 나무 아래서 그토록 무섭고도 잔인했던 할아버지의 무덤을 지키고 계신다. 비슷한 삶을 사셨던 두 부자가 만난다면 과연 무슨 말씀을 하실까.

당신들이 자식들에게 미친 영향력을 지켜보셨다면 어떤 생각을 하셨을까?

그래도 삶은 계속된다

포장마차 일도 예삿일이 아니었다.

처음에는 장사를 하던 아주머니께 인수를 받고 술은 절대 팔지 않겠노라 큰소리를 쳤고 메뉴도 술안주가 아닌 잔치국수, 비빔국수, 비빔밥, 찹쌀, 수제비, 쫄면, 전류 등 분식 종류를 넣었고, 술을 마시겠다고 찾아온 손님들에게 이제 더 이상 술은 팔지 않겠다며 내쫓아버렸다. 그러자 손님들은 하나같이 술을 팔지 않고 얼마나 버티고 장사를 할 수 있는지 두고 보자며 지켜보는 형국이었다.

정말 말 그대로 하루에 국수 다섯 그릇 팔기가 어려웠고, 만들어놓은 비빔밥 재료들은 상해서 버리기 일쑤였다.

내 입으로 술손님 상대하기 싫어서 절대로 술은 안 팔겠다고 큰소리 쳐놓고 한 달도 못 버틴다는 것은 자존심 상하는 일이었다.

그리하여 잔치국수 육수를 내기 위해 책을 찾아보고 인터넷을 뒤지고 13가지의 육수재료로 맛을 내보기도 하며 별 연구를 다했지만, 결론은 잔치국수의 정석은 역시 누가 뭐래도 다시마와 멸치와 무였다. 내가 모든 메뉴를 내리고 닭똥집 고갈비와 같은 술안주로 메뉴를 바꿀 때도 바뀌지 않고 살아남은 것은 잔치국수였고 나중에는 그 잔치국수를 먹기 위해 4공단 지역인 옥계에서도 밤늦은 시간에 서너 명씩 찾아오고는 했다.

어떤 날은 이렇게 맛있는 국수는 처음 먹어 본다는 찬사를 들을 정도였다.

나는 소양의 성격을 타고난 사람이라 조금이라도 아니다 싶으면 참지를 못했고, 그 반면에 마음이 맞는 사람이 있으면 속엣 것을 다 내줄 정도로 즉흥적이고 다혈질적이다.

술이 취해 횡설수설 대는 사람들을 보면 내 과거사가 클로즈업되면서 참을 수 없는 분노에 휩싸였다. 반면에 차분히 앉아 인생을 얘기하고 취미를 공유하며 우정을 나누던 손님들도 부지기수다.

앞서 피력했지만 나는 이틀에 한 번씩 병원에 가서 혈액투석 치료를 받지 않으면 한 달 안에 사망에 이르는 불치병 환자이다.

내 가엾은 엄마는 지금도 혼자서 고물상을 계속하며 아버지 없는 자유로운 인생을 사시고 있고 이제는 누구의 잔소리나 간섭을 거부하시며 당신의 계획과 뜻대로 잘 살아가고 계시지만 늘 염려하는 것은 큰딸을 앞세우는 것이다.

세상에 볼꼴 못 볼 꼴 다 봐도 자식이 부모 앞서 가는 꼴은 절대로 못 본다는 것이 엄마의 지론이다. 그래서 나 역시 내가 엄마보다는 조금이라도 더 살 수 있도록 해달라고 기도하고 있다.

보통 다른 집들도 마찬가지라고 생각되는데, 엄마와 큰딸은 무언가 부모와 자식관계와는 다른 무슨 끈끈한 것이 존재하는 것 같다.

가만히 보면 엄마와 내 생각이 비슷할 때가 너무 많고 굳이 말하지 않아도 엄마는 나를, 나는 엄마를 이해하게 되고 엄마의, 여자로서의 인생이 너무나도 가엾어 안아주며 같이 울어주면 당신이 꼭 내 딸처럼 애처로운 생각이 들어 견딜 수가 없다.

엄마 역시 아무래도 속으로는 첫딸 팔자는 제 엄마를 닮는다더니 나를 꼭 빼닮은 저 가엾은 인생을 어떻게 하나, 이런 생각을 하고 있을 것 같다.

왜 예로부터 좋지 않은 상황을 절묘하게 비유해놓은 말들이 많지 않던가. 부모 복 없는 여자는 남편 복도 없고, 남편 복 없는 여자는 자식 복도 없다고들 하지 않는가. 물론 자식 복은 좀 더 두고 봐야 알겠지만 지금까지의 경황으로 봐서는 부모 복도 남편 복도 없는 것이 아닌가.

모르기는 해도 그 말은 자식은 부모의 거울이라는 말과 일맥상통하는 듯하다. 부모가 자식에게 좋은 것을 보여주지 않는데 어디서 어떻게 자식이 좋은 것들을 배워 또한 좋은 것들을 물려주겠는가.

그런 면에서 중학교 3학년 때까지 제 아빠와 함께 살면서 아이들이 무엇을 보고 배웠을까를 유추해보면 내게 자식 복이 있을지는 미루어 짐작이 가는 일이 아니던가.

큰아들 은엽이는 죽어도 아빠처럼은 안 살겠다고 노래처럼 말하더니 얼마나 술을 좋아하는지 첫 번째의 음주운전은 내가 핸드폰 키패드 인쇄회사를 다니며 방독면을 쓰고 야간 일을 할 때였는데 200만 원의 범칙금을 내느라 내 한 달 월급을 다 던져 넣어야 했다.

오래도록 그 돈이 아까워 아들도 나도 마음이 얼마나 아팠는지 다시는 음주운전 안 하겠다고 맹세뿐 아니라 엄마가 그렇게도 악조건에서 일해서 번 피같은 돈을 벌금으로 냈다며 미안해하기는 또 얼마나 미안해했는지, 따라서 나는 그 아이의 맹세와 약속을 믿었으므로 곧 잊었던 것이다.

쓰리아웃의 음주로 인한 면허 취소와 범칙금 사실을 알게 된 것은 내가 포장마차를 하고 있을 때 친구들과 일부러 엄마의 포차에 매상을 올려주러 왔다가 저희들이 무심코 말을 주고받는 것을 듣고 알았다.

"쓰리아웃이라니? 은엽이, 음주운전 한 번밖에 안 걸렸어."

내가 놀라서 묻자 지들끼리 낭패라는 얼굴을 하고 기왕지사 알게 되셨으니 속 시원하게 말씀드리겠다며 하는 말인즉 2번째는 벌써 3년 전에 걸려서 취소됐다가 또 면허를 땄고 3번째, 그러니까 쓰리아웃이 된 지 몇 달 안 됐는데 면허취소 2년에 벌금이 얼마나 나올지 몰라 애태우며 기다리고 있는 중이라는 것이다.

그 소리를 듣고 얼마나 기가 막히는지 말이 다 안 나왔다.

엄마가 알면 걱정할까 봐 얘기 못 했다고 핑계를 대지만 사실은 내 잔소리가 듣기 싫어서 쉬쉬 했을 것이다.

아빠처럼 살지 않는다고 맹세까지 하던 아들은 저도 모르게 아빠를 그대로 답습하게 된 것이고, 그 아이의 핏줄 속에는 그렇게도 닮기 싫어하는 제 아빠의 유전자가 흐르고 있는 것이다.

아마도 추측이지만 큰아들은 천만 원 정도의 범칙금을 나라에 갖다 바쳤을 것이다.

보통 사람이라면 이쯤 되면 술을 끊고 말 테지만 우리 아들은 아직도 열심히 술을 마시고 있고 그 대신 꼭 대리운전을 하는 걸로 알고 있다. 분명 아들도 제 아빠처럼 하루도 술을 마시지 않으면 뭔가 허전하고 쓸쓸해져서 날마다 술을 마시는 것이 내가 보기에는 전형적인 알코올 중독이다.

그런 생각이 들 때마다 나는 전 남편에게 마구 욕을 퍼부었다. 물론 속으로 말이다. 그것 말고도 큰아들 은엽이는 덩치가 큰 것조차도 제 아빠를 꼭 닮았다.

그런데 그 아이는 학교 다닐 때부터 노래를 잘했는데 무슨 노래 대회가 열리면 학교대표로 뽑혀나가 곧잘 상과 상금을 받아오고는 했다. 지금도 친구다, 선배다 결혼식만 하면 불려가 축가를 불러주고는 한다.

한번은 인터넷에 노래를 올려 2위를 하여 박진영 씨 소속사에서 오디션을 보지 않겠느냐고 연락이 와서 서울을 다녀왔는데 키가 너무 크다는 이유로 퇴짜를 맞았다.

한번은 내 고등학교 동창들과 노는 자리에서 제 전공인 발라드가 아니라 트로트인 '자옥아'를 불렀는데 얼마나 잘 부르던지 내가 들어도 반할 만큼 멋들어지게 불렀다. 아마도 내 동창들에게서 적지 않은 용돈을 받아갔으리라.

그리고 큰아들은 좀 덜렁대는 편인데 이는 나를 닮은 듯하다.

지금 타고 다니는 차가 내 이름으로 등록이 되어 있어 보험 영수증이나 도로교통법 위반 등 범칙금 쪽지는 언제나 우리 집으로 날아왔기에 그 아이가 어디를 어떻게 다니는지, 얼마나 나라에다 많은 세금을 갖다 바치는지, 나는 가만히 앉아 있어도 다 알 수 있었다.

내가 성격이 급한 관계로 운전을 할 때 커브 길에서 속력을 줄이지 못해 뻔질나게 도로가 수로에 처박혀 견인되어 가야 했었으니 어떻게 부모의 유전자를 닮았다 하지 않을 수 있겠는가.

오죽하면 나라에 세금 바칠 돈으로 엄마 용돈이나 좀 주지 하고 내가 비아냥대면 엄마 닮아 그렇다는 데야 할 말이 없었다.

그 반면 작은아이인 휘주는 착하기는 하지만 냉철했고 현실주의자이다. 어려서부터 혼자 놀기를 좋아했고 레고 블록을 갖고 놀기를 특히 좋아했는데, 잘 조립이 안 되고 꽤 오랜 시간이 지나도 마음대로 조립되지 않으면 벽에다가 휙 던지고 돌아앉아서 소리도 내지 않고 눈물을 찔끔거리며 울었다.

한참을 그러다 다시 팽개친 장난감을 다시 들고 와 앉아 처음부터 다시 조립을 시작하고 얼마가 걸리든 결국은 제대로 조립을 해내고야 말았다. 한 번 하겠다고 마음을 먹으면 끝까지 물고 늘어져 이루어내고야 마는 근성이 있는 것이다.

어릴 때는 제 형이 내가 보낸 용돈을 다 쓰고 살살 꼬드기면 저도 아끼며 쓰고 있는 용돈을 다 털어내 주고는 했는데, 고등학교를 다니면서부터는 어림도 없었다.

이휘주 주머니에 한 번 들어간 돈은 썩을지언정 절대 나오는 법이 없다고 한 번씩 큰아이가 말하며 고개를 절래 절래 흔들었다.

더 커서도 내가 주는 용돈은 저축을 해놓고 책을 산다거나 다른 필요한 무엇이 있으면 나에게 돈을 받아가서 샀으니, 그 아이에게 있어서 제 엄마가 주는 용돈은 오로지 저축용의 용도로만 쓰였다. 더구나 대학시절 내내 장학금을 받았고 방학 때는 학원에서 중고등학교 학생들에게 영어와 수학을 가르쳐 용돈을 모으고 철저하게 자기관리를 했는데, 늘 활짝 웃고 얼굴에 항상 미소를 띠우고 다니는 휘주를 싫어하는 사람은 아무도 없었고 그 사실은 지금도 마찬가지이다.

그래도 엄마인 내게는 엄마 없이 어린 시절을 보낸, 아픈 상처를 가진 휘주가 아직도 애처롭고 가엾어 내 아기로밖에 보이지 않는다.

내가 다 큰 아이를 '아기'라고 부른다며 주위의 사람들이 놀려댔지만 나는 개의치 않았고 지금도 가끔 전화해서 안부를 물어볼 때에 나도 모르게 "엄마 애기, 잘 지냈어요?" 하는 말이 나오고 휘주도 당연한 듯이 "응. 엄마." 하고 대답한다.

포장마차는 동네 사람들의 예견처럼 술을 팔지 않고서는 도저히 생활을 꾸려갈 수도 없을 뿐더러 힘들게 장사하는 보람도 없었다.

그리하여 울며 겨자 먹기로 소주, 맥주, 막걸리 등과 가벼운 술안주 위주로 메뉴를 바꾸어야 했다. 따라서 비빔밥, 국수류, 아이들 돈가스나 식사류를 팔지 않게 되면서 자연스럽게 손님들이 술꾼들 위주로 바뀌게 되었다.

개중에는 처음 개업을 하고 술을 마시러 왔다가 거절당하고 갔던 손님들도 있어 "거봐라, 내 말이 맞지 않냐. 술을 팔지 않고는 밥 못 먹고 산다고 했지." 하는 사람들과 "쳇, 거봐, 내가 술 안 팔고는 돈 안 된다고 했어? 안 했어? 그때는 뭐? 저희 집은 이제부터 술 안 팔 거니까 다른 가게로 가보세요? 아주 웃기십디다." 하며 오지 않는 두

부류가 있었다.

밤이 깊어가고 새벽으로 갈수록 채소가게나 분식집들은 문을 닫고 가버린다. 그럼 어둡고 캄캄한 골목길에 3개의 포장마차만이 불을 켠 채 장사를 했는데 술에 취한 손님들이 집에 들어가기 전 마지막 코스로 들르는 곳이었으므로 크고 작은 다툼이 늘 있었고 더러는 벌어진 싸움으로 인해 경찰까지 출동을 하는 경우가 있었다.

또한 3개의 포장마차에서 빈번하게 벌어지고 있는 주정뱅이들의 싸움과 경찰의 출동은 다른 업종의 장사를 하고 있는 상인들에게 곱게 비칠 리가 없었다.

그래서 자주 회의다 뭐다 하면서 포장마차를 하고 있는 3명의 업주들에게 그 책임들을 돌리며 너무 늦도록 장사하지 말아달라는 둥 별의별 소리로 비난을 해댔다.

포장을 쳐놨음에도 불어 들어오는 혹독한 왕바람을 맞으며 두 번의 겨울을 지나는 동안, 그렇지 않아도 추위에 취약한 나는 서서히 지쳐가고 있었고, 급기야는 병원에 투석치료를 받고 온 날은 장사를 쉬는 날이 하루씩 늘어가기에 이르렀다.

작은아들 휘주마저도 제 인생을 찾아 평택으로 떠나고 혼자 남은 나는 조금씩 일을 놓고 쉬고 싶어졌다.

주위 사람들은 그 몸을 해가지고 무슨 일을 하느냐며, 다 장성한 아들이 둘씩이나 있는데 무슨 걱정이냐고 하였다. 큰아들은 결혼까지 시켰겠다 작은아들은 어디 내놓아도 똑 부러지게 제 권리 행사하며 잘사는 아이니 제 인생 알아서 살아갈 터이니 이제는 좀 쉬면서 아들들에게서 한 달에 얼마씩 용돈이나 달라고 하여 병원에나 다니며 편히 좀 살라고 한다.

어려서부터 아픈 몸으로 두 아들에게 제대로 해준 적도 없는 내가 엄마라는 이름으로 내 아이들에게 늙어가는 몸을 의지하는 것도, 용돈이다 뭐다 달라며 손 내미는 것도 더더욱 자존심 상하고 싫었다.

그래서 시작한 포장마차였지만 나는 서서히 체력의 한계를 느꼈고 술 취한 인간 궁상들에게 슬슬 싫증이 나고 있었다.

거듭되는 실패

일확천금을 꿈꾸는 자를 겉으로는 비웃지만 속으로 로또라도 맞아주기를 간절하게 소망하는 것이 우리가 아닌가.

나도 예전에 고달픈 삶을 단 한 방에 해결할 방법을 모색하다 SMK라는 다단계 회사를 우연히 만나 낭패한 경험이 있다.

얼마 전까지 대한민국을 시끌벅적하게 했던 조희팔이라는 사람이 사장으로 있던, 자석요와 건강식품을 다단계식으로 파는 회사였는데 그들의 상의를 들으면, 금방이라도 월 수백 수천도 벌수 있을 것 같은 환상에 사로잡힌다.

오로지 두 아들과 함께 잘살아 보고 싶다는 열망 하나로 지치고 아픈 몸으로 힘든 야간 일을 하지 않아도 될 수 있는 길이 있다면 무엇을 마다하겠는가. 더러는 나와 함께 가 준 친구도 있지만 가족들은 그 일로 엄청난 물질적, 시간적 손해를 보았다.

사람들이 불법 다단계니 뭐니 하면서 나를 만류했지만 그 당시의 나는 믿어주지 않는 그들이 야속했고 어리석어 보여 "그래, 내가 너희들을 봐서라도 꼭 성공해 너희들을 당당하게 비웃어 주리라." 하며 이를 갈았다.

더구나 그 회사의 20대 후반 정도밖에 되지 않은 새파란 젊은 사람이, BMW를 타고 다니며 한 달에 수천만 원을 버는 현실에 도취되어 나도 할 수 있을 거라는 자신감에 젖어 살았다.

오죽하면 아이들에게도 엄마가 돈 많이 벌어 하고 싶은 거 다 하면서 함께 살날이 곧 오니까 조금만 참고 살자며 큰소리를 쳐댔다. 실제로 그렇게 될 거라 믿었으니까.

지금 아들이 엄마가 시작해서 잘된 것이 뭐가 있냐고 볼멘소리를 하는 것도 모두 그의 영향일 것이다.

그렇게 일 년을 서울 본사는 물론 대구로 다니며 차비다 밥값이다 쓰고 나니 카드빚만 2천만 원 정도가 되었고 그제야 정신이 번쩍 들었다. 주위에서 그토록 말리던 사람들의 말들이 생각났고 나는 실의에 빠져 한동안 움직이지도 못할 만큼 아팠다.

그렇게 사람들에게 속아 죽어라 야간 일을 하고 살면서 카드빚을 갚느라 더 고달픈 인생을 살았던 것이다.

이제 다시는 또다시 황망한 다단계의 권유를 받아들일 내가 아니었다고 생각했으나, 아는 동생이 매일 찾아와 권하고 또 권하는 말에 마치 물이 스며들듯 조금씩 내게로 스며들어 왔고, 결국에는 돈 한 푼 안 들이고 어차피 쓰는 폰 하나 바꿔주면 그것으로 인맥이 형성되고 돈이 된다니 손해 볼 일도 없을 것 같아 나는 그 회사에서 핸드폰을 하나 구입하면서 또 다른 다단계에 입문을 하고 말았던 것이다.

더군다나 회사 대표가 매주 월요일마다 유트브를 통하여 생방송 강의를 전국에 있는 센터나 지사에 전송했으므로 간단하게 마인드를 세울 수 있었고 나는 굳이 먼 곳으로 나가 고객을 만나지 않아도 되었다.

포장마차는 그대로 유지하되 찾아오는 고객들에게 자연스럽게 '핸드폰을 바꾸면 이러이러한 혜택이 있다.'고 얘기만 하면 되니까 너무나도 쉬운 사업이라 생각을 했다.

그러나 세상에 쉬운 일은 어디에도 없다는 말이 실감이 날 만큼 그 일은 어려웠고 내가 말을 꺼낼라치면 '다단계' 아니냐는 물음이 먼저 따라왔고 다단계라는 세 글자만 들어도 별로 피해 본 것도 없으면서 남의 경험을 자기의 것처럼 이야기하며 두드러기부터 일으키는 우리나라 사람들의 특성을 너무나도 잘 보여 주는 것이었다.

나와 술손님들은 자연히 자신이 옳다고 생각하는 부분을 끝까지 주장하게 되었고 잦은 말다툼까지 하게 되었으니 단골손님을 하나씩 잃어갔고 주위에서 상인들은 나를 보며 다단계 포차라고 말들을 하면서 경계를 하였다.

그것이 2015년 7월부터 2016년 2월까지의 일이었는데 나는 또다시 1500만 원가량의 카드빚을 지게 되었다.

돈 한 푼 안들이고 할 수 있다고 말하던 일의 결과가 이러하니 누구를 원망할 수 있겠는가. 물론 그것을 권한 것은 아는 동생이었지만 무엇보다도 힘 덜 들이고 많은 돈을 벌어보자고 생각했던 내 욕심이 부른 결과이니 또다시 나는 고스란히 그 결과를 껴안아야 했고 지금도 그 빚을 갚고 있다.

먹고 싶은 것 못 먹고 변변히 중요한 자리에 입고 나설 옷 한 벌이 제대로 없는 내가 이토록 어리석고 힘든 과정을 되풀이하면서 사는 것은 어쩌면 말로는 하나님의 자녀라고 말하면서, 실제로는 자녀다운 삶을 살지 못하는 내게 주시는 일종의 벌 같은 것이 아닐까 생각해본다.

'그래, 자녀에게 벌주기를 원하는 부모가 어디 있으며 악한 자라도 자녀에게 좋은 것으로 줄 줄 알거늘 하물며 하나님일까 보냐.'는 성경말씀을 생각하고는 그나마 마음의 위안을 얻었다.

지금도 나는 두 아들이 엄마의 전화요금과 폰의 할부금을 내주고 있고, 엄마 때문에 사용하지도 않는 전화기 대금과 기본요금을 매달 내고 있는 실정이니 이 또한 큰 피해가 아닌가.

사랑의 이름으로 두 아들에게 준 피해로 인해 아들들은 엄마에 대한 신뢰를 점점 잃어가는 듯하다.

그즈음, 또 다른 회사를 소개받아 사람을 모으기 시작했는데 이제 '다단계' 소리만 들어도 경기가 날 것만 같던 나였지만 핸드폰으로 인한 손해를 조금이라도 만회할 목적으로 그곳에 발을 들여놓게 되었다.

믿고 따르던 스폰서의 강력하고도 믿음에 찬 확신이 있었기에 가능했고 나는 또 카드를 긁어 수백만 원의 돈을 만들어 그 사업에 뛰어들었고 생계를 유지시켜 주었던 포장마차는 아예 문을 닫는 날이 더 많아지자 주변 상인들의 원성과 걱정을 동시에 받아야 했다.

할 수 없이 포장마차를 내놓았는데 워낙 경기가 바닥인 터여서 보러 오는 사람도 없었다.

나는 누구 앞에서도 당당하게 내 아이들을 위해 목숨을 내놓고 살았노라고 말할 수 있지만 두 아들들은 거듭된 두어 번의 실패로 엄마를 신뢰할 수 없는 사람, 번번이 일만 저지르는 사람으로 낙인을 찍어버렸다.

그 수많은 낮과 밤이 가고 계절이 바뀌는 동안 자기들의 엄마가 어떻게 살았는지 까마득하게 잊어버린 아들들에게 어떻게 해서든지 존재감을 심어 주고 싶었고 자랑스러운 엄마로 남고 싶어 나는 아직도 그 길을 모색하고 있다.

새로 시작한 사업은 화장품과, 비누, 치약, 건강 커피와 수소 정수기, 건강식품을 주로 취급을 했는데 나와는 정말 잘 맞아 떨어지는 아이템이었다.

만성신부전과 혈액투석

　만성 신부전증으로 인한 혈액 투석은 어지러움, 메스꺼움 등의 요독 증상이 있을 때 약물 치료에도 불구하고 부종이 치료되지 않을 때나 신장 기능이 10% 이하로 떨어졌을 때 시작하게 된다.

　혈액 투석은 일주일 중 3일, 1회에 4시간 동안 치료를 받아야 한다. 무엇보다도 중요한 것은 투석 과정에서 발생할 수 있는 저혈압 쇼크, 혈관 문제 등의 응급 상황에 대처할 수 있는, 믿을 수 있는 병원을 찾아가는 것이다.

　혈액투석 병원을 선택할 때는 신장내과 전문의, 투석전문 간호사 등이 상주하는지를 살펴보고, 깨끗한 실내 환경과 믿을 수 있는 장비를 사용하며 응급 의학과, 외과 등 응급상황 발생 시 원활한 협력진료가 가능한 곳인지 살펴보아야 한다.

　특히 흡연은 신장에 매우 좋지 않음으로 반드시 금연하여야 하고 철저한 식이요법 또한 병행되어져야 한다.

　신부전 초기에는 탈수를 막기 위해 충분히 물을 섭취해야 하지만 신부전이 진행되면서 소변량이 감소해 수분 배설이 어려워지면 물 섭취량을 제한해야 하고 나트륨, 칼륨, 인 등의 단백질 섭취 또한 제한해야 한다.

　만성 신부전 환자의 경우 음식물 섭취에도 많은 제약이 따른다.

　우선 환자는 칼륨 함량이 많은 바나나, 토마토, 참외, 수박, 오렌지

등의 과일과 그것들로 만든 주스를 피해야 하고 시금치, 상추 부추 등 생야채의 섭취도 줄여야 한다.

원래 칼륨은 소변으로 배출되기 때문에 문제가 없지만 소변 활동이 원활하지 않은 환자는 소변으로 배설되지 못한 칼륨이 혈중에 남아 있어 그것으로 인한 고칼륨증이 발생할 수 있고 부정맥 및 심장마비 등의 치명적인 결과를 초래할 수도 있다. 그러므로 우유, 유제품 및 곡류와 단백질 섭취를 줄여 적정한 혈중 인수치를 유지해야 한다.

인은 우리 몸의 칼슘과 결합하여 뼈에 흡수되는 칼슘의 활동을 방해해서 뼈를 더욱 약하게 만드는 역할을 한다. 그리하여 오래도록 투석을 한 나는 조금만 인 관리를 소홀히 해도 무릎 관절, 손목, 손가락 마디마다 아파온다.

조절되지 못한 인이 몸에 흡수되는 칼슘을 막아 뼈를 약하게 하므로 발목을 잘 접질리고 높은 신발을 신고 조금만 걸어도 발목이 아파 밤새 잠을 설친다.

그리고 투석으로 핏속에 있는 노폐물을 제거하게 되는데 그야말로 혈관만을 청소 해줄 뿐 바깥쪽, 그러니까 피부에 있는 노폐물은 제거되지 않는 셈인 것이다.

그러다 보니 초기 몇 해 동안은 잘 모르게 되지만 시간이 지나갈수록 피부에 쌓이는 노폐물로 인하여 피부가 거무스레해지고 수없이 많은 트러블을 일으키고는 한다.

나 같은 경우는 계속된 직장 생활로 다른 사람들에게 아픈 사람이라는 느낌을 주지 않으려고 매일 화장을 하니 우선은 커버되는 것처럼 보이지만 실상 화장을 지우고 맨 얼굴을 드러내면 그제야 오래된 환자의 얼굴이 나타난다.

남녀 공히, 투석치료를 받다 보면 너무나 힘이 들어 직장생활을 못 하게 된다.

시간이 맞지 않아서이기도 했지만 직장생활을 못 하게 되는 가장 큰 요인은 기운이 떨어지고 음식조차 마음대로 못 먹고 어디를 여행 가고 싶어도 이틀에 한 번씩 꼭 해야 하는 투석 때문에 포기하기 십상이고 이러다 보니 삶이 재미없어지고 기운이 다운되어 아무것도 할 수 없고 하기 싫은 무력증에 빠지는 것이다.

새로 시작한 사업체의 화장품은 특히 나처럼 피부에 노폐물이 축적된 사람에게 상당한 효과가 있었는데, 마사지크림을 적당히 바르고 난 후에 림프절을 중심으로 문질러주면 피부 속 노폐물이 임파선을 통해 배출이 되면서 피부 톤이 맑아지고, 주름이나 칙칙한 피부가 개선이 되니 그야말로 내게는 그런 화장품을 만난 것이 행운 중의 행운이라고 할 수 있었다.

그리하여 나는 그 사업에 내 삶과 아이들의 미래를 위하여 해줄 수 있는 전부를 걸었고 정성을 쏟아 부었다.

한 번의 뼈아픈 실패를 겪었던 나는 고슴도치처럼 마음을 웅크리고 신중에 또 신중을 기했다.

그러나 나는 세상살이에 서툴고 너무도 사람을 쉽게 믿었다. 무조

건 리더를 믿고 부자 되게 만들어 주겠다는 회장단을 신뢰했고 조금도 의심하지 않았다.

필연

그즈음 하고 있는 사업을 통하여 나는 2016년 3월, 내 인생 최고의 스승님을 만나게 되지만 그 당시에는 그분이 내 인생에 그토록 큰 영향력을 미치게 될지 알 수 없었고, 그분 역시 나를 알아보지 못하였다.

서울 본사와 지방의 전체 직원들이 모여 충주에 위치한 호텔에서 1박 2일의 워크숍을 열었는데, 그분께서는 그곳에 사상체질을 강의하는 강사로 초빙되셨다.

그러나 그때는 1박 2일 동안 우리를 교육의 지루함에서 건져주셨고, 재미있고 유쾌하게 강의를 진행하시는 분쯤으로 생각을 했지 그분과 내가 스승님과 수제자님 하고 부르는 사이가 될 줄 누가 알았겠는가.

어찌 되었든 시간이 갈수록 내가 새로 시작한 사업에 투자하는 시간이 늘어만 갔다. 나는 이틀에 한 번 병원에서 보내는 시간 외의 거의 대부분의 시간을 내가 하는 화장품과 수소수기 사무실에서 보냈고, 화장품에 관심을 두고 찾아온 고객에게 내가 배운 마사지를 정성을 다해 해주고 제품 설명을 하는 데 많은 시간을 할애해야 했다.

어떤 날은 병원에 다녀와서도 마사지 고객이 밀려 쉬지도 못하고 바로 마사지를 해야 했기에, 온몸으로 진땀을 줄줄 흘리며 마사지를 하고, 제품을 설명하고, 뚝뚝 흐르는 땀을 닦느라 정신이 몽롱했다.

그때 같이 장사하는 상인들이 전화를 했다.

'가게는 그만두는 것이냐, 중간지점에 불이 꺼져 있고 천막이 내려져 있으니 분위기상 너무 안 좋다.'는 둥 별 말을 다해왔지만 이미 포장마차에서 마음이 떠난 내 귀에 들어올 리가 만무했다.

지방 소식지 두 군데나 가게를 내어놨지만 연락이 없었고 나는 극단적인 선택을 하게 되었다. 구미지점에서 같이 사업을 하는 사장님 한 분에게 슬쩍 의사를 타진한 것이다.

그 사장님은 과거에 식당 주방에서 찬모로 일한 경력이 있고 또 전에 같은 전자 회사에 다녔던 인연으로 약간의 친분이 있었으므로 혹시 포장마차를 해서 용돈이나 벌어 써보지 않겠냐고 물어봤더니 급히 반색을 하며 좋다는 것이었다.

그녀는 용돈을 벌어 쓸 수 있어 좋고, 나는 가게가 팔릴 때까지 가게 세를 내지 않아서 좋다며 서로가 뜻을 맞췄다.

물론 나는 돈 한 푼 받지 않고서 모든 집기며 냉장고 속 된장은 물론 냉동실 속의 안주류까지 하나도 건드리지 않고 그대로 다 주고 몸만 빠져 나왔고, 그녀 또한 빈 몸만으로 들어와 장사를 시작했다.

남아 있는 술은 원가를 쳐서 돈으로 받았고 가게가 팔릴 때까지

한시적으로 그녀가 가게를 맡아서 장사를 하다가 실제적으로 포장마차를 권리금을 주고 들어오겠다는 사람이 나서면 가게에서 빠져주겠다고 약속을 하였다.

비밀이 아니므로 몇몇 사장님들이 계신 곳에서 구두로 이야기가 오고가고 결정이 났다. 나도 그녀도 서로의 편리를 위해 한 약속이었고 문제가 될 것이 하나도 없었다.

그 당시에는…….

사업 초기에는 사무실이 사람들로 넘쳐났고, 날마다 새로운 사람들을 만나고 제품을 전달하고, 서울 본사로 회사 사장님의 강의를 들으러 가는 등 정신없이 바빴다.

그 결과 통장에 돈이 꼽히고 세상 부러울 것이 없었다.

마음이 통하고, 생각이 통하고, 목표가 같은 사람들끼리 함께 일을 하고, 함께 먹고, 울고 웃는 사업은 잘될 거라는 희망으로 가득했고 실패할 거라는 생각은 꿈에도 해본 적이 없었다.

그랬었기에 나는 통장의 돈을 재투자했을 뿐 아니라 사무실의 리더들과 친정엄마를 찾아가 돈이 들어왔던 통장까지 보여주며 함께 할 것을 거의 반강제로 약속받기에 이르렀고 엄마에게 불행 끝, 행복 시작을 선포하기에 이르렀다.

엄마도 몸이 아파 힘들게 고생하며 살고 있는 딸에게 새로운 기회다 싶으셨는지 대출을 내어 투자를 하셨다.

사람이 어디엔가 한 번 미치면 이성을 잃고 마는 경향이 있는데 내가 꼭 그랬다. 내 욕심은 거기에 그치지 않았다.

두 아들들에게 반강제로 투자할 것을 강요해 적지 않은 돈을 투자 받았고 거기다 은행대출, 급기야는 카드 장기대출까지 받아 회사에 투자하기에 이르렀다.

그때를 맞춰 회사도 중국진출 카드를 제시해 우리를 더욱 희망에 부풀게 했고, 회사 말로라면 이제 투자할 만큼 했으니 느긋하게 기다리기만 하면 되는 일이었다.

나는 우쭐해져 두 아들에게 경제적인 지원을 하며 남은 삶을 풍요 롭고 여유 있게 즐기며 자랑스러운 엄마로, 멋있는 할머니로 살 것 을 날마다 상상하며 행복했다.

이제 피 눈물 나는 고생은 끝났고 행복을 즐기면서 살 일만 남은 것이었다. 내 가엾은 엄마에게도 이 사업의 성공으로 노년이 평화로 운 삶을 줄 수 있다 생각하니 이 또한 행복했다.

왠지 빠르게 급류를 타던 사업이 조금씩 정체가 되어 완만하게 흐 르는 듯했으나 나는 일말의 의심조차 하지 않았다. 여전히 회사의 회장님 일행은 일주일에 한 번꼴로 구미의 우리 사무실로 내려와 사 업자들에게 잘되고 있다는 확신을 심어주었고, 열심히 사업에 몰두 해주기를 독려해 주었다.

꿈을 캐내다

그즈음 함께 사업을 하는 스폰서 사장님 중의 한 분께서 사업 초기에 1박 2일의 합숙 강연을 해주셨던 체질전문 강사이며 홍채 연구가이신 성창운 교수님과의 교류를 지속해오시던 중에 부산부경대 평생교육원에서 체질강의를 하고 있다며 같이 가보지 않겠냐고 물어 오셨다.

나는 별 관심이 없었고 오직 내가 하고 있는 사업이 잘되어 하루라도 빨리 이 가난의 굴레를 벗고 싶었을 뿐이었다.

그 당시 내 눈에는 그런 사장님들이 마치 지친 일상을 벗고 일주일에 한 번 소풍을 가는 것쯤으로 여겨졌고 별로 관심을 갖고 싶지 않았다. 그러나 그분들은 시간이 지나갈수록 얼굴에 피어오르는 미소가, 주고받는 말의 어투가 달라졌고 이때까지는 찾아볼 수 없었던 자신감이 넘쳐흘렀다.

사람은 같은 사람인데 무언가 낯선 듯한 달라짐이라고 해야 하나? 보아하니 사장님들 몇이 등록비를 내고 정식으로 성창운 교수님의 수업을 받기 위해 매주 화요일이면 부산에 다녀오고 계신 것이었다.

교육은 15주 진행이 되었는데 중도에 공부를 그만두고 떠난 사람이 둘, 그러니까 15주의 힐링 지도사 공부를 마치고 사각모를 쓰고 졸업을 한 사람은 내게 함께 가기를 권했던 사장님을 포함한 3명이었고 그렇게 그들은 부산 부경대 평생교육원의 힐링 지도사 1기라는 역사가 되었다.

나는 은근히 부럽기도 했지만 마음의 여유가 없었음으로 다음 2기 때 꼭 해보라고 권하시는 동업자 사장님의 말씀을 아예 무시해버렸다. 그럼에도 나의 스폰서 사장님은 나를 끈질기게 설득하셨다. 어쩌면 이번 기회가 내 인생의 터닝 포인트가 될 수 있으니 심사숙고해보라는, 그리고 매주 화요일마다 다른 한 분의 사장님과 함께 부산을 함께 오고 가주겠다 약속까지 하셨다.

솔직히 내가 기차를 타야 하거나 버스를 타고 다녀야 한다면 말도 안 된다고 일축해버리면 그만이었으나 나를 위하여 부산까지 운전을 해주시겠다고 말씀을 하시는 데야 더 이상 거절을 할 수가 없었다.

그렇게 나는 자의 반 타의 반으로 성창운 교수님의 부산부경대 평생교육원의 힐링지도사 2기에 등록을 하게 되고 내가 여태껏 가보지 않은 길을 가게 되었다.

산 넘어 산

그때쯤 내 포차를 운영하는 그 사장님은 여름 한철 엄청난 고생을 했을 것이다.

천막으로 만들어진 천정이니만큼 사방에서 훅훅 더운 공기가 품어져 나와 그녀를 숨 막히게 했을 것이라는 것은 보지 않아도 훤히 알 수 있었다. 그러나 내가 하기 싫다는 그녀를 등 떠밀어 억지로 시킨 적 없고 그녀 또한 경제적으로 도움이 되었음으로 그 일을 해보겠다고 시작했던 것이 아닌가.

10월이 되어 아침저녁으로 조금씩 서늘한 바람이 일어나자 몇 군데서 가게에 대해 문의가 들어오더니 드디어 가게를 하겠다는 사람이 나섰다.

나는 지역신문에다 가게를 내놓고도 바로 지금 장사를 하고 있는 그녀에 대한 예의라 생각을 하고 전화를 걸어 지역신문 두 군데에 광고를 냈고 혹 가게를 인수해서 해볼 생각이 있으면 말하라고, 우선권을 주겠다고 했으나 그녀는 돈이 없어서 할 수 없노라고 가게 임자가 나서면 비워 주겠노라고 분명한 약속을 한 터였다.

그리고 계약을 하기 전에도 두 번씩이나 전화를 걸어 그녀의 의사를 확인하고 새로운 주인과 계약서를 쓰고 계약금 50만 원을 받았다. 새로운 주인은 그녀에게 3일을 줄 터이니 가게를 비워 달라고 하라며 나에게 실수하지 않기를 신신 당부하였다.

그분은 완전히 업종을 바꾸어 술을 팔지 않고 가게를 완전히 수리해서 튀긴 호떡이나 어묵 종류의 분식 가게를 하겠노라고 하셨다. 따라서 내 포장마차에 있던 모든 집기들을 다 빼달라고 하셨다.

문제는 다음 날 발생을 했는데 내 포차를 하고 있는 그녀에게 계약을 한 당일 밤에 너무 늦은 듯해 문자 메시지를 넣어 두었는데 그걸 보고 내게 전화를 걸어 온 것이었다.

그녀의 첫말은 뜬금없이 이게 뭐하자는 짓이냐는 거였고 나는 나의 귀를 의심할 수밖에 없었다. 내 가게는 예견된 대로 매매가 되었고 가게를 인수함에 있어 우선권을 주었음에도 분명히 거절의 의사를 밝힌 그녀였기에 이제 우리가 3개월 전쯤에 구두로 약속한 대로 가게를 빼주면 되는 것인데, 이제 와서 이런 식으로 나오다니 참 어이가 없었다.

아니한 말로 그동안 자기는 돈 한 푼 안들이고 몇 개월 돈을 벌어 썼고 솔직히 더운 데서 고생한 것도 자기에게 돈이 되니까 고생을 자처했던 것이 아닌가. 만약에 번 돈의 얼마를 내게 줬다면 얘기가 달라지지만, 그리고 돈을 버는 동안 상가 번영회에다 세를 내는 것은 당연한 것이 아닌가.

내가 자기에게 가게를 해보겠느냐고 제의를 했을 때도 나는 세를 안 내서 좋고 자기는 투자금 없이 용돈이라도 벌어 쓰니 좋은 일이 아니냐고 얘기를 했던 상황임에도 불구하고 이렇게 나올 줄은 꿈에도 생각 못 했고 사람이라면 그래서는 안 되는 것 아닌가.

그녀는 그 이후에도 가게를 못 비워 주겠다며 억지를 써댔고 나이가 한참 위인 나에게 온갖 쌍욕을 해댔다. 나에게 가게를 거저먹으려 든다며 그 따위로 살지 말라고도 했다.

그렇다. 내가 그 따위로 살지 말았어야 했다. 3개월 전에 그녀에게 그런 제안을 하지 말아야 했었고, 가게 문을 계속 닫아 두더라

268

도 그녀를 믿고 가게를 맡기지 말아야 했던 것이다.

믿었던 내가 실수였고 나쁜 사람이었다.

말도 안 되고 터무니없는 권리금의 액수를 제시하며 그것만 받고 자기에게 가게를 넘기라며 버텼다. 내가 기막혀하면서 계약을 하기 전에 내가 분명히 안 하는 거 맞느냐고 물어봤고, 안 한다고 분명히 대답해놓고 왜 이러느냐고 따져 물었다.

지금 계약서에 사인을 해서 계약금의 일부를 받기까지 했는데 위약금이 발생된 이 사태를 어떻게 해결할 거냐며 위약금을 대신 법대로 물어 줄 거냐고 했지만 그녀는 끝까지 억지를 써대며 자기는 절대로 가게를 못 비워 주겠다며 버텼다.

새로 가게를 인수한 사장님 또한 절대로 양보 못 하니 알아서 하라며 계약금의 나머지 금액을 그날로 내 통장으로 입금시켜 버렸다.

그렇게 해서 이 사태의 유일한 해결책은 그녀가 조용히 가게를 비우고 나가주는 것뿐이었다.

그녀는 워낙 목소리의 톤이 커서 내가 한 마디 말을 하면 열 마디 백 마디를 속사포처럼 쏘아붙였으므로 내가 길게 상대하다가는 지레 죽을 것 같아 일단 뒤로 빠지고 큰아들에게 해결을 맡겼다.

처음에 그녀는 우리 아들과 함께 포차에 들른 나를 보더니 말을 안 하려고 들었다.

아들이 없는 전화에 대고는 별 입에 담지 못할 욕을 해대더니 덩치 큰 은엽과 함께 가자 나를 부르는 호칭이 '언니'로 돌아와 있었다.

그리고 일목요연하게 선후를 따져가며 나지막한 톤으로 이야기를 하는 아들을 도저히 이기지 못할 강적으로 인지했는지 끝내 그녀는 가게를 비웠다.

내게 무지막지한 욕을 퍼붓고, 그래서 술을 파는 포장마차였던 그곳은 이제 호떡과 어묵 등 분식을 파는 가게로 탈바꿈을 했고 가게를 다 뜯어내어 완전히 새롭게 단장하였다.

이렇게 나는 호의를 베풀다가 욕을 먹는 일이 부지기수였다.

그래서 친정엄마는 나를 헛똑똑이라고 부른다.

정말 생각해보면 나는 엄마를 닮은 구석이 너무 많았다. 엄마도 나처럼 감성이 풍부하고 상상력이 풍부해서 누구에겐가 무슨 말을 들으면 금세 눈앞에 들은 얘기에 대한 그림들이 쫘악 펼쳐진다고 말씀하셨다.

그래서 엄마와 나는 대체적으로 죽이 잘 맞고 잘 통하는 듯하다.

꿈을 발견하다

부산 부경대학교 평생교육원의 입학은 그야말로 내 기대 이상이었다. 그곳에서 힐링 지도사의 기본인 사상체질과, 나를 사랑하고 토닥여주는 방법과 사람들 앞에 나가 나를 알리고, 그런 과정을 통하여 놀랍게도 내 자신이 치료되고 있음을 느꼈다.

나에게 힐링 지도사 과정을 강력하게 권하며 이제껏 살아온 삶의 틀을 바꾸어 보기를 권해 주셨던 부경대 1기 조광섭 부회장님께 크고도 많은 은혜를 입었다.

　내가 이렇게 힐링 지도사 공부에 푹 빠져 있을 때, 우리의 사업처인 구미지사에도 많은 변화와 일들이 있었는데 생각보다 사업이 지지부진하다는 생각으로 회사를 떠난 사람들도 많았고 새로 들어오는 사업자들도 많아 전체적인 물갈이가 이루어지고 있었다.

　한편으로는 힐링 지도사 공부의 내공이 쌓여가고 모두 고만고만한 사람들이 모여 수업을 하니 시간이 어떻게 흘러가는지 모르는 사이 우리들은 조금씩 껍질을 벗기 시작하고 조심스레 속에 있는 자기를 드러내기 시작했다.

　그리고 본격적으로 각자의 삶에 뚜렷한 목표의식이 드러난 것은 1박 2일의 언양 MT 때였다.

　우리는 철없는 어린아이처럼 집을 벗어났다는 해방감으로 들떠 있었고 성창운 교수님께서는 아무도 모르게 한 사람 한 사람의 기질과 소질을 찾아내기 위한 관찰에 들어갔지만 우리는 눈치 채지 못한 채 마냥 신이 났다.

　게임을 통해, 함께 나누는 토론을 통해, 무심코 던지는 말이나 행동을 통해, 이제껏 실아 왔던 삶의 여정과 히스토리를 통하여 교수님은 우리를 주도면밀하게 관찰하고 체크해서 각자에게 알맞은 비전을 제시하였다.

놀랍게도 교수님은 내게 글을 써볼 것을 권유해 주셨는데 그 말씀을 듣는 순간 나는 마치 전기에 감전된 것처럼 등줄기로, 찌릿한 무언가가 지나가는 듯했고 온몸에 소름이 돋았다.

어려서부터 마음속으로 늘 글을 써보겠다는 열망은 있었으나 자신도 용기도 없었던 나였기에 마음 한편에 미뤄두고 숙제를 안 한 듯한 찝찝함을 늘 가슴에 품고 살았다.

고등학교 때는 중편소설을 쓰고, 산문 백일장에 나가 수상도 해보고 제법 문학소녀 흉내도 내보고는 했지만 나는 길을 잃었고, 그 후로도 문득문득 치고 올라오는 쓰고 싶다는 충동은 늘 주위의 환경과 글을 쓰는 작가들의 화려한 이력 즉 스펙에 눌려 기가 죽었다.

그 당시만 해도 내가 쓰는 글들을 읽어주고 뒷얘기를 궁금해하는 친구도 있어 그 길로 나가보라고 권함을 받고는 했지만 쑥스럽고 주눅이 든 내 소질을 발견하고 내속에 있는 그것들을 끄집어내어 키워줄 그 누구도 내게는 없었고 나 또한 애절하게 그것을 원해본 적은 없었다.

다만 쓰게 되면 잘할 수 있을 것 같다는 막연한 기대치가 있었을 뿐이다.

그럼에도 성창운 교수님은 단 몇 주 만에 나를 알아보아 주셨고 구체적인 전략이나 방법까지를 모색해 주셨다.

그분이 아니었다면 나는 다만 25년이라는 긴 세월 동안 혈액투석 치료를 하며 지지리도 복 없이 불쌍하고 가엾게 살다가 죽어가고 잊혀질 그런 보잘것없는 인간일 수밖에는 없었을 것이다.

그런 나를 제자로 삼아 주시고 제대로 인생을 역전시킬 기회를 주신 성창운 교수님이시자 스승님께 지면을 빌어 다시 한 번 감사를 드린다.

변명할 길 없는 죄인

두 아들들은 아직도 엄마를 잘 신뢰하지 않는다. 긴 세월을 살아오는 동안 내 딴에는 살아보려 무척 애를 썼지만 육체의 핸디캡을 극복해 내지 못해 한계를 느꼈고 내 아이들을 남보다 더 잘 키우고 싶은 욕심(?) 때문에 두세 개의 다단계를 했었고 그로 인해 두 아들 역시 많은 피해를 입었기에 무어라 변명할 길도 없다.

요즘 세대의 아이들에게는 엄마가 이러이러한 고생을 했고 이런 저런 과정을 겪으며 힘들게 살았다는 것이 중요한 것이 아니라, 얼마나 많은 재산이나 능력이 있어 자기들이 어떠한 혜택을 누리며 살게 되느냐가 훨씬 중요하고 그것만이 관심사인 듯하다.

부모 된 입장의 나로서는 허무하고 슬픈 이야기이지만 그만큼 세상이 아이들에게 가혹하고 혹독하기 때문이 아닐까 하는 생각이 든다. 어쩌면 그리 억울해할 것도 없다. 나 또한 내게 주어진 삶의 테두리 안에서 하늘을 우러러 최선을 다해 살았노라 소리쳐 말할 수는 없다. 그러나 누가 무어라 해도 힘껏 살았고 내 자식들을 키워내기 위해 몸부림치며 살았다.

비록 아들들은 변변히 무엇도 해주지 못하는 엄마의 노력이나 수고를 인정해 주지 않고 있지만 원래 사람이란 것이 장점보다는 상대의 단점이나 결과물을 놓고 상대를 판단하고 마는 편협한 존재가 아니던가.

내 아들들도 크게 다르지 않거니와 오히려 엄마로 인해 물질적 손해까지 본 아이들의 눈에는 내가 하고 있는 모든 일들이 한심해보이고 쓸데없이 일만 저지르고 다니는 철부지로 비치는지 나를 상대해 주려 들지조차 않았다.

지지부진한 사업으로 경제적 어려움까지 처한 나는 사업장에 출근은 하되 오래전에 끊겨버린 본사의 지원이나 투자한 원금에 대한 조금의 지원도 받지 못해 소소한 용돈마저도 친정 친정엄마에게 손을 내미는 지경에까지 이르렀다.

본사에서는 그들대로 어려운 상황을 이겨보려 온갖 노력들 기울이고는 있지만 아직은 빛이 보이지 않고, 뭐가 어디에서 어떻게 잘못됐는지 알 수 없었다. 그렇게 문턱이 닳도록 구미지사에 드나들던 회사의 간부들도 발길을 뚝 끊어버렸고, 단 한 번 돈이 꽂힌 통장에는 그 뒤로 10원 한 장 들어오지를 않았다.

누가 말하기를 경제는 혈관을 타고 흐르는 피와도 같아서 경제가 끊기면 결국에는 죽음에 이를 수밖에 없더라는 말이 꼭 맞았다.

사무실의 스폰서 사장님들은 다음 달에는 돈이 들어올 것이니 조금만 더 기다리자고 말을 했지만 막상 다음 달이 되면 또다시 다음 달에 보자면서 미루었고, 그렇게 거의 1년을 기다리고 있는 현재까지 돈은 들어올 기미가 보이지 않고 스폰서 사장님들까지 슬럼프에 빠져 버렸다.

그나마 힐링 지도사 공부를 통해 내 꿈을 발견하고 캐내어 인생의 방향을 완전히 바꾸기로 마음을 먹었기 망정이지 만약에 내가 아무것도 안 하면서 회사만 바라보고 있었다면 나는 아마도 돈에 대한 압박감에 몰려 미쳐버렸을지도 모를 일이다.

어찌 했든 반대했었음에도 엄마의 부탁과 호소를 거절하지 못하고 적지 않은 돈을 내어준 두 아들들도, 아픈 딸을 돕느라 대출을 내서 투자한 엄마도, 시누이의 사정을 봐주느라 남편 몰래 대출을 내서 빌려준 올케도, 모두 기가 막혀 할 말을 잃었고, 나의 무모함으로 인해 사랑하는 가족들은 엄청난 피해를 입었다.

나는 그들에게 죄인이 되고 말았던 것이다.

내가 몰고 온 이 엄청난 파장이 우리 친정집에 어떠한 사태를 몰고 올지 두렵기만 하다. 아직 남동생이 모르고 있어 폭풍전야와도 같지만 누나가 이렇게 집에 큰 피해를 줬다는 걸 알게 되면 남동생은 아마도 길길이 날뛰며 난리를 칠 것이다.

그렇다고 나나 사장님들이 완전히 포기한 것은 아니다. 아직도 어떻게든지 피해를 최소화시켜 드리려고 애쓰고 있으며 그렇게 되리라는 믿음을 절대 버리지 않는다.

꿈을 향하여

　15주간의 힐링 지도사 과정을 마치고 내 살아온 날들을 책으로 써보기로 마음을 먹고 글을 쓰기 시작하자 나는 내가 그동안 왜 동생이나 주위 분들의 권유대로 글쓰기를 시작하지 않았나 싶을 정도로 수월하게 글이 써졌고, 경제적인 궁핍함이나 가족들에게 씻지 못할 죄를 진 것 같은 강박 관념에서 벗어날 수 있었다.

　밤늦도록 노트북 자판을 두드리는 소리가 마치 감미로운 음악소리처럼 들렸고, 나는 나만의 세계 속으로 빠져 들었다.

　스승님이나 주위 분들의 격려를 받아가며 글을 쓰는 동안 너무나도 행복해 내 얼굴에서 웃음이 떠나지를 않았다.

　어찌 보면 평범하지만 내 자신으로 볼 때는 너무나도 아프고 슬픈 이야기들을 쓰면서 지나온 삶을 되돌아보며 눈물도 지어보고, 돌아가신 지 3년이나 되어버린 아버지에 대한 많은 생각들로 마음이 무너져 내리기도 했다.

　내가 글을 쓴다고 집에 들어앉자 나에 대한 불신이 쌓일 대로 쌓인 큰아들은 또 무슨 일을 벌이느냐면서 내 마음을 아프게 했다. 하지만 그 아이가 무어라 해도 엄마인 나는 할 말이 없었다.

　너희들에게 좀 더 나은 경제력을 물려주고 싶었다든가, 몸이 점점 아파가니 조금은 편하게 노후를 보내고 싶다든가 하는 말들은 변명에 지나지 않았고, 아들들은 더 이상 엄마가 자기들에게 정신적으로 나 물질적인 피해를 입히지 말고 그냥 조용히 살아주기를 간절히 원했다.

내가 아픈 몸으로 저희들을 어떻게 키웠는데 싶어서 섭섭하고 원망하는 마음도 들었지만, 이제까지 부끄럽지 않은 엄마이고 싶어 피눈물 나게 살아온 내 삶은 잘못된 투자로 인하여 완전히 무너져 버리고 말았다.

그래도 나는 새로 각인한 내 꿈에 희망을 걸고 언젠가는 아들들이 엄마의 삶을 이해해주리라 믿으며 글을 쓰는 의지를 꺾지 않았다.

얼마 전 성창운 교수님은 미국 캘리포니아 주립대학교와 계약을 체결하고 서울의 압구정동에 캘리포니아 주립대학 평생교육원의 힐링 지도사 1기를 개설하기에 이르렀다.

나는 왠지 모르게 가슴이 뛰었고 꼭 그 과정을 공부하고 싶었다. 물론 입학금을 낼 만한 경제적인 여건도 어려웠지만 마음속에서 너무나도 간절히 원하고 또 원하고 있어서 나 자신을 주체할 수가 없었다.

나의 남은 삶의 방향을 완전히 바꾸어 주변의 여건들이나 사람들에 의해 끌려 다니는 삶이 아닌, 내가 진심으로 원하는, 나만의 삶을 살고 싶었던 나는, 새로운 세계, 새로운 사람들을 만나보고 싶었다.

어찌어찌하여 캘리포니아 주립대학의 힐링 지도사 과정에 입학금을 만들어 내고 나는 앞으로 달라질 나 자신의 앞날에 대한 기대로 가슴이 뛰었다.

생각해보면 내 자신의 의지대로 내 삶을 제대로 살아본 적이 있었던가 싶다. 어려서부터 결혼 전까지는 아버지의 영향력 아래 묶여 꿈이 무언지 가져볼 엄두도, 어떻게 꾸는 건지도 알 수 없었고 그냥 그렇게 하루하루를 모면하며 살았다.

유일한 탈출구라고 생각해낸 것이 아버지로부터 벗어났으면 하는 것이었고, 그렇게 잘못된 결혼을 감행해 아버지로부터는 벗어났으나 또 다른 올가미에 걸려 버리고 말았던 것이다.

그렇게 사는 동안 나는 나를 잃어버렸고, 존재의 의미는 점점 희미해져 공중을 떠도는 먼지처럼 철저히 분해되고 있었다.

그런 내가 뒤늦게 자신을 되찾고 남은 삶을 바꿔보고 싶어 노력하고 애쓰는 과정은 쉽지 않았다. 너무도 많은 일을 벌여놓은 터라 가족들과 두 아들들에게조차도 아무런 지지도 공감도 받을 수 없는, 힘들고도 괴로운 싸움이었다.

그럼에도 나는 내 꿈을 포기할 수가 없었고, 내 인생, 가족, 두 아들에 이르기까지 무엇 하나도 포기하기 싫었고, 포기할 수 없었다.

그동안 힘들 만큼 힘들었고, 아플 만큼 아팠으며, 절망할 만큼 절망했으니 더 이상은 내 인생을 나락으로 떨어지게 놔둘 수 없었고 그렇게 하지도 않을 것이다.

삶이 나를 속일지라도

12주 동안 매주 금요일 나는 압구정동의 캘리포니아 주립대 힐링 지도사 공부를 하며 각계각층의 다양한 사람들과 문화를 만나며 내가 입고 있었던 낡은 관습의 옷을 벗어 버리고, 새로운 생각들의 날개옷을 갈아입었다.

내가 만난 많은 분들은 따뜻했으며 나를 도와주고 내 자아 존중감을 찾아주려 하셨을 뿐만 아니라 내가 하고자 하는 일에 격려와 지지를 잊지 않으셨다.

그리하여 일주일에 한 번 압구정동으로 가는 그 시간이 내게는 진정한 행복과 기쁨과 희망을 주는 시간이었고, 막차를 타고 내려오면 새벽 한 시가 넘는 시간이었지만 조금도 피곤하지 않았다.

나는 적지 않은 사회생활의 경험이 있음에도 사람을 잘 믿고 모질지를 못해 누군가 마음먹고 나를 속이려고만 든다면 거의 백 프로 당하고 마는 바보 같은 사람이다.

게다가 부끄럽게도 일확천금을 꿈꾸고 심지 않은 데서 거두려는 사심까지 있어 번번이 어이없는 일을 당하고 만다.

워낙 힘들게 살아왔고 어려웠던 터에 몸이 아프다는 핸디캡이 있어 이제는 좀 쉽게 살고 싶다는 마음속의 바람이 자꾸만 나를 초조하게 만들어 사람들의 사탕발림에 넘어가게 만드는 것인지도 모른다.

아픈 육신도 고달픈데 세상은 자꾸만 나를 속이고 나는 또 생각 없이 속고 마는 것이다. 그럼에도 내가 꿈을 버리지 않고 앞으로 나아가는 것은, 세상에는 속이는 자만 있는 것이 아니라 나를 도와 꿈의 날개를 펴고 훨훨 날아오르게 하기 위해 애써주시는 많은 지인들과 벗들이 있기 때문이다.

내가 기쁜 마음으로 잘할 수 있는 것이 하나 있는데 그것은 바로 동화를 구연하는 일이다. 큰아들 은엽이 아기 때 함께 베개를 베고 누워 목소리를 다양하게 내어 동화책을 읽어주면 아들은 초롱초롱 눈을 빛내며 신기한 듯 엄마 얼굴과 동화책을 번갈아보며 좋아했었던 기억이 난다.

12주 동안의 힐링 지도사 공부를 하면서 주위의 교수님들이나 같은 공부를 하는 원우들, 그리고 여러 강사님들을 뵈며 그분들과의 허심탄회한 대화를 통하여 여러 가지 많은 사실들을 알게 되었다. 그런데 각계각층의 지도사들과 강사들의 현실은 내가 생각했던 것만큼 그리 멋지거나 행복하지만은 않은 것 같았다.

상위 20% 프로 강사만이 자기들의 전문 분야에서 두각을 나타내며, 강의를 하고 그 강의를 통하여 경제적인 면까지 해결하고 생활하지만, 나머지 80%의 강사들이나 힐링 지도사들은 심각한 생활고에 시달린다는 사실을 알게 되었다.

나는 여러 사람 앞에 나가서 발표를 한다거나 강의를 한다는 생각만으로도 벌써 가슴이 덜컹거리며 뛰게 된다. 그러다 보니 앞으로 어떻게 무엇을 해서 인생을 바꾸어 볼까 많은 생각을 하게 되었고, 고민 끝에 내가 잘할 수 있는 일을 찾아보게 되었고 그것은 바로 구연동화이다. 아이들과 함께 동화를 구연하며 내가 쓰고 싶은 글을 마음껏 쓰면서 살아갈 나를 상상만 해도 가슴이 뛰는 것이다.

지인의 소개로 구연동화를 전문적으로 하시는 무지개공감 정영혜 대표님을 소개받아 테스트를 받고, 자격증 취급을 위한 수업을 하고 있는데 내 소질을 알아보고 칭찬해주시는 정영혜 대표님의 격려는 나를 기분 좋게 하고 점점 용기 내어 잘하고 싶게 만들어준다. 비록 세상과 현실과 삶이 나를 속이고 힘들게 할지라도 내가 가야 할 길과 꿈을 발견한 내게는 더 이상 장애물이 아니고 극복해야 할 하나의 난관에 지나지 않는다.

아이들도 언젠가는 엄마의 마음과 생각을 알게 되고 지지해줄 거라 믿어 의심치 않는다. 그리고 착한 내 두 아들에게 자랑스러운 엄마이고 싶은 이 소원도 곧 이루어지리라 믿는다.

얼마 전 초등학교 동창모임에 다녀왔다. 처음으로 마음을 단단히 먹고 나간 자리에 그래도 그동안 몇 번의 교류가 있었던 낯익은 친구들이 여럿 있어 영 어색하지 않게 잘 어울릴 수 있었다.

초등학교를 졸업한 지 41년 만에 만난 친구도 있었는데, 우리가 밖에서 만나 지나친다 해도 어떻게 친구임을 알아보겠으며 다만 옆집 아저씨, 아주머니가 아니었겠는가 말이다.

사람은 제 늙는 줄은 모른다더니 내가 그 짝이었다. 코흘리개에다 여자 친구들의 고무줄을 끊고 달아나던 어릴 적 동무들이 인생이 주는 훈장인 주름살을 주저리주저리 달고 나타나자 다들 삼촌쯤으로 비춰졌다. 그중에 몇은 그래도 관리를 하는지 원래 좋았는지 살결이 희고 매끈했다. 남자 동창들도 우리를 보며 속으로 웬 할머니들이 나왔다고 생각했을까?

몸이 아프고 인생이 꺾인 나는 그동안 별로 친구들을 만나지 않고 지냈던 터여서 친구들이 무엇을 하며 어떻게 살고 있는지 도무지 몰랐으므로 경북 도의원을 15년씩이나 하고 있는 친구가 있다는 사실도 그날 처음 듣고 알았다.

힐링 지도자 공부를 하기 전에는 전혀 상상할 수도 없었던 내 돌발 행동들은 그곳에 모인 많은 친구들에게 각인되었고 나는 잊을 수 없는 친구로 나를 남기고 돌아왔다. 앞에 나가 신나게 춤도 추었고 책을 쓰고 있노라 발표도 하고 왔다.

나 자신을 끊임없이 채찍질하며 절대 변치 않기 위한 스스로에게 하는 약속이기도 했다.

나는 늘 내 문제 안에 갇혀 주위를 둘러볼 여력이나 여유 같은 건 없었다. 산다는 것은 언제나 내게 전쟁이었고, 주위는 온통 내가 넘어야 할 산이었고 건너야 할 강이었다.

하루도 내게는 전쟁 아닌 날이 없었고 그렇게 인생의 전쟁으로 단련된 마음은 잘 갈린 칼날처럼 날을 세워 나 자신뿐만이 아니라 주위의 사람들에게까지 얼마나 많은 상처를 입혔던가.

내 부모와 형제가, 아들들이 나의 시퍼런 칼날에 마음이 베어 얼마나 아팠을까.

힐링 지도자 공부를 하면서 많은 교수님들과 동료 원우들의, 자기 스스로를 사랑해주고 토닥여줌을 통하여 나는 문화적 충격을 받았다. 이제까지 살면서 기나긴 병과 싸우며 두 아들들을 바로 세우느라 힘들고 지친 나를 위해 단 한 번이라도 토닥여주고 위로한 적이 있었던가!

나는 무엇보다 더, 누구보다 더, 나 자신을 토닥여주고 위로해야 했으며 안아주고 사랑해주어야 했었다. 그러니 이제부터라도 아이들의 마음 밭에서 떨어져 나와 진정으로 나 자신이 바라는 삶을 살아야 한다. 이제까지 내 삶은 온통 아이들을 위한 것이었고 그로 인해 내 삶은 아이들에게로 스며들어 소멸되고 만 것이었다.

내 삶의 중심에는 언제나 아이들이 있었고, 그것 말고는 내가 의지할 것조차 없었다. 이제 나는 스스로 나 자신을 사랑하는 법을 배웠고, 토닥여주는 위로를 알았다. 조금씩 아이들의 그림자를 벗어나 내 길을 가려 한다.

지친 몸과 마음을 스스로가 위로하고, 보듬어주며 내가 좋아하고 잘할 수 있는 글을 쓰며, 동화 구연을 하며 전국을 내 집처럼 활보하고 다닐 것이다.

병 또한 내 발목을 잡지 못하도록 잘 관리할 것이며 언젠가는 엄마의 삶을 이해하고 지지해줄 아들들에게 또한 더욱 사랑하고 든든한 울타리가 되어주고 싶다.

어둠의 끝에는 눈부신 빛이

누구보다 엄마가 나의 완전하고도 든든한 지지자가 되셨다. 지금 쓰고 있는 책 또한 잘되기를 날마다 기도하고 계신다. 엄마는 자신의 기질과 감성을 닮은 나를 은근히 좋아하시는 듯하다. 아픈 몸으로 자식들과 살려고 별짓을 다하는 딸을 보며, 엄마는 날마다 마음으로 피눈물을 흘리셨으리라.

몇 가지의 다단계를 한다는 이유로 형제들에게조차도 환영받지 못하는 나를 보며 상했던 속마음을 엄마는 온 가족에게 내가 책을 쓰고 있다며 자랑을 하고 스스로 위로받고 계신 듯하다.

나와는 남이 되고 아직도 이해되지 않는 삶을 사는 전남편은 두 아들의 바꿀 수도 무를 수도 없는 아버지이니 앞으로의 그의 삶에도 조금씩의 변화와 인간다운 삶을 회복하기를 간절히 바란다. 지금의 부인과도 오래도록 화목하게 잘살기를 기도한다.

그분에게도 또한 무한 감사를 드린다. 그분이 없었더라면, 전남편은 어떤 형태로든 내 아들들에게 누를 끼칠 것이고 아버지라는 이유로 어떤 부당한 요구를 할지도 모른다. 다행히 그분이 경제적인 부분까지 감당하며 함께 계시니 이 얼마나 다행한 일인가.

지금도 충주에서 식품가게를 운영하고 계시는 아이들의 작은 고모와 고모부께도 지면을 빌어 무한 감사의 말씀을 전하고 싶다.

나는 아이들이 어려서부터 귀에 딱지가 안도록 교육을 했다.

고모와 고모부의 은혜를 잊지 말라고, 그것을 잊는 순간 너희들은 인간이 아니라고, 하물며 집을 지키는 개라도 저 사랑해 주고 밥 챙겨 주는 주인을 사랑하거늘 인간임에야 더할 나위 있으랴.

　아직은 큰아이가 제대로 자리를 못 잡고 살고 있고, 작은아이 휘주는 미혼이어서, 눈에 보이는 것으로 은혜를 갚지는 못하지만 머지 않아 고모부와 고모의 은혜에 보답하는 날이 오리라 생각한다.

　내 엄마는 오래도록 고물상을 지키며 막내 동생의 뒷바라지를 하게 될 것이고 여전히 거래를 트고 있는 어르신네들과 어울려 부침개도 부쳐 드시고 국수도 삶으며 유쾌한 삶을 사실 것이다.

　지금으로 봐서는 큰딸을 먼저 앞세울 일도 없을 듯하다. 하기야 한 치 앞도 모르는 게 사람의 인생이니 우리가 어찌 신의 영역까지 침범하리요. 내 남동생은 지혜로운 올케를 아내로 두었거니와, 하나님과 소통함으로 위로를 얻고 옛 상처를 완전히 치유하여 아버지에게로부터 정신적으로 자유로워지기를 소망한다.

　이제는 아픔도, 슬픔도, 고통도, 기쁨까지도 오롯이 우리들 각자의 삶이고 몫이다. 나 또한 아버지로 인하여 내 인생이 망가졌다는 생각을 버리고 앞으로 내게 주어진 삶을 치열하게 살아낼 것이다. 그리고 사람들 앞에서 용기 내어 선포한 것처럼 작가가 되고 싶고 가능하면 방송작가가 되고 싶다. 그리하여 아이들에게 구연동화를 들려주며 남은 인생의 길을 그렇게 의미 있게 보내고 싶다.

　세상 사람들에게 나 같은 인생도 이렇게 열심히 살고 있다고, 몸으로, 마음으로 보여주며 힘내시라고 전해주고 싶다.

여전히 제 삶 앞에 놓인 녹록치 않은 현실과 어려운 싸움을 계속하고 있고, 너무도 벅차고 힘에 겨워 모든 것을 포기해버리고 싶을 때가 한두 번이 아닙니다.

제가 살아왔던 삶의 결과물들이 저를 코너로 몰아넣고 강편치를 날려 와 온몸으로 고스란히 그 매를 맞고 있지만, 그 누구도 이를 대신해줄 수 없고 멀리서 보이는 빛을 따라가기 위해서 필연적으로 겪어내고 이겨내야만 하는 제 인생입니다.

언제쯤 빛 가운데로 나아가 그 눈부심을 누려볼 수 있을까 하고 생각하면 때로는 아득하지만 희망의 빛을 향하여 나아가고 있다는 자체만으로도 기쁜 마음으로 충만하고 행복합니다.

제에게 책을 써볼 것을 말씀하시고, 제 속의 재능을 끄집어내어 계발시켜 주신 성창운 스승님께 무한한 감사를 표하며 존경을 보냅니다.

사랑하는 엄마와 끊임없이 기회만 되면 책을 써보라던 동생 영애, 친구 상희에게 더욱 큰 감사와 사랑을 보냅니다.

지금은 비록 얼마쯤은 지쳐 있고 힘든 상황에 처해 있지만 반드시 이 상황을 극복하고 이겨낼 것입니다.

제가 살아왔던 암울했던 과거와, 아팠지만 극복해내며 살고 있는 이야기들을 풀어내어 들려주고, 저를 빛의 길로 인도해내 삶에 희망을 주신 고마운 분들의 이야기들을 들려주고 싶습니다.

그리고 머릿속에서 넘쳐나는 온갖 이야기들과 상상력과 생각들을 풀어내어 많은 이들이 공감하는 책을 쓸 것입니다.

'잠자는 자는 꿈을 꾸지만, 깨어 있는 자는 꿈을 이룬다.'는 말이 있습니다. '성공한 자가 남는 것이 아니라, 남는 자가 성공한다.'는 말도 있습니다.

이 긍정의 말들이 저에게 살아갈 용기와 의지를 주었듯이 저도 이제는 동정받는 삶이 아닌, 저에게 있는 것들을 나누어 주는 삶, 더불어 나누는 삶을 실천하며, 살아보고 싶습니다.

요즈음은 오는 7월에 있을 구연동화 자격시험을 대비해 공부하고 있으며 밥벌이를 하기 위해 야간으로 작은 회사를 다니고 있습니다.

오래도록 육체적 노동을 쉬었었고, 나이도 있어 야간 12시간의 중노동이 저를 지치고 피곤하게 만듭니다.

병원에 다녀와서 출근했다 돌아온 날 아침에는 그야말로 가랑잎 하나 들 힘조차 없이 탈진하지만 그래도 정신만은 그 어느 때보다도 강하고 희망적입니다.

이 또한 지나갈 것이고, 빛으로 나아가는 과정 중에 있으므로 곧 제게 와 닿아줄 밝고도 따스한 빛을 영혼으로 느끼고 있으니까요.

그리고 무엇보다도 함께 직장 생활을 하는 많은 동료들의 삶들과 인생의 희로애락을 지켜보며 그들의 얘기들을 책으로 써볼 계획으로 많은 이야기들을 듣고 나누고 있습니다.

평범한 삶과 일상을 글로 쓰려니 부끄러움이 앞서 얼굴이 달아오릅니다.

제대로 글쓰기를 배워본 적이 없는 부족한 글이지만 앞으로 용기 내어 잘살아 보겠다는 저의 각오와 신념을 담은 글입니다.

저를 격려해주시고 힘을 주신 많은 분들과 사랑하는 엄마께 이 글을 드립니다.

느리지만 마음을 다해 걷고 있는 이 길이 희망과 빛의 길이기를, 나아가 저처럼, 혹은 저보다도 더 힘들고 아픈 삶을 사시는 분들에게 위로와 희망을 함께 나누는 길이기를 바랍니다.

찬란한 빛으로 이 길 끝에서 함께 만나 행복의 노래를 부르는 그런 소망의 길이 되기를 온 마음을 다해 기도합니다.

고맙습니다.

임옥란